UNE MÈRE
PAR CORRESPONDANCE

Un Alien pour les fêtes
De Marina Simcoe

À mon capitaine

UNE MÈRE PAR CORRESPONDANCE

Chapitre 1

Susanna

À travers les stores tordus et cabossés, je scrutais la rue devant mon appartement à la recherche d'éléments suspects. La fenêtre de mon sous-sol était si basse que je ne voyais que les pieds des gens. Et tous me semblaient suspects.

Je voulais m'enfermer et rester ici, relativement en sécurité, et littéralement sous terre. Mais mon frigo était vide, tout comme mon portefeuille. Pour remplir les deux, je devais travailler.

Je pris mon sac à main et me dirigeai vers la porte. Je tendis l'oreille, à l'affût de tout bruit suspect, comme si les voyous de la mafia qui me traquaient allaient annoncer leur présence.

Tout semblait calme.

Avec une profonde inspiration, je serrai les poignées de mon sac à main dans mes mains moites et ouvris la porte. Je grimpai les escaliers en béton défraîchi jusqu'à la rue et sortis de ma cachette souterraine sous le matin lumineux de Manhattan.

La rue était animée, comme la plupart des rues du centre de New York. Il semblait assez facile de se perdre dans la foule. Seulement, je savais que les hommes de Bolshoy me retrouveraient. Ils le faisaient toujours.

La dernière fois, l'un d'eux m'avait coincée dans la ruelle, deux portes plus loin, quand j'étais en sortie du magasin de mode pour femmes où je travaillais.

Ils voulaient l'argent que mon mari Tom leur avait volé. Et ils se fichaient éperdument que mon très cher mari m'ait aussi tout volé – ma confiance, mon innocence et chaque centime de mon important héritage. Si je le revoyais, je lui lancerais mon poing au visage et continuerais à le frapper en lui donnant des coups de pied quand il serait à terre.

Dommage qu'il ait fui le pays il y a plusieurs mois, emportant tout mon argent, les millions de fonds de ses investisseurs et tout ce qu'il devait à Bolshoy et à ses hommes.

Tom s'était emparé de tout ce qu'il pouvait avant de s'enfuir, et il avait également pris avec lui la secrétaire plantureuse de son bureau. Ils étaient tous les deux quelque part, probablement en train de profiter du soleil sur une plage je ne savais où, tandis que je marchais à pas rapides vers mon travail, scrutant la rue dans la crainte de croiser les personnes dangereuses qu'il avait été assez stupide pour voler.

C'était une bonne chose que j'aie décidé de porter des chaussures plates. Le premier jour où j'avais travaillé dans la boutique, mes talons de douze centimètres m'avaient presque tuée. Maintenant, courir était devenu tellement plus facile avec mes chaussures noires sans talons.

J'atteignis le magasin, complètement essoufflée.

— Tu es en retard.

Aileen pinça les lèvres. Propriétaire et gérante du magasin, elle semblait vivre ici vingt-quatre heures sur vingt-quatre.

Je jetai un coup d'œil à l'écran de la caisse enregistreuse.

— Juste de deux minutes.

— Cinq, rétorqua-t-elle sur un ton glacial. Cette horloge a trois minutes de retard.

Résistant à l'envie pressante de lui faire un doigt d'honneur, je marmonnai :

— Désolée.

Puis je me dirigeai vers la minuscule salle des employés, qui faisait aussi office de bureau et de salle de rangement à l'arrière, pour y déposer mon sac à main et mon manteau. Ce n'était pas l'une des boutiques de mode haut de gamme de la 5ème Avenue, même si Aileen aimait prétendre que c'était la même chose.

Pas étonnant que je sois en retard. J'étais restée assise à la fenêtre pendant je ne savais combien de temps, rassemblant le courage de quitter mon appartement. La sensation de la poigne brutale du voyou était encore présente sur ma gorge, depuis la dernière fois que l'un d'entre eux m'avait attrapée.

Je n'arrêtais pas de leur répéter que je n'avais pas d'argent. Mais pour une raison quelconque, Bolshoy pensait que j'étais complice de Tom et que mes deux jobs de vendeuse n'étaient qu'une couverture pour faire profil bas. Si j'avais accès aux millions que Tom avait volés, je n'aurais pas deux emplois, je ne vivrais clairement pas dans un sous-sol infesté de souris, et je ne mangerais pas que des plats surgelés bas de gamme.

Aileen m'avait offert mon tout premier travail. J'étais née dans l'opulence et j'avais grandi dans des maisons luxueuses avec des bonnes et des nounous. On ne m'avait jamais appris à me débrouiller seule. Ma mère ne nous avait même jamais laissé faire nos lits.

— Il y a des gens moins chanceux dans le monde. Nous ne devrions pas leur prendre leur travail. Nous devons leur donner la possibilité de gagner leur vie, disait-elle d'une voix digne.

Ma mère se croyait bienveillante en obligeant les autres à faire des choses pour elle. Elle leur fournissait des « moyens de gagner leur vie » tout en regardant de haut ceux qu'elle employait.

Les clients d'Aileen me rappelaient souvent ma mère. Tout comme elle, elles étaient prétentieuses et imbues d'elles-mêmes, n'ayant rien accompli d'autre que d'être riches. Après deux mois de travail dans la boutique, j'apprenais encore à les gérer. Parfois, j'avais envie de frapper leurs visages maquillés et bien exfoliés.

Mais j'avais besoin de ce travail pour payer le loyer astronomique que me demandait mon propriétaire pour le minuscule cagibi dans lequel je vivais à présent et pour acheter de temps en temps un peu de nourriture.

Je souriais donc aux clientes arrogantes et répétais comme un perroquet toute la journée : « Comment puis-je vous aider ? » et « Passez une bonne journée ».

Vers midi, la cloche au-dessus de la porte retentit de nouveau, annonçant l'arrivée d'une nouvelle cliente.

Je pris une inspiration et affichai un sourire, puis je vis ma sœur jumelle entrer.

Mara ressemblait à s'y méprendre aux clientes que je côtoyais quotidiennement. Talons Louboutin. Un foulard Hermès noué dans les règles de l'art autour de son cou. Un manteau de laine italien jeté sur ses épaules, déboutonné, parce qu'elle avait pris un taxi pour venir ici, et non pas marché comme moi. Le sac à main, pour lequel les gens avaient fait la queue pendant des années, pendant au creux de son coude.

Elle fit glisser ses énormes lunettes de soleil sur son nez, et jeta un coup d'œil dans la boutique. L'expression de ses yeux bleus indiquait clairement qu'elle n'avait pas envie d'être ici.

Son regard s'arrêta sur moi.

— Oh, tu es là. J'ai besoin de te parler.

Elle n'avait pas changé du tout. Pourtant, il y a deux mois à peine, elle n'était pas dans une meilleure situation que moi.

Jim, le fiancé de Mara, devait probablement être à la plage avec Tom et sa secrétaire plantureuse, en ce moment même. Jim et Tom étaient des amis d'enfance, diplômés de l'Ivy League, et complices – littéralement, comme ça s'était avéré. Je les avais rencontrés tous les deux par l'intermédiaire de Mara.

Avant de partir, Jim avait vidé ses comptes bancaires, comme Tom avait vidé les miens. Mais, contrairement à moi, au lieu de prendre deux emplois pour survivre, Mara avait trouvé quelques hommes riches pour payer ses dépenses.

Ma sœur et moi ne nous étions jamais bien entendues. Et ces derniers temps, elle me traitait comme une citoyenne de seconde zone.

— Je travaille, rétorquai-je.

Elle s'approcha en trottinant, en maintenant habilement son équilibre malgré ses talons hauts.

— Allez, Susanna. C'est important. Je t'invite à déjeuner, proposa-t-elle en jetant un nouveau coup d'œil dans le magasin. Ce n'est pas comme s'il y avait grand monde, de toute façon, ajouta-t-elle avant de faire un signe de menton vers Aileen. La patronne peut te remplacer.

Aileen la dévisageait avec tant de dédain qu'un mot de plus et elle mettait le feu à ma sœur jumelle.

Il vaudrait peut-être mieux faire sortir Mara d'ici avant qu'une dispute n'éclate. La journée avait été calme. L'heure du déjeuner était proche. Mon estomac gargouillait, et le food truck garé au coin de la rue me narguait. Je n'étais pas en position de refuser un repas gratuit.

— Très bien, répondis-je à Mara. Mais seulement si tu paies. Aileen, je peux faire une pause, s'il vous plaît ?

Aileen devait vraiment avoir envie que Mara quitte sa boutique, car elle ne s'opposa même pas à ce que je prenne ma pause déjeuner plus tôt.

— Trente minutes, dit-elle en souriant avec mépris.

— Je t'attends dehors.

Mara sortit d'un pas tranquille pendant que je récupérais mon sac à main et mon manteau.

Après l'avoir rejointe à l'extérieur, nous achetâmes des kebabs au food truck, puis nous marchâmes jusqu'à un banc à proximité.

— Ce n'est pas un endroit pour une Takolsky, déclara-t-elle en retroussant sa lèvre avec dégoût.

Takolsky était son nom de famille. C'était aussi le mien, avant que je ne le change pour celui de Tom : Riley. C'était moins glamour.

— Quel endroit ? La boutique ? Ou le banc ? ricanai-je.

Elle ressemblait à notre père. Il avait toujours eu une opinion bien arrêtée sur les endroits convenables ou non pour sa famille. Et non, une boutique de mode de seconde zone n'aurait jamais été considérée comme un endroit approprié pour qu'une de ses filles y fasse ses courses, et encore moins y travaille. À bien y penser, ce vieux banc usé ne lui aurait pas plu non plus.

— Tu sais ce que je veux dire, répliqua-t-elle avec dédain. Ce n'est pas ce que tu devrais faire de ta vie, Susanna.

Elle entendait par-là avoir toute forme d'emploi rémunéré, bien sûr. Elle jeta un regard dégoûté vers la boutique, comme s'il s'agissait d'une sale boîte de strip-tease.

— Eh bien, les kebabs coûtent de l'argent, argumentai-je. Il en va de même pour se loger. Et comme tous les hommes riches de Manhattan sont pris...

Je fis un signe évasif de la main et pris une bouchée de mon kebab. Bon sang, que c'était bon ! J'étouffai un gémissement de plaisir en le savourant. L'heure du déjeuner était le meilleur moment de ma journée depuis que j'avais découvert ce food truck.

Mara déballa soigneusement le papier d'une des extrémités de son kebab.

— Tu n'as même pas essayé de trouver un homme riche. Dès que Tom est parti, tu as postulé pour trouver un emploi.

— Je n'avais pas vraiment envie d'échanger un connard contre un autre, tu sais.

— Eh bien... tous les hommes ne sont pas des connards, dit-elle en hésitant.

Je la regardai avec cynisme, et elle se reprit.

— Bien. Peut-être que dans cette ville, oui. Mais tu n'as pas besoin de rester ici.

J'avais déjà pensé à partir. Un nouveau départ serait une bonne chose. Sauf que les hommes de Bolshoy me retrouveraient où que j'aille.

— Cette histoire avec Tom et Jim va finir par se terminer un jour. Alors, je partirai. Peut-être.

L'expression de Mara devint sombre. Bolshoy la menaçait également.

— Penses-tu que ça s'arrêtera un jour ?

— Je l'espère, soupirai-je.

Elle froissa sa serviette, la main tremblante.

— Ils ont dit qu'ils me couperaient la tête.

Dans un élan de compassion, je lui tapotai le bras.

— Ils disent beaucoup de choses horribles. Mais tôt ou tard, ils vont se rendre compte que nous n'avons pas d'argent à leur donner.

Elle renifla et prit une bouchée de son kebab. Je mangeais le mien en silence.

— Jason pense qu'il y a certaines mesures juridiques à prendre, finit-elle par dire au bout d'un moment.

— Qui est Jason ?

Elle se redressa.

— Jason Moore. Il se présente au Sénat l'année prochaine. Des perspectives énormes.

— C'est l'un des gars avec qui tu sors ?

Elle hocha la tête, en mettant une longue mèche de cheveux derrière son oreille. Ils étaient blonds, comme les miens, sauf que ceux de Mara étaient bien mieux coiffés, évidemment.

— Avec lui, ça devient sérieux, m'informa-t-elle, ses yeux s'illuminant d'espoir. Je pense qu'il va bientôt me demander en mariage.

— Félicitations, répliquai-je sur un ton monotone.

Il était difficile d'être enthousiaste – un autre homme avec « des perspectives énormes ». Nous étions déjà passés par là.

— En tout cas, dit-elle avec excitation, j'ai une proposition à te faire.

— Quel genre ? demandai-je avec méfiance.

Historiquement, toutes les idées de Mara avaient été largement égoïstes.

— Il y a deux mois, j'ai demandé à participer à un programme matrimonial, m'informa-t-elle.

— Quoi ?

Je ne m'étais pas attendue à ça.

— Genre une appli de rencontre ? la questionnai-je.

— Pas vraiment. Ça implique un peu plus d'engagement que de simples rencontres. Il faut, en quelque sorte, rester avec le type pendant un an avant de pouvoir le quitter.

Je la regardai en clignant des yeux.

— Est-ce que c'est légal ? Pourquoi diable accepterais-tu quelque chose comme ça ?

Elle leva les yeux au ciel.

— Pour quitter la planète, bien sûr. Loin de la mafia et de ses menaces. Pour sauver ma putain de tête, Susanna.

— Quitter la planète ? répétai-je en même temps que la prise de conscience se faisait. Dis-moi que tu ne parles pas d'un de ces trucs extraterrestres de recrutement d'épouses ?

— Pourquoi pas ? Qu'y a-t-il de mal à épouser un puissant extraterrestre et à s'envoler vers une autre planète où aucun voyou ne te trouvera jamais ?

— Eh bien, dit comme ça...

Ça semblait tentant de quitter non seulement cette ville ou ce pays, mais la planète entière. Quel nouveau départ !

Sauf que ça impliquait d'avoir un lien avec un autre homme.

— Réfléchis-y, poursuivit Mara, son enthousiasme grandissant à chaque mot. Plus besoin de regarder par-dessus ton épaule. Plus de peur. Plus de besoin de se battre, plus besoin de cumuler deux emplois pour joindre les deux bouts.

— Ce serait bien...

Je repris mon kebab pour une autre bouchée, mais je m'arrêtai d'un coup, la regardant fixement.

— Attends une minute. Tu parles de moi ?

Elle croqua dans son kebab à pleines dents, comme si elle arrachait la tête de quelqu'un.

— Ils m'ont mis en relation avec un...

— Mais il ne te plaît pas ?

Ce n'était pas surprenant : ma sœur n'était pas facile à satisfaire. Sa liste d'exigences concernant les hommes n'était pas longue, mais elle était très précise.

Elle leva les mains en l'air de façon dramatique, son kebab à moitié mangé dans l'une d'elles.

— Susanna, tu n'as pas idée. Ce type est d'Aldrai !

Aldrai était l'une des quatre planètes peuplées avec lesquelles la Terre avait pris contact au cours des dernières années. Neron, Tragul et Ivodi étaient les trois autres.

— Et alors ? rétorquai-je en secouant la tête.

— As-tu vu les Aldraiens ? Ils sont laids comme des poux. Les cornes, les bosses... énuméra-t-elle en frissonnant. On dit qu'ils ont aussi des queues. Mais ça doit être les choses les plus dégoûtantes qui soient, puisqu'ils les cachent tout le temps.

— Pourquoi t'es-tu inscrite, alors ? l'interrogeai-je en haussant les épaules. Tu savais à quoi ils ressemblaient, n'est-ce pas ?

Elle leva de nouveau les yeux au ciel, puis jeta son sandwich à moitié mangé dans une poubelle à proximité, réussissant un tir parfait. Je ne pus m'empêcher d'admirer sa précision.

— Et puis, ajoutai-je. Tu devrais pouvoir accepter ou refuser une mise en relation. S'il ne te plaît pas, dis que tu ne veux pas de lui. Swipe à gauche, ou fais ce qu'il y a à faire pour l'éliminer.

Elle rentra la tête entre ses épaules.

— Ouais, eh bien… j'ai déjà accepté. Il y a un mois, juste au moment où ils m'ont trouvé un match.

J'arrêtai de mâcher mon délicieux déjeuner pour la regarder avec stupeur.

— Pourquoi ?

Mara se leva d'un bond, visiblement agitée.

— J'ai eu peur, d'accord ? répondit-elle avant de se rasseoir sur le banc à côté de moi. Je voulais partir. Je n'ai même pas lu les informations qu'ils m'ont envoyées à son sujet. En plus, les choses n'allaient pas très bien avec Jason à l'époque. Je m'en fichais.

C'était typique de ma sœur, qui faisait ce qu'elle voulait à tout moment sans penser aux conséquences.

— Mais maintenant tu ne t'en fiches plus ?

Elle me fit la grimace, comme si c'était moi qui lui avais imposé cet extraterrestre indésirable.

— Les choses ont changé. Jason est sur le point de me demander en mariage. Si je pars, je vais tout gâcher entre nous.

— La mafia pourrait t'attraper avant que Jason ne prenne sa décision, tu sais, fis-je remarquer.

Elle grimaça et resserra les pans de son manteau autour d'elle.

— Ils se sont un peu calmés, tu ne trouves pas ? Je n'ai vu personne me suivre ces derniers temps.

Personne ne m'avait approchée non plus depuis un petit bout de temps. Ça ne voulait pas dire que nous n'étions pas surveillées. Soit ça, soit je devenais folle à cause de ma parano. Vivre dans la peur permanente, ça craignait.

— Eh bien, au moins, tu as une chance de partir, maintenant.

— Non ! s'écria-t-elle, comme si je l'avais giflée. Je ne peux pas me marier avec cet extraterrestre.

— Pourquoi ? Juste à cause de son apparence ?

Je savais que ma sœur préférait les beaux hommes, mais elle pouvait être convaincue de passer outre les défauts physiques d'un homme s'il avait d'autres atouts précieux, comme des yachts ou des jets privés.

— Susanna, il est chauffeur de camion ou un truc du genre, dit-elle de façon dramatique, comme si elle me révélait que son partenaire était un tueur en série.

— OK, mais on pouvait s'y attendre, n'est-ce pas ? J'imagine que des gens de tous les horizons s'inscrivent à ce programme.

Elle se tordit les mains en secouant la tête.

— C'est bien ma chance. La première femme humaine qui a participé au programme a été mise en relation avec un Voranien de la planète Neron.

— Tu trouves que les Voraniens sont plus attirants que les Aldraiens ?

Elle retroussa les lèvres avec dégoût.

— Quoi ? Non. Les Voraniens ressemblent à des chèvres. Les Ravils sont mignons, mais leur planète, Tragul, n'a pas de programme de mariage avec nous, déclara-t-elle avant de pousser un grand soupir. Les Ivodiens sont plutôt beaux aussi. Mais il n'y a eu qu'un seul vaisseau ivodien qui est venu ici pour chercher des épouses, et qui sait quand le prochain arrivera. Quoi qu'il en soit, cette première femme de la Terre s'est mariée avec le chef de toute l'armée voranienne. Elle est devenue une célébrité à Voran. Et moi, qu'est-ce que j'obtiens ? Un fermier ! C'est injuste, non ?

— Tu as dit qu'il était chauffeur de camion.

Je terminai mon kebab et soupirai, regrettant de l'avoir fini si vite.

— C'est pareil, rétorqua-t-elle. Il est indiqué dans sa candidature qu'il est capitaine. Je pensais que ça signifiait qu'il serait capitaine d'un avion ou d'un vaisseau spatial...

— Quand il s'agit de vaisseaux spatiaux, on les appelle des commandants, je crois.

J'ouvris ma bouteille d'eau et en bus une gorgée.

— Eh bien, il conduit une sorte de machine qu'ils utilisent pour... dit-elle en agitant les mains vers le trottoir. Pour retourner la terre ou quelque chose comme ça. Apparemment, c'est ce qui lui permet de se faire appeler capitaine, expliqua-t-elle en semblant exaspérée. Il conduit un tracteur pour gagner sa vie, Susanna. Comment pourrais-je l'épouser ? Moi, Mara Takolsky ! Papa se retournerait dans sa tombe s'il le savait.

Papa avait dû se retourner plus d'une fois dans sa tombe depuis le moment où son protégé bien-aimé Tom s'était révélé être un voleur et une crapule, jusqu'à la vente aux enchères de tous nos biens pour couvrir une partie de la dette que Tom et Jim avaient contractée à mon nom et à celui de Mara.

— Je ne peux pas être la femme d'un fermier ! se lamenta Mara. Je ne peux pas passer le reste de ma vie à porter des robes de chambre, à traire des poules extraterrestres et à m'occuper de ses foutus gamins.

— Il a des enfants ?

Elle me fit face, les yeux écarquillés d'horreur.

— Quatre ! Imagine un peu, répondit-elle en secouant la tête avec un autre frisson. Ça pourrait être pire, j'imagine, puisque les mariages aldraiens sont très prolifiques. On dit qu'ils ont une douzaine de bébés par grossesse.

— Pourquoi n'en a-t-il que quatre, alors ?

— Je ne sais pas. Peu importe. Contente-toi d'être heureuse qu'il n'y en ait pas douze, gémit-elle en se frottant le front.

Ça ne ressemblait clairement pas au style de vie que Mara pourrait adopter. J'étais désolée pour elle. Mais plus encore, j'étais désolée pour le pauvre extraterrestre qui devrait faire face à son mécontentement si jamais elle venait sur sa planète.

— Peux-tu te sortir de ça ? lui demandai-je.

Elle prit un air malheureux.

— Non, j'ai déjà signé tous les papiers.

— Parce que tu pensais qu'être capitaine signifiait quelque chose de plus excitant que de conduire un camion ?

Son irresponsabilité me consterna, même si ça ne me surprenait pas vraiment non plus.

Elle pinça les lèvres et son menton se mit à trembler.

— J'espérais au moins que « capitaine » était un grade dans l'armée. Qu'il vivait en ville. Mais les Aldraiens n'ont pas de vraies villes. Même leur capitale ressemble à un tas de collines, sanglota-t-elle en se tamponnant les yeux avec sa serviette. Il vit à la campagne. Tu m'imagines à la campagne ? Dans une ferme ?

Une vraie larme coula sur sa joue, imbibant sa serviette.

— Il s'attend à ce que je monte à bord du vaisseau pour Aldrai la semaine prochaine, poursuivit-elle en me regardant avec un air implorant. Susanna, je ne peux pas le faire...

Oh, je connaissais bien ce regard. Et sa signification.

— Alors, tu veux que je le fasse à ta place ? C'est pour ça que tu es venue ici ?

Elle joignit les mains, les pressant contre sa poitrine.

— Pourrais-tu le faire, s'il te plaît ? Ce serait une solution gagnant-gagnant. Pour tout le monde.

J'arquai un sourcil.

— Vraiment ?

— Écoute... commença-t-elle en se redressant, ses larmes se tarissant instantanément. Qu'est-ce que tu as à perdre ? Deux boulots de merde et un appartement tout aussi merdique.

Ma sœur n'était jamais venue dans mon appartement, mais elle connaissait manifestement le marché du logement à New York. Ce n'était un secret pour personne qu'on ne pouvait pas se payer un appartement correct en travaillant comme vendeuse, quel que soit le nombre d'emplois qu'on occupait.

— Alors, tu penses que je me débrouillerais très bien en tant que femme d'agriculteur qui élève quatre enfants ? la questionnai-je avec scepticisme.

Elle se rapprocha de moi sur le banc.

— Nous savons toutes les deux que tu as plus de patience que moi. Ça fait des mois que tu travailles dans ce magasin de vêtements. Personnellement, il y a longtemps que j'aurais arraché les yeux de cette vieille bique à la caisse. Mais tu continues à accepter tous les regards furieux qu'elle te lance.

— J'ai besoin de ce travail pour payer mon loyer.

— Exactement ! C'est ce que je veux dire ! s'exclama-t-elle joyeusement. Tu t'adaptes facilement. Tu acceptes la situation, même si elle est merdique.

— Ce n'est pas un compliment, fis-je remarquer, blasée.

Elle se contenta d'agiter de nouveau la main.

— Tu vois ce que je veux dire. Tu es aussi bien meilleure avec les enfants. Tu voulais en avoir, tu te souviens ? Avec Tom ?

C'était vrai. J'en avais voulu avec lui. Jusqu'à ce que je découvre qu'il avait subi une vasectomie à l'université et qu'il n'avait jamais pris la peine de me le dire, même après que nous nous étions mis d'accord pour que j'arrête la pilule pour commencer à essayer de fonder une famille.

Je poussai un soupir. Il y avait eu tant de mensonges au cours de mes onze mois de mariage. Maintenant, j'avais l'impression qu'il n'y avait même pas eu une once de vérité.

— Oh, et tu as toujours été si gentille avec notre petit cousin Billy, alors que tout ce que je voulais, c'était lui arracher la tête, poursuivit Mara. Pourrais-tu le faire, s'il te plaît ? Pour moi ?

Son ton suppliant me rappelait tant d'autres fois où j'avais pris sa place. Comme chaque fois qu'elle avait échoué à un examen scolaire que j'avais réussi. Elle suppliait le professeur de le repasser, puis m'envoyait le faire à sa place. Les rendez-vous qu'elle avait promis à des mecs avant de changer d'avis. Les réunions de groupe à l'université qu'elle trouvait trop ennuyeuses pour y assister.

Nous nous ressemblions tellement que les gens ne pouvaient nous différencier que par les vêtements que nous portions, et il était facile de changer de vêtements.

Parfois, c'était amusant de prétendre que j'étais ma jumelle, car ma vie sociale était loin d'être aussi riche que celle de Mara. D'autres fois, elle s'arrangeait pour que je me sente désolée pour elle.

Maintenant...

— Ce n'est pas juste un rendez-vous, Mara. Je devrai vivre avec cet homme en tant que son épouse.

— Mais ce n'est que pour un an, selon ce qui est stipulé dans le contrat, répliqua-t-elle rapidement. Après ça, tu peux dire que ça ne te convient pas et revenir. Il peut se passer beaucoup de choses en un an, non ? Il se peut qu'ils retrouvent Tom et Jim d'ici là et qu'ils récupèrent ce qu'ils ont volé. Ou bien Bolshoy pourrait enfin se mettre dans la tête que nous n'avons pas son argent et nous laisser tranquilles. Et ne t'inquiète pas pour le côté « épouse », déclara-t-elle en remuant les sourcils de manière suggestive. L'extraterrestre ne veut pas de relations sexuelles.

— Quoi ?

C'était bizarre.

— Est-ce qu'il l'a dit précisément comme ça ? m'enquis-je.

Elle haussa les épaules.

— À peu près. C'est indiqué dans son dossier de candidature. C'est l'une des raisons pour lesquelles j'ai signé le contrat. Je veux dire, qui voudrait avoir des relations sexuelles avec un Aldraien, n'est-ce pas ?

— Je ne sais pas. Je n'en ai jamais vu.

— Tu as de la chance.

Elle fit une grimace comme si elle avait mordu dans quelque chose d'aigre.

— De toute façon, continua-t-elle, tu peux coucher avec lui si tu le souhaites, mais crois-moi, cette clause de « non-sexe » est une bénédiction.

Je réfléchis à tout ce qu'elle m'avait dit jusqu'à présent. La situation de l'homme commençait à m'intriguer et à susciter des questions.

— Pourquoi a-t-il besoin d'une femme, alors ? S'il ne veut pas de sexe ? Et qu'est-il arrivé à la mère de ses enfants ?

— Elle est morte. Il y a des années. Ses enfants ont besoin d'une mère. Il a deux filles… bla, bla, bla… s'interrompit-elle pour boire une gorgée de sa bouteille d'eau. Être une belle-mère, ce n'est vraiment pas mon truc. Je préfère le rôle de Cendrillon avec le prince charmant et les chaussures cool.

— Et la partie de l'histoire de Cendrillon où elle travaille avec acharnement et subit de mauvais traitements ? renâclai-je, incapable d'imaginer Mara humble et travailleuse.

— Ouais, non, rejeta-t-elle. Je n'ai pas besoin de ça. J'ai eu ma part de problèmes. Je suis sur le point d'avoir mon prince charmant, qui m'achète déjà beaucoup de chaussures de luxe. Je ne peux pas quitter Jason pour un fermier extraterrestre avec une bande de petits morveux. Tu ne comprends pas, Susanna ? Aide-moi, s'il te plaît.

Je me mordillais la lèvre, en réfléchissant à sa proposition.

Je ne me faisais pas d'illusions : les motivations de Mara étaient purement égoïstes. Elle se fichait que je me tue à la tâche dans autant d'emplois que vingt-quatre heures par jour me le permettaient. Elle ne serait pas là s'il n'y avait pas de bénéfice pour elle. Mais elle avait raison. Son plan présentait également certains avantages pour moi.

Je n'avais jamais travaillé avec des enfants, mais ça ne devait pas être plus difficile que de servir les clientes d'Aileen, ces femmes grincheuses, aisées avec des complexes de supériorité.

Un changement pourrait être bénéfique pour moi, compte tenu des circonstances.

Et oui, s'éloigner de Bolshoy et de ses hommes serait un énorme bonus.

— Peut-être devrais-je envisager de m'inscrire ? me demandai-je à voix haute.

Mara sursauta.

— Pourquoi ferais-tu ça ? Alors que j'en ai déjà trouvé un pour toi ?

Je secouai la tête.

— Je veux partir seule, Mara. En tant que moi-même. Et je ne vais pas faire semblant d'être toi.

— Eh bien, ce n'est pas possible, Susanna, répliqua-t-elle en écartant les bras et en me regardant avec incrédulité. Le vaisseau part la semaine prochaine. J'ai reçu le billet ce matin. Tous les documents sont à mon nom. Les papiers sont signés. Quelle différence ça fait que tu y ailles en tant que moi ou en tant que toi ? Personne ne le saura, de toute façon. Nous nous ressemblons tellement que notre propre mère ne pourrait pas nous différencier.

Peut-être que si notre mère avait passé plus de temps avec nous au lieu de laisser un tas de nounous nous élever, elle aurait trouvé plus facile de nous différencier. Au lieu de ça, elle nous faisait porter des vêtements de couleur différente – du rose pour Mara, du violet pour moi. Pourtant, j'avais toujours préféré le rose.

— Pour les extraterrestres, les humains se ressemblent déjà tous, insista Mara. Mais avec nous, nous pourrions coucher avec lui en alternance, et le gars penserait toujours qu'il n'a qu'une seule femme.

Je n'arrêtais pas de secouer la tête.

— Peut-être, si tu pouvais m'emmener avec toi...

— Susanna ! s'écria-t-elle en se tapant les genoux avec impatience. Es-tu vraiment bête à ce point ? Ou bien ne m'écoutes-tu pas ? Je ne veux pas t'emmener avec moi. Je ne veux emmener personne. Je ne veux pas partir ! Je veux que tu y ailles à ma place.

— J'ai bien peur de ne pas pouvoir t'aider, Mara.

Elle gémit de frustration.

— Mais pourquoi ? Qu'est-ce que tu as à perdre ?

Mara avait raison. Il ne me restait rien d'autre que dix-sept dollars sur mon compte qui devaient durer jusqu'à mon prochain salaire.

J'avais déjà menti pour Mara. Mais on m'avait aussi beaucoup menti. Dernièrement, il semblait que ma vie entière n'avait été que mensonges. Et j'en avais marre.

— Je ne veux plus tricher, Mara. J'essaie d'avoir une vie honnête.

Elle me regarda avec beaucoup de déception, comme si elle m'avait surprise en train de commettre un fashion faux pas.

— Oh, tu es plus stupide que je ne le pensais.

Je commençais aussi à en avoir marre de ses insultes.

— Tu sais quoi ? Peut-être que tu devrais essayer de réparer tes bêtises, pour une fois. Et d'honorer tes engagements.

— Génial, railla Mara. Maintenant, tu parles d'honneur. C'est formidable venant de toi, déclara-t-elle en se levant et en accrochant son sac hors de prix et surcoté à son bras. J'espère que tu as apprécié ton kebab. Qui sait comment tu paieras ton prochain repas ?

La voir partir fut un soulagement.

C'était peut-être une erreur de refuser l'opportunité de quitter la Terre et tous mes problèmes. Mais partir sur une autre planète, faire semblant d'être ma sœur, faire semblant de vouloir faire fonctionner un faux mariage. Ce serait vivre dans le mensonge. Encore une fois.

Je ne pouvais pas faire ça à ce conducteur de camion extraterrestre sans méfiance. Mais surtout, je ne pouvais pas me faire ça à moi-même. Il ne me restait rien d'autre dans cette vie que mon intégrité. Y renoncer me laisserait vraiment sans rien.

— Eh bien, dis-je aux pigeons qui fouillaient le trottoir à la recherche de miettes. Je devrais peut-être m'intéresser moi-même à ce programme matrimonial. Qu'en pensez-vous ?

Cela dit, l'idée de me mettre en quête d'une relation amoureuse me donnait la nausée. J'avais tout donné à Tom, et je n'avais plus rien à donner à un autre homme, qu'il soit humain ou extraterrestre.

Chapitre 2

Susanna

Mon téléphone se mit à sonner alors que j'étais en train d'ouvrir le congélateur ce soir-là, à la recherche d'un plat surgelé pour mon dîner. À chaque paie, j'achetais suffisamment de produits pour tenir jusqu'à la suivante. L'établissement d'un budget était une compétence importante que je n'avais jamais eu besoin d'acquérir auparavant, mais que j'avais rapidement appris à maîtriser depuis.

En jetant un coup d'œil à l'écran, je vis qu'il s'agissait de ma sœur. J'appuyai sur le bouton vert, en me demandant ce qu'elle voulait cette fois.

— Mara ?

— Susannaaaaa !

Son cri strident me fit presque lâcher le téléphone. On aurait dit qu'elle était en train de se faire assassiner.

Je l'éloignai de mon oreille et refermai la porte du congélateur.

— Qu'est-ce qui se passe ? Mara ? Tu vas bien ?

— Ils m'ont envoyé sa tête ! beugla-t-elle.

— Quelle tête ? Qui ?

Était-elle ivre ?

— La mafia ! cria-t-elle. Ils m'ont envoyé la tête de Jim.

Je me mis à fixer l'éraflure rouillée sur la porte du réfrigérateur, stupéfaite.

— Juste la tête ?

— Oui ! hurla-t-elle hystériquement. Il est mort !

— Putain de mer... dis-je en m'enfonçant dans le canapé usé qui me servait aussi de lit. Ils lui ont coupé la tête ?

— Oui ! Ils ont dit que j'étais la prochaine... m'informa-t-elle, ses derniers mots noyés dans ses sanglots.

Je couvris ma bouche, horrifiée.

Ce n'était pas possible.

— Tu es sûre que c'est *la sienne* ?

— Bien sûr que j'en suis sûre ! Je connais mon fiancé de la tête aux pieds. Oh, c'est tellement dégoûtant, se lamenta-t-elle. Il a un gros coup de soleil sur le nez. Tu sais à quel point les coups de soleil sont dégoûtants sur un cadavre ?

— Non, je ne sais pas.

Et, franchement, je ne voulais pas le savoir. Je devrais être désolée pour Jim. Il n'avait pas encore trente ans, mais il l'avait cherché. En plus, il avait entraîné ma sœur dans ce pétrin. Pour l'instant, tout ce que je ressentais à l'égard de Jim, c'était de la colère.

— Tu as appelé la police ? Ou ton Jason ?

— Non, répondit-elle en fondant de nouveau en larmes. C'est toi que j'ai appelée en premier.

— Pourquoi moi ? Qu'est-ce que je suis censée faire d'une tête... de mort ?

— Ils ont dit qu'ils me tueraient si j'allais voir les flics. Je ne sais pas quoi faire, Susannaaaaa, brailla-t-elle en pleurant.

— Je ne sais vraiment pas non plus.

J'aurais tellement voulu ne pas me sentir aussi impuissante que je l'étais à ce moment-là.

— Tu es ma sœur ! rétorqua Mara avec un ton plus autoritaire.

Deux décennies s'étaient écoulées depuis notre enfance, et pourtant ma sœur croyait encore qu'elle pouvait obtenir tout ce qu'elle voulait dans la vie en faisant une crise de colère.

— Tu es aussi dans une situation très similaire, tu sais, ajouta-t-elle.

— Ah bon ?

Nous avions toutes les deux été trompées et manipulées par les hommes en qui nous pensions pouvoir avoir confiance. À cet égard, Mara avait raison. Nous étions exactement dans la même situation.

Quelqu'un frappa à ma porte. Bruyamment.

Pour mes nerfs déjà mis à rude épreuve, le son me fit l'effet un coup de feu. Je bondis sur le canapé, tremblant de peur.

— Quelqu'un est à la porte, chuchotai-je en m'accroupissant pour me cacher derrière l'accoudoir, comme si on pouvait me voir à travers la porte.

— N'ouvre pas, répondit Mara en chuchotant elle aussi.

Bien sûr que non. Mais la porte était si fragile qu'il suffirait d'un bon coup de pied pour la forcer.

— Ça ne les empêchera pas d'entrer, gémis-je, morte de trouille.

Un autre coup brisa le silence de mon espace de vie à l'odeur de moisi.

— Livraison ! cria une voix masculine derrière la porte.

— Ne tombe pas dans le piège ! me conseilla Mara.

Comme si j'allais le faire !

Heureusement, j'entendis ensuite des bruits de pas qui montaient les escaliers en béton pour revenir au niveau de la rue.

— Il est parti, soufflai-je à Mara.

— Tu es sûre ?

Non, pas vraiment, mais quel serait l'intérêt de cette personne à rester à ma porte après avoir fait semblant de partir ? Si Bolshoy voulait se débarrasser de moi, ses hommes de main pourraient facilement enfoncer la porte et me tordre le cou, cribler cet endroit de balles, cimenter mes pieds dans un seau de béton, ou toute autre chose sanglante que la mafia avait l'habitude de faire subir à ceux qui lui avaient causé du tort.

Avec précaution, je rampai jusqu'à la porte, en restant près du sol. J'ouvris la porte en laissant la chaîne de sûreté.

Il n'y avait personne derrière, juste une boîte en carton sur mon paillasson en caoutchouc usé.

— Il y a une boîte, informai-je Mara.

— Qu'est-ce que c'est ? Tu as commandé quelque chose ?

La boîte en carton était un cube parfait, comme celle dans laquelle on expédierait un ballon de football. Ou... la tête coupée de son mari.

Sur le côté de la boîte, on pouvait lire en lettres rouges : « *Tu es la prochaine !* ».

Je claquai la porte.

La bile monta dans ma gorge et mes genoux faiblirent. Serrant le téléphone dans ma main, je m'appuyai contre la porte, puis glissai jusqu'au sol.

— Susanna ?

L'air moisi de mon appartement devint soudainement impossible à respirer. Il entrait et sortait de mon corps en halètements.

— Mara, nous devons quitter cette ville... quitter l'État... le pays... la planète. As-tu refusé ce billet pour Aldrai ?

— Non, je ne peux pas refuser. C'est trop tard. Mais j'ai demandé à Jason de faire quelque chose aujourd'hui. Il a des relations haut placées dans le gouvernement...

— Appelle-le tout de suite, dis-lui de ne rien faire, répliquai-je en passant une main sur mon visage tout en essayant de rassembler mes pensées dispersées par la panique. Non. Dis-lui de prendre un deuxième billet. Pour moi.

— Tu pars ?

Elle avait l'air choquée.

— Oui. Nous partons toutes les deux. Dis-leur que tu as besoin de quelqu'un pour te soutenir moralement, pour t'aider avec les enfants, ou quoi que ce soit d'autre...

— Mais, Susanna, je ne peux pas y aller, tu te souviens ? se lamenta Mara. Jason est sur le point de faire sa demande. Je le *sens*...

— Jason ne demandera pas en mariage une femme morte, n'est-ce pas ? Et tu *mourras* si tu restes ici.

Je mourrais aussi. Mes pensées revinrent à la boîte à l'extérieur et aux mots écrits d'une couleur rouge suspecte.

« *Tu es la prochaine !* »

Une nouvelle vague de nausée me noua la gorge.

— Nous allons partir d'ici, Mara. Il le faut. Le plus tôt sera le mieux. Et aussi loin que possible.

Chapitre 3

Susanna

C'est ce que tu vas porter ? me demanda Mara en regardant d'un œil critique les vêtements que j'avais posés sur ma couchette.

Je me frottai la nuque, puis étirai mes épaules. Nous nous étions réveillées hier de notre sommeil cryogénique de cinq mois. J'essayais encore d'éliminer la raideur de mes muscles et de faire bouger mes articulations comme avant.

— Oui, je vais porter ça, répondis-je en pointant du doigt ma robe noire et blanche mi-longue. Un look classique, c'est bien, non ?

Mara retroussa les lèvres, visiblement peu impressionnée.

— Tu sais qu'ils ont inventé le « look classique » pour les pauvres qui n'ont pas les moyens d'acheter ce qui est à la mode à chaque saison. Au passage, le « style vintage », c'est pour ceux qui achètent des vêtements d'occasion. Comme si porter les vêtements usagés de quelqu'un d'autre permettaient d'avoir du style ou de la classe.

Je me contentai de hausser les épaules.

— Je suis pauvre maintenant, tu te souviens ? Toi aussi, d'ailleurs. Nous avons dû emprunter de l'argent pour le deuxième billet.

— Je ne suis *pas* pauvre, railla-t-elle. Je suis peut-être temporairement dans une passe difficile, mais j'aurais peut-être déjà résolu le problème si tu ne m'avais pas entraînée loin de Jason.

Je fermai les yeux, respirai profondément et fis appel à ma patience. Ça faisait moins de vingt-quatre heures que nous partagions cette cabine, et j'avais déjà envie de sauter du vaisseau spatial pour échapper à la compagnie de ma sœur.

Heureusement, nous avions passé la plus grande partie du voyage cryogénisées. Cinq mois dans une pièce si petite auraient été une véritable torture.

— Mara, je t'ai convaincue de t'éloigner des sales types armés de fusils et de couteaux qui en voulaient littéralement à nos têtes. Si Jason tient vraiment à toi, il doit être heureux que tu sois en vie. Et il attendra ton retour au moment où les choses se seront un peu calmées.

Elle agita dédaigneusement la main d'un geste majestueux.

— Bien. Peu importe. Nous allons bientôt quitter cette boîte de conserve spatiale. Des personnes très importantes nous rejoindront au port spatial. Des représentants du gouvernement, j'imagine. Ce n'est pas tous les jours que des Terriens visitent Aldrai. C'est important pour eux. La première impression est primordiale, déclara-t-elle avant de lever le menton. Tu représentes la Terre, Susanna, ajouta-t-elle avec pathos.

— Pourquoi ne puis-je pas la représenter en portant cette robe ? m'enquis-je en pointant du doigt la tenue sur ma couchette.

— Écoute, nous sommes peut-être... *pauvres*, admit-elle avec des lèvres tremblantes. Pour le moment. Mais il n'est pas nécessaire de le dire à tous les extraterrestres. Il faut faire semblant jusqu'à ce qu'on réussisse, comme on dit.

Elle se déhancha en faisant passer ses cheveux par-dessus son épaule de manière glamour. Il était impossible de ne pas admirer son assurance. Puis, elle jeta un regard de reproche sur le vêtement offensant que je m'apprêtais à porter.

— Ce n'est même pas du Chanel, critiqua-t-elle.

J'avais vendu tous les vêtements que Mara aurait trouvé acceptables. Il ne me restait plus que les tenues que je portais au travail. Il s'agissait encore de pièces convenables, mais bien sûr, elles étaient toutes bien en deçà des critères incroyablement élevés de Mara.

— Tu penses vraiment que les Aldraiens seront capables de faire la différence entre une robe Chanel et celle-ci ?

Elle posa ses mains sur ses hanches.

— Peut-être que oui. C'est terriblement présomptueux de ta part de supposer que tous les extraterrestres sont des sauvages. Quelques-uns sont peut-être assez civilisés pour apprécier une tenue correcte.

Elle se mit à fouiller dans une de ses valises. La cabine était trop petite pour accueillir tous ses bagages. Sur la douzaine de valises qu'elle avait apportées, nous n'avions réussi à en caser que deux.

— Puisque tu vas être vue avec moi, je dois arranger ça d'une manière ou d'une autre. Peut-être pourrions-nous au moins l'habiller un peu ? Prends ces chaussures, ces lunettes de soleil... dit-elle en me tendant les objets qu'elle sortait de ses sacs. Nous n'avons pas le temps de nous occuper de tes cheveux, mais tiens... me proposa-t-elle en sortant un foulard gris perle. Hermès. Pure soie.

Elle noua le carré autour de ma tête, laissant les extrémités tomber dans mon dos, puis posa une paire de lunettes de soleil sur mon nez.

— Voilà ! Tu ressembles à une Audrey Hepburn blonde. Plus potelée qu'elle, mais toujours *classique*, comme tu le souhaitais.

Je laissai passer le commentaire « potelée ». Mara et moi avions toujours porté des vêtements de la même taille. Pourtant, elle ne manquait jamais de souligner mon « surpoids ».

Je jetai un coup d'œil dans le miroir étroit de la porte de la cabine. Ma sœur était très douée pour créer un look. Si je nouais le foulard sur ma tête, j'avais l'air d'une babouchka de la Russie du Moyen-Âge. Quand elle le faisait... Eh bien, c'était classe.

— Merci, murmurai-je.

— Il n'y a pas de quoi. Je ne peux pas laisser ma propre sœur m'embarrasser devant toute la planète extraterrestre, n'est-ce pas ?

LES PORTES MÉTALLIQUES massives de notre vaisseau spatial s'ouvrirent et la large rampe descendit pour nous permettre de débarquer. Une bouffée d'air parfumé s'engouffra dans le vaisseau. Ça sentait l'herbe fraîchement coupée et les fleurs exotiques, un parfum que je n'avais pas senti depuis... eh bien, jamais. C'était une toute nouvelle planète, après tout.

La lumière du soleil était éclatante. J'ajustai les lunettes de soleil de Mara sur mon nez et sortis du vaisseau pour suivre les représentants humains du Comité de liaison qui étaient montés à bord avec nous.

C'était une journée chaude et ensoleillée, et notre vaisseau spatial avait atterri au milieu d'une prairie dont les haies et les parterres de fleurs avaient été arrangés habilement. Vert et coloré, l'espace ne ressemblait guère à un port spatial.

— C'est joli ici, chuchotai-je à Mara alors que nous descendions toutes les deux la rampe en chancelant à cause de nos talons hauts.

— Oh non ! s'exclama-t-elle en regardant le groupe qui nous attendait sur le chemin de pierre en contrebas. Ils sont encore plus laids en vrai.

La couleur des Aldraiens allait du bois pâle au noyer foncé, en passant par toutes les nuances de terre. Il y avait une nette différence entre les hommes et les femmes aldraiens. Les femmes avaient une apparence plus proche de celle des humaines, à l'exception de leurs trois paires de seins sur le devant. Elles n'avaient pas de cornes et leurs longs cheveux étaient de la même couleur que leur peau. Toutes les femmes présentes étaient agréables à regarder.

Le commentaire de Mara devait concerner les mâles. Énormes et musclés, ils pouvaient facilement être confondus avec des formations rocheuses. Les lignes dures et les angles de leurs corps leur donnaient l'air d'être grossièrement taillés dans des morceaux de granit. Je ne dirais pas qu'ils étaient laids, mais ils étaient différents.

Alors que j'étudiais les Aldraiens, ils se tournèrent tous vers nous. Leurs regards scrutateurs pesaient lourdement sur mes épaules. Je me redressai et ajustai mes lunettes de soleil.

Je répétais les mots de Mara dans ma tête : « Il faut faire semblant jusqu'à ce qu'on réussisse », en faisant appel à toute la confiance que je possédais.

Le groupe comprenait un non-Aldraien. Légèrement plus petit qu'eux, il était recouvert d'une fourrure gris foncé. Il avait de longues cornes légèrement incurvées et une paire de sabots à la place des pieds. C'était un Voranien de la planète Neron.

Il regarda alternativement ma sœur et moi. Je pouvais comprendre sa confusion. Nous portions toutes les deux des lunettes de soleil. Mais même sans lunettes, il n'aurait pas pu nous distinguer. Cet homme avait clairement besoin d'aide.

Je touchai rapidement la cicatrice derrière mon oreille, à l'endroit où le traducteur avait été implanté. Sur Terre, seules les personnes impliquées dans les voyages interplanétaires en étaient équipées. En revanche, les habitants d'autres planètes avaient généralement un traducteur implanté dès la naissance. Tous ceux qui se tenaient devant nous devaient en être équipés.

— Voici Mara Takolsky, déclarai-je en faisant un signe du pouce vers Mara. Je suis Susanna Riley, sa sœur.

— Oh, vous êtes la nounou, dit-il poliment.

Était-ce ce que j'étais ?

Pour obtenir mon billet, nous avions dû donner les raisons pour lesquelles j'accompagnais ma sœur. L'une d'elles était de l'aider à s'occuper des enfants de son nouveau mari.

J'avais imaginé que je pourrais essayer d'être nounou. Tant que je restais loin des hommes de Bolchoy et que je gardais la tête sur mes épaules.

— Je suis la nounou, confirmai-je.

L'homme à la fourrure et aux sabots prit la main de ma sœur dans les deux siennes.

— Bienvenue sur Aldrai, madame Xavran Rax, la salua-t-il en l'appelant par son nouveau nom de femme mariée. Je suis Alcus Hecear, le représentant voranien du Comité de liaison.

L'expression de Mara changea pour être digne d'une photo de magazine.

— C'est un plaisir de vous rencontrer, roucoula-t-elle.

Alcus Hecear saisit ensuite ma main et la serra dans les siennes de la même manière. Lorsqu'il inclina la tête, je reculai un peu, craignant d'être poignardée par ses longues cornes.

— Bienvenue, Nounou Susanna Riley.

— Merci, répondis-je en inclinant la tête à mon tour.

Comme les Aldraiens, cet homme avait une apparence inhabituelle. Mais ses manières étaient polies et amicales.

— Je suis heureuse d'être ici, ajoutai-je.

— Permettez-moi de vous présenter madame la Conseillère Vrux. C'est la responsable de la branche aldraienne de notre Comité de liaison.

Une Aldraienne brune avec une queue de cheval haute nous sourit.

— Bienvenue sur notre planète. J'espère que vous vous y plairez.

— Merci, répliqua Mara en lui adressant un demi-sourire poli.

— C'est tellement beau, déclarai-je en balayant du regard les collines verdoyantes qui nous entouraient avec admiration.

— C'est vrai, acquiesça Alcus Hecear. Aldrai est une planète magnifique. Ses habitants ont travaillé dur pour la rendre aussi belle.

La conseillère Vrux ajouta :

— Si vous avez besoin de quoi que ce soit, vous pouvez me contacter directement ou par l'intermédiaire du capitaine Rax.

Elle fit un geste en direction d'un homme qui nous observait de loin.

Il s'avança. Celui-ci était peut-être le plus grand de tous. Je dus pencher la tête en arrière pour voir son visage lorsqu'il s'approcha.

— Permettez-moi de vous présenter votre mari en personne, madame Rax, annonca Alcus Hecear sur un ton formel. Capitaine Xavran Rax.

— Oh...

Mara fixa l'Aldraien à travers ses lunettes de soleil.

Je le fis aussi.

Avec sa peau couleur granit gris perle, il ressemblait à un golem sculpté dans un morceau de montagne. Plusieurs cornes ornaient sa tête, formant une sorte de couronne. Ses yeux étaient sombres, presque noirs, cachant son expression aussi efficacement que nos lunettes de soleil.

— Eh bien, bonjour, dit Mara qui retrouva enfin ses mots. Comment vas-tu ?

— Je vais bien, merci.

Il pencha la tête en balançant sa couronne de cornes.

— Hum, bonjour...

Ce fut tout ce que je pus dire.

Il y avait de la puissance qui émanait de lui, une force à laquelle j'aurais aimé pouvoir m'accrocher. Comme s'il allait arracher la tête de quiconque oserait faire du mal à ses proches. Ça me donnait envie de me rapprocher de lui, pour me sentir en sécurité...

Je clignai des yeux pour me débarrasser de ce fantasme déplacé.

Le capitaine était un homme de grande taille. C'était tout ce que je savais de lui jusqu'à présent.

Il était habillé de façon décontractée, avec une chemise couleur feu avec des boucles de cuir sur les épaules et sur les côtés, un pantalon marron foncé et des chaussures légères. Une paire de brassards beiges avec des rangées de bosses à l'arrière enserraient ses avant-bras.

— Ce n'est pas possible que toute la foule venue pour nous accueillir soit présente, fit remarquer Mara en faisant un geste vers la douzaine d'Aldraiens qui étaient venus à notre rencontre. Où se déroule la cérémonie principale ?

Le capitaine fit rouler ses épaules massives, ornées de courtes cornes et de bosses.

— Je n'ai demandé aucune cérémonie.

Le visage de Mara s'assombrit, l'espoir la quittant.

— Pas de cérémonie ? Mais...

Parée de ses plus beaux atours, Mara était magnifique. Elle aurait pu faire la couverture de n'importe quel magazine de mode sur Terre. Je comprenais sa déception de ne pas pouvoir se montrer à une foule plus grande.

— Nous n'avons pas le temps pour ces bêtises, rétorqua le capitaine sur un ton bourru. Nous devons rentrer avant que les enfants ne reviennent de l'école.

— Oh, c'est vrai... Les enfants, soupira-t-elle. Comme c'est banal et prosaïque, ajouta-t-elle à voix basse, pour que je sois la seule à l'entendre.

Il se tourna ensuite vers moi.

— Bonjour, madame Riley.

J'essayai de ne pas gesticuler en croisant ses yeux sombres.

— Juste Susanna, s'il te plaît. Tu peux m'appeler par mon prénom si tu le souhaites.

— Merci, répondit-il sur un ton neutre.

Mara pinça les lèvres, visiblement mécontente d'avoir manqué la fête qu'elle croyait lui être due.

— Mon avion est par là, nous informa le capitaine en faisant un geste vers la gauche avec une main de la taille d'une pelle.

— Tu as un avion ? s'éleva la voix de Mara qui revêtait un intérêt évident.

Peut-être que tout n'était pas perdu pour elle avec ce « fermier ».

— Tu as un jet ? l'interrogea-t-elle.

— Un jet ?

Après un bref signe de tête aux Voraniens et aux Aldraiens, le capitaine s'engagea sur un chemin pavé en direction d'une haute haie sur la gauche.

Mara trottinait derrière lui.

— Comment appelle-t-on un avion privé ici ?

Je les suivis.

— Un avion, répéta-t-il. J'en ai deux. Un pour moi. Un pour ma nounou.

— Moi ?

Je restai bouché bée. Pourquoi une nounou avait-elle besoin d'un jet privé ?

Mara s'arrêta brusquement.

— Hé ! Et nos affaires ? Nos bagages ?

Le capitaine ne ralentit pas, et je ne savais pas si je devais rester avec elle ou continuer à marcher avec lui.

Il nous jeta un coup d'œil par-dessus son épaule.

— Les bagages de votre cabine ont déjà été chargés dans mon avion. Trois valises, précisa-t-il en tendant trois longs doigts larges.

— Seulement trois ? demanda-t-elle en tapant du pied.

Il s'arrêta et se retourna.

— Il y en a d'autres ?

— Bien sûr qu'il y en a d'autres ! répondit-elle en levant les mains en l'air. Je suis venue ici pour un an, pas pour un week-end.

Il arqua son épaisse arcade sourcilière.

— Il faudra qu'elles soient livrées plus tard, alors. Je n'ai pas de place pour des valises supplémentaires.

— Pas de place ? rétorqua-t-elle. Quel type de jet est-ce donc ?

Sa large poitrine se souleva sous l'effet d'une profonde respiration. Je me demandai s'il comptait dans sa tête pour se calmer avant de parler. C'est ce que je faisais souvent quand j'avais affaire à Mara ou à des clientes grincheuses.

— Je n'ai jamais dit que j'avais un *jet*, quel que soit le sens que tu donnes à ce mot, dit-il lentement. J'ai un avion personnel dont l'espace de chargement est limité et je n'ai pas le temps de charger d'autres bagages. Ils devront être livrés plus tard.

Son argument était valable. Malheureusement, Mara n'avait jamais été du genre à écouter la voix de la raison.

— Quand ? s'enquit-elle en ne lâchant pas.

Mais cette fois-ci, ses caprices ne semblaient pas faire le poids face à l'entêtement du capitaine. Il fit calmement demi-tour et reprit le chemin.

— Plus tard, lança-t-il par-dessus son épaule. Tu devras te contenter de ce que tu as.

La poitrine de Mara se soulevait et s'abaissait rapidement, ses mains serrées sur ses flancs. Manifestement, elle n'était pas habituée à cette attitude de la part des hommes. Je m'attendais à ce qu'elle lui crie dessus, mais le fait de manœuvrer sur le chemin pavé avec ses talons aiguilles l'empêcha de se concentrer pendant un moment. Les pavés ne faisaient jamais bon ménage avec les talons hauts.

Le capitaine avançait rapidement avec ses jambes larges et musclées. Mara et moi avions du mal à suivre.

— Y a-t-il un problème ?

Il jeta un coup d'œil par-dessus son épaule pour voir ce qui nous retenait.

Lorsqu'il posa son regard sur nos chaussures, il fronça les sourcils, mais ralentit suffisamment pour que nous puissions le rattraper.

Nous contournâmes la haie et entrâmes dans un champ d'objets colorés garés en rangées ordonnées. Ils ressemblaient à de grands oiseaux aux ailes repliées. En nous approchant de l'un d'eux, je me rendis compte qu'il s'agissait d'un véhicule avec une cabine en verre à l'avant.

Le capitaine appuya sur un bouton situé sur l'un de ses brassards et un panneau de verre s'ouvrit sur le côté du véhicule vert, jaune et violet, qui se trouvait juste devant nous.

— Ils sont si jolis…

Restant bouche bée devant l'avion coloré, je perdis de vue les pavés. Mon talon glissa et se retrouva coincé dans un interstice. Déséquilibrée, je commençai à chuter vers l'avant en agitant les bras.

Le capitaine poussa un juron dans sa barbe et me rattrapa par la taille, m'évitant ainsi de tomber à la renverse.

— C'est quoi ces trucs stupides que tu portes aux pieds ? grogna-t-il, son énorme bras serré autour de moi par derrière. Nous ne partirons jamais d'ici à ce rythme-là.

Il me souleva.

— Oh ! fis-je avec une voix étranglée, trop choquée pour protester.

Il me mit sous son bras, ma chaussure se balançant au bout de mes orteils.

— Viens, dit-il en tendant son autre main à Mara. Accroche-toi à moi.

Les yeux écarquillés, elle me regarda pendue à son bras comme si je n'étais pas plus lourde qu'un chat et ne discuta pas. Elle s'agrippa silencieusement à son autre main et trotta aux côtés du capitaine en direction de son véhicule.

— Tu vas rentrer là-dedans.

Il la poussa légèrement vers le panneau latéral ouvert, lui indiquant la banquette arrière à côté de nos valises empilées les unes sur les autres.

Puis il me porta jusqu'à l'autre côté et ouvrit le panneau qui s'y trouvait.

— Et toi, tu entres ici.

Il me déposa sur le siège douillet à l'intérieur, puis grimpa sur le siège du pilote à côté de moi.

— Nous serons à la maison dans moins de deux heures. Attachez vos ceintures, mesdames.

Chapitre 4

Xavran

S'il n'avait pas connu Stefan, sa nounou mâle venue de la Terre, il aurait pensé que les humains étaient insupportables. Il aurait même renvoyé ces deux-là. Mais comme il s'entendait bien avec Stefan, il s'était dit qu'il y avait de l'espoir concernant les femelles aussi.

Après les avoir fait monter toutes les deux dans l'avion, il avait perdu de vue qui était qui. Elles portaient des vêtements légèrement différents, mais il faisait rarement attention à la mode. Et maintenant, il ne se souvenait plus. La bavarde à l'arrière était-elle sa nouvelle femme ? Ou la maladroite assise à côté de lui ?

Ça n'avait pas beaucoup d'importance. Il espérait avoir une relation amicale et professionnelle avec les deux femmes, mais rien de plus avec l'une ou l'autre.

Elles étaient maintenant toutes deux silencieuses. Même la plus bavarde d'entre elles était assise tranquillement derrière lui, boudant probablement parce qu'il avait laissé leur cargaison derrière eux.

De combien de choses une femme humaine avait-elle besoin pour survivre ? Il espérait qu'elles n'étaient pas beaucoup moins résistantes que leurs homologues masculins. La dernière chose dont il avait besoin, c'était d'embaucher un tas de gardiens pour sa nouvelle femme et sa nounou.

Il jeta un coup d'œil à celle qui était assise à côté de lui. Elle enleva sa chaussure, puis l'inspecta. Elle semblait froncer les sourcils, à en juger par son front plissé et ses lèvres pincées. Les énormes lunettes noires cachaient le reste de son visage.

— C'est un choix de chaussures extrêmement peu pratique, fit-il remarquer.

Elle touchait une petite égratignure sur le talon absurdement haut de la chaussure.

— J'ai bien peur de devoir être d'accord avec toi sur ce point.

Leur conversation attira l'attention de la femme à l'arrière.

— Tu as abîmé mes Louboutin ? siffla-t-elle en se penchant en avant.

— Ce n'est qu'une petite éraflure, répondit la maladroite en s'excusant, frottant la chaussure comme si elle espérait l'effacer du cuir brillant. Je suis sûre qu'on peut la réparer.

— Ah bon ? Et tu vois un cordonnier quelque part dans le coin ? s'en prit la bavarde à sa sœur.

Il était désolé pour la maladroite, qui continuait à tripoter la griffure.

— Nous avons d'habiles cordonniers à Diria. Ils les répareront en un rien de temps, proposa-t-il. Ou mieux encore, ils te fabriqueront une paire de meilleures chaussures, ne put-il s'empêcher d'ajouter.

Les chaussures peu pratiques n'étaient pas une habitude exclusivement humaine. Certaines femmes d'Arqa, la capitale d'Aldrai, portaient, elles aussi, des chaussures aux formes bizarres. Cela dit, il n'approuvait pas non plus ce genre d'idioties.

— De meilleures chaussures ? se moqua la bavarde, semblant sur la défensive. Meilleures que des Louboutin ?

— C'est quoi des *Louboutin* ?

Le système de traduction hautement sophistiqué qui transmettait parfaitement le sens des métaphores étrangères, des expressions idiomatiques et même de l'argot, n'avait pas réussi à traduire ce mot. Ce qui ne fit que confirmer ce qu'il savait déjà : la bavarde disait beaucoup de bêtises.

— Mara, arrête, dit la maladroite sur un ton sec à sa sœur.

Et celle qui se trouvait à l'arrière s'installa en soufflant.

Si la plus bavarde était Mara, sa nouvelle femme, celle qui était à côté de lui devait être la nounou.

Elle se tourna vers lui.

— Ce n'est pas important. Louboutin est juste une autre façon d'appeler ces chaussures.

C'était exactement ce qu'il pensait : du charabia.

Il dirigea l'appareil hors de la ville et mit le cap sur Diria.

Les deux femmes regardaient en silence le paysage par le cockpit en verre. Cette partie d'Aldrai était magnifique. Lui aussi aimait la voir. Les collines verdoyantes et les fleurs abondantes qui fleurissaient tout au long de l'année étaient le résultat des efforts de plusieurs générations de ses ancêtres.

Comme ses aïeux, il était fier de son travail, qui consistait à terraformer le désert inhospitalier du sud. Il avait contribué à transformer le désert en paysages verdoyants et luxuriants, comme celui qui s'étalait en dessous d'eux.

— Quelle magnifique planète ! s'émerveilla la nounou.

— Je ne me lasse pas de la contempler également, avoua-t-il.

— J'ai entendu dire que vous ne construisiez pas de maisons ? demanda Mara.

— Pas dans le sens des maisons des habitants d'autres planètes. Mais nous consacrons beaucoup d'efforts à nos espaces de vie.

Elles se turent de nouveau. Au bout d'un moment, les deux femmes semblaient s'assoupir au son du ronronnement doux et monotone des moteurs.

Il jeta un regard furtif à la nounou affalée sur le siège à côté de lui. Appuyée contre la vitre, elle semblait dormir. Des mèches de cheveux clairs s'échappaient du tissu qu'elle portait sur la tête. Il ne put s'empêcher de jeter un coup d'œil à son ventre. Il avait l'air bizarre sans les deux paires de seins supplémentaires que possédaient les femmes aldraiennes.

Elle devait probablement le trouver bizarre aussi. Probablement laid. Il y avait une raison pour laquelle les mariages aldraiens-humains étaient principalement des unions entre hommes humains et femmes aldraiennes. En général, les autres races ne trouvaient pas les hommes aldraiens visuellement attrayants, les trouvant trop grands, de formes trop grossières, et globalement trop maladroits.

Il se demandait si le fait d'avoir précisé qu'il ne voulait pas de relations sexuelles dans son mariage l'avait aidé à obtenir cette mise en relation aussi rapidement.

Quoi qu'il en soit, il se réjouissait de pouvoir enfin compter sur l'aide d'une femme. Avec ses deux filles qui entreraient dans l'adolescence dans quelques années, il serait bon d'avoir une figure maternelle pour les guider dans la transition vers la féminité. Il se sentait souvent dépassé par les événements, surtout en ce qui concernait les questions féminines.

Diria apparut. L'hôtel de ville abrité au centre était entouré de maisons à jardin ouvert à perte de vue. Son lieu de vie se trouvait à l'extrémité de la ville, la plus proche du lac.

Il fit descendre l'appareil, puis le fit atterrir devant le portail. L'atterrissage fut aussi doux que possible, mais la légère secousse provoquée par le contact de l'avion avec le sol réveilla les femmes.

— Sommes-nous arrivés ? s'enquit la nounou en essayant de se frotter les yeux, oubliant manifestement qu'elle portait des lunettes.

Elle les fit tomber et elles atterrirent sur ses genoux.

— Désolée...

Elle les saisit, en touchant sa bite à travers le tissu de son pantalon.

— Oh ! fit-elle en laissant retomber les lunettes sur son entrejambe, les joues rouges.

La sensation des doigts de la jeune femme qui le tripotaient lui fit ressentir une décharge de chaleur dans tout le corps. Son cœur accéléra pendant quelques secondes. Il fit retomber son excitation juste à temps avant que sa bite ne grossisse et ne pousse les lunettes de la jeune femme vers le haut.

— Tiens, dit-il en les prenant et en les lui tendant.

— Je suis vraiment désolée, souffla-t-elle, rencontrant ses yeux.

Les siens étaient d'un bleu limpide, comme le ciel.

Il ne put s'empêcher de penser : « Charmant ».

— Comment t'appelles-tu ? s'entendit-il demander.

Ils avaient été présentés, mais tous les noms étaient mélangés dans son cerveau. En plus, il voulait réentendre sa voix. Celle-ci ne parlait pas autant que l'autre femme.

Elle se râcla la gorge.

— Susanna.

— Susanna, répéta-t-il.

Il aimait la façon dont son nom glissait sur sa langue. Il avait l'impression d'avoir un morceau de dessert sucré dans la bouche.

Elle se pencha pour remettre sa chaussure.

— Laisse-la, lui dit-il en appuyant sur les boutons pour ouvrir les deux panneaux latéraux. Enlève aussi l'autre. Nous marchons pieds nus dans nos espaces de vie.

Chapitre 5

Susanna

Je pensais que la planète était magnifique vue du ciel. Mais de près, Aldrai m'époustouflait tout simplement. L'endroit où habitait le capitaine était incroyable. Il n'y avait pas de maison ! Rien du tout. Le portail nous conduisit dans de magnifiques jardins vivants, séparés par de hautes haies.

Le capitaine nous emmena le long d'un chemin pavé fait d'un matériau semblable à du caoutchouc. Il se comprimait légèrement sous mon poids, massant mes pieds nus.

— Ta chambre est ici, Susanna, m'informa le capitaine en ouvrant une entrée en treillis drapée de guirlandes de fleurs vivantes.

Je franchis l'ouverture pendant qu'il emmenait Mara plus loin sur le chemin de sa « chambre ».

L'espace dans lequel j'étais entrée ressemblait à s'y méprendre à un jardin magique de conte de fées, entouré de haies vert foncé et de vignes vert tilleul ornées de fleurs colorées. Certaines « fleurs » s'envolèrent à mon approche, c'était en fait des insectes volants aux ailes colorées et aux queues fluides. Je m'arrêtai, et ils se calmèrent, un par un.

— C'est juste... commençai-je à dire en riant intérieurement. Tellement beau !

Je tournais en rond, admirant mon nouvel espace de vie. Ici, pas de tapis ni de pavés. Au lieu de ça, de l'herbe verte et luxuriante me chatouillait les orteils.

Un grand lit se dressait sur un large monticule plat au milieu. Les troncs de quatre grands arbres servaient de montants de lit. Leurs épaisses voûtes vertes procuraient une ombre fraîche. Les longues branches se balançaient doucement sous l'effet de la brise, et j'imaginais combien il serait confortable de dormir ici.

Je me sentais comme une fée des bois dans cet espace fantastique.

La salle de bain était un autre espace ouvert, avec un étang en guise de baignoire, rempli par une série de cascades qui tombaient d'un mur de rochers astucieusement construit.

— Waouh, sifflai-je en moi-même. C'est au-delà des mots.

L'eau était belle et chaude au toucher. J'aurais voulu me déshabiller et plonger dedans. Mais je pensai que je devais au moins parler à notre hôte avant, pour le remercier et lui demander ce qu'on attendait de moi. Après tout, j'étais une nounou, pas une invitée.

Je devais également rendre ses chaussures à Mara avant qu'elles ne commencent à lui manquer et qu'elle ne devienne trop grincheuse.

Je laissai ma valise derrière une autre cloison en treillis, dans un espace avec des étagères qui ressemblait à un placard. Puis je pris les talons de Mara et sortis de ma « chambre ».

L'herbe fraîche et soyeuse était bien plus agréable sous mes pieds que n'importe quelle chaussure. J'empruntai le sentier devant la porte et regardai les pavés se comprimer sous mon poids.

— Je pourrais certainement m'y habituer, marmonnai-je dans ma barbe.

Je fis quelques pas en rebondissant sur le sol dans la direction où le capitaine avait emmené Mara.

Mon attention était concentrée sur mes pieds alors que je marchais et... je percutai un mur à pleine vitesse. Dans un endroit où il y a des haies, je ne m'étais pas attendue à ce qu'un mur dur et massif se dresse soudainement sur mon chemin.

L'impact fut fort.

— Houf !

Je reculai en chancelant.

Le mur était en fait la poitrine large et ferme du maître des lieux.

— Attention.

Le capitaine me saisit par les bras, m'empêchant de tomber en arrière.

— Mon Dieu, j'ai la tête qui bourdonne, dis-je en mettant ma main sur mon front. Pourquoi es-tu si dur ? lui demandai-je en tapotant sa poitrine.

J'avais dû me faire très mal à la tête. Sinon, pourquoi aurais-je touché un inconnu ? Surtout un inconnu aussi inaccessible que le capitaine.

Surtout après que je l'avais accidentellement tripoté dans l'avion.

Cette pensée me fit immédiatement rougir. Le souvenir de son membre large entre mes doigts se précipita dans mon esprit sans y être invité.

C'est une grosse bite pour un seul homme.

Pourquoi, mais pourquoi pensais-je à sa bite ?

Et maintenant, je ne pouvais plus le regarder dans les yeux.

Il resta sur mon chemin.

— C'est héréditaire. Les hommes de ma famille ont tendance à être plus larges que la moyenne, m'expliqua-t-il.

Il me fallut un moment pour comprendre qu'il répondait à ma question.

— Mon travail physique n'améliore pas les choses, ajouta-t-il.

Au moins, il avait l'air à l'aise, pas affecté par ma maladresse.

Je me risquai à lever les yeux vers son visage. Comme le reste de son corps, ses traits semblaient durs et anguleux, comme s'ils avaient été ciselés dans une dalle de roche. Je me demandai si tout son corps était solide comme ça. Lorsque je l'avais saisie, sa bite m'avait semblé épaisse mais pas trop dure.

Pourquoi est-ce que j'y pense encore ? gémis-je intérieurement.

Ses yeux sombres étaient indéchiffrables tandis qu'il me fixait. Mais ses lèvres s'étiraient en une sorte de sourire en biais. Ce n'était pas vraiment un sourire, c'était juste une légère inclinaison de sa bouche sur le côté. Je ne le trouvais pas du tout hideux. Ça le rendait plus accessible, presque comme s'il invitait à la conversation.

— Beaucoup de travail physique ? Bien sûr, répondis-je. Tu travailles dans les champs, n'est-ce pas ? Dans une ferme ?

Je l'imaginais très bien transporter des pierres ou déraciner des arbres. Tous ses muscles pouvaient certainement supporter ce type de travail.

Il croisa les bras sur sa poitrine, faisant ressortir ses biceps d'une manière presque provocante.

— Je travaille dans un désert à la frontière. Ou du moins, je le faisais jusqu'à l'année dernière. Il faut que je te parle de ça. Veux-tu m'accompagner dans la cuisine ? m'interrogea-t-il en faisant un geste derrière moi.

— J'allais les rendre à Mara, expliquai-je en soulevant les escarpins.

Je me rendis compte que ça revenait à admettre que je n'avais pas de chaussures convenables et que j'avais dû en emprunter à ma sœur. C'était embarrassant. Mais c'était aussi vrai.

— Ce sont les siennes ?

Il loucha sur les chaussures, les regardant comme s'il s'agissait d'une paire de grenouilles mortes.

— Laisse-les ici, poursuivit-il. Mara voulait se reposer après le vol, de toute façon. Inutile de la déranger.

— D'accord.

Je déposai les chaussures près de l'entrée de ma chambre.

Le capitaine se dirigea vers le chemin.

— Tu as faim ? Je vais te préparer quelque chose.

C'était nouveau. Personne ne m'avait jamais nourrie sans que je le paie.

Je le suivis dans un autre espace ouvert. Celui-ci comportait une longue et lourde table au milieu et un comptoir rond sur le côté. Il y avait quelque chose qui ressemblait à un gril et une autre fontaine complexe, qui servait d'évier de cuisine, imaginais-je. Des choses se trouvaient sur les étagères au-dessus, et je n'essayai même pas de les nommer ou de les identifier.

— Assieds-toi, m'invita-t-il en désignant l'un des fauteuils en bois massif qui se trouvaient près de la table. Tu manges de la viande ?

Je hochai la tête.

— Qu'en est-il des céréales ? Du pain ?

Je hochai de nouveau la tête.

Il ouvrit une grande porte en bois encastrée dans une haute colline herbeuse à côté du comptoir et qui semblait mener sous terre. De l'une des nombreuses étagères étroites situées à l'intérieur de la porte, le capitaine sortit un pot en terre cuite et un panier enveloppé d'un tissu.

Il prit une miche de pain brun clair dans le panier et en coupa une tranche, puis déposa dessus quelques lamelles de viande provenant du pot.

— Mange, dit-il en glissant vers moi le pain garni. Les humains ont besoin de manger plus souvent que les Aldraiens.

— Comment le sais-tu ? m'enquis-je en prenant une bouchée. Oooh, c'est bon !

Le pain avait une texture granuleuse et la viande avait le goût de la charcuterie séchée, juteuse grâce à la marinade.

Ses lèvres s'inclinèrent de nouveau. Je supposai que les rictus étaient tout ce qu'il était capable de faire en termes de sourires. Cela dit, ça ne me dérangeait pas. C'était toujours mieux que des froncements de sourcils.

— Du *cuqrel* mariné et du pain *vehnun*, dit-il. C'est bien que tu aimes ça, car c'est l'un des aliments de base sur Aldrai. Facile à trouver partout et aussi nourrissant pour les humains que pour les Aldraiens.

— Comment sais-tu ce qui est bon pour les humains ?

Je pris une autre bouchée, bien plus grosse. Le voyage dans l'espace m'avait affamée, et mon appétit s'ouvrait de plus en plus à mesure que je mangeais.

Le capitaine remplit deux verres d'eau, un pour moi et un pour lui. Il s'assit ensuite en face de moi.

— J'ai fait quelques recherches sur ton espèce avant de décider de demander une épouse humaine. D'ailleurs, ma nounou actuelle vient de la Terre.

C'était inattendu.

— Ah bon ? Tu as déjà une nounou ? Elle est humaine ?

N'était-ce pas censé être *mon* travail ici ?

— *Il,* me corrigea-t-il. Ma nounou est un homme.

— Un homme ? répétai-je avant de boire une gorgée d'eau pour faire passer le sandwich. C'est un peu inhabituel, mais pas impossible, bien sûr.

— Stefan est venu ici dans le cadre du programme matrimonial, comme ta sœur, m'expliqua-t-il. C'est le mari d'une de nos conseillères municipales.

— Alors, tu vas avoir deux nounous ?

Je serais plus qu'heureuse de laisser Stefan prendre complètement le relais. En ce qui concernait la garde d'enfants, je ne me sentais pas du tout dans mon élément.

— Non. Stefan a démissionné. Sa femme est enceinte. Elle devrait accoucher à la fin du mois prochain. À partir de la semaine prochaine, Stefan veut s'occuper d'elle à plein temps. J'allais chercher un remplaçant, mais ta demande de rejoindre ta sœur est arrivée juste à temps.

— Juste à temps... répétai-je.

Mes pensées revinrent à cette nuit horrible où la tête coupée de Tom avait été livrée à ma porte. Après avoir mis fin à mon appel avec Mara, j'avais appelé la police pendant qu'elle s'occupait de Jason. Lorsque le policier avait ouvert la boîte, je n'avais vu qu'un aperçu des cheveux roux de Tom, ébouriffés et maculés de sang. Mais ça avait été suffisant pour que l'image me hante depuis.

— Merci beaucoup de m'avoir permis de venir, le remerciai-je sincèrement. Tu ne sais pas combien ça signifie pour moi. Pour Mara et moi.

Il inclina la tête.

— Il n'y a pas de quoi. Je ne voudrais pas priver ma femme de la compagnie de sa sœur. Le changement de planète s'accompagne de nombreux défis et ajustements. Il est bon d'avoir le soutien d'un être cher. Je sais que les grossesses multiples sont rares sur Terre et que les jumeaux ont tendance à être très proches.

— C'est vrai.

Je décidai de ne pas souligner que chaque norme comportait des exceptions et que les jumeaux ne s'entendaient pas toujours. Du moins, Mara et moi ne nous entendions pas.

La prévenance du capitaine ne m'échappait pas. Il semblait prendre ce mariage au sérieux, même s'il n'était pas réel. Malgré son attitude bourrue et son entêtement, il avait pris le temps d'apprendre à connaître les humains et voulait que sa femme se sente à l'aise dans son nouvel environnement.

J'espérais sincèrement que ses efforts ne seraient pas gâchés par Mara.

— Stefan a été formidable avec les enfants, poursuivit-il. Il va nous manquer, mais je suis heureux d'avoir une nounou femme maintenant. Ce sera mieux pour les filles.

— Les filles ?

Zut, je ne savais rien des enfants dont j'étais censée m'occuper.

— Quels sont les prénoms des enfants ? le questionnai-je.

— Les filles s'appellent Ene et Illal. J'ai aussi deux garçons, Ivex et Xilvo.

Je répétai plusieurs fois leurs prénoms dans ma tête pour les mémoriser. Volontairement ou non, le capitaine me mettait à l'abri de la mafia meurtrière. Le moins que je puisse faire était de me souvenir des prénoms de ses enfants.

— Quel âge ont-ils ?

— Onze ans.

— Tous ?

— Oui. Ils sont issus de la même grossesse et sont nés le même jour.

Les muscles de sa mâchoire se contractèrent et une lueur sévère brilla dans ses yeux sombres. Ce n'était pas l'expression qu'aurait dû avoir un père aimant en parlant de la naissance de ses enfants. Je me demandai ce qui avait provoqué cet éclair de colère, mais ça ne me regardait pas.

— Peu importe, continua-t-il en haussant ses épaules massives, comme pour se débarrasser de quelque chose de désagréable. Les enfants vont arriver d'une minute à l'autre. Stefan te montrera ce qu'il faut faire pendant les prochains jours. Je resterai également à Diria jusqu'à la fin du mois.

— Et après ? Tu as l'intention de quitter la ville ?

Il se déplaça sur son siège, mettant de côté son verre d'eau à moitié vide.

— J'ai été formé pour conduire un *crozan*. C'est ce que je fais. Ou *faisais*. Jusqu'à il y a un an, quand ma mère est tombée malade et n'a plus pu m'aider avec les enfants.

— Je suis désolée de l'apprendre. J'espère qu'elle va mieux.

— Elle est morte, répondit-il sans détour.

Son regard se durcit.

— Oh... Je suis désolée, répétai-je.

Il hocha la tête.

— Après ça, j'ai pris un emploi dans le bureau de l'entreprise pour laquelle je travaille.

Il grimaça, ne semblant pas heureux de cette décision.

— Ça me permet de rester à Diria, poursuivit-il, et d'être avec les enfants le soir, après le départ de Stefan. Avec Mara et toi ici, je peux retourner à mon travail à la frontière. Le désert est très loin d'ici en avion. Je ne pourrai pas rentrer à la maison tous les soirs. En général, je travaille trois semaines consécutives à la frontière, et j'ai ensuite une semaine de congé. Si tu acceptes de faire coïncider tes horaires de travail avec les miens, ce serait idéal.

Je ne savais pas exactement ce que faisait un conducteur de *crozan* ni ce que signifiait « frontière » sur Aldrai, mais les exigences de mon poste semblaient assez claires : s'occuper des enfants pendant l'absence de leur père.

— Bien sûr.

J'espérais vraiment que je serais bonne dans ce travail. S'occuper de quatre enfants pendant des semaines était une énorme responsabilité. Connaissant ma sœur, je ne pourrais pas compter sur son aide. Je devrais me débrouiller seule.

— Merci.

Il me fit un signe de tête en inclinant ses cornes. Il en avait un bon nombre – une rangée de cornes courtes et légèrement incurvées descendait au milieu de sa tête, d'avant en arrière, comme un mohawk. En outre, deux cornes plus longues s'enroulaient de chaque côté au-dessus de ses oreilles.

De courtes cornes et des bosses couvraient également ses épaules. Des bosses dures s'étalaient sur ses coudes. Lorsqu'il me tourna le dos pour porter la vaisselle sur le comptoir près du point d'eau, je remarquai une bosse surélevée au-dessus de chacune de ses vertèbres, qu'on pouvait voir sous le tissu léger de sa chemise.

Avec sa masse corporelle, toutes ces cornes et tous ces endroits durs, cet homme pouvait faire office de boule de démolition s'il le souhaitait. C'était un miracle que j'aie survécu en me cognant contre lui si brutalement sans me briser les os.

— Ta situation est inhabituelle, Susanna, déclara le capitaine en retournant à son siège. Jusqu'à présent, les humaines ne venaient sur Aldrai que pour se marier. En tant que mon épouse, ta sœur a un accès illimité à tout ce que je possède. En tant qu'employée, tu auras un compte en banque à ton nom, sur lequel je déposerai ton salaire chaque semaine.

C'était une bonne surprise. Je n'avais pas prévu d'être payée en me cachant de la mafia.

— Merci, répondis-je. Un conseil, ne parle pas d'accès illimité à Mara, ajoutai-je en souriant.

— Elle aime faire du shopping ?

Il m'adressa le sourire complice d'un homme qui savait à quel point cette habitude pouvait être néfaste pour certaines femmes.

— Nous aimons ça toutes les deux.

Nous étions sœurs, après tout. À bien des égards, j'étais comme Mara. Sauf que, contrairement à elle, j'étais passée par un stage intensif d'épargne et de budgétisation en essayant de survivre par mes propres moyens.

— Il suffit de lui donner de l'argent de poche, pour l'instant. Pour voir comment ça se passe.

Son regard se perdit dans le vague pendant un moment.

Un doux ronronnement se fit entendre au loin. Le visage du capitaine s'illumina. Il pencha la tête en arrière. Je fis de même, scrutant le ciel au-dessus de nous.

Dans le ciel, un oiseau aux couleurs vives descendait de plus en plus bas, grossissant de plus en plus.

— Les voilà ! annonça-t-il avec enthousiasme.

Chapitre 6

Xavran

Il entendit leurs voix joyeuses avant que la porte d'entrée ne s'ouvre et que sa famille n'entre en trombe. Les quatre petits êtres qu'il aimait tant coururent à travers le jardin, jetant leurs cartables sous la haie la plus proche.

— Salut, Papa ! le salua Illal, la plus douce, en se précipitant la première vers lui.

Elle l'entoura de ses bras.

— Venez ici, les jeunes ! lança-t-il en ouvrant grand les bras.

Ivex et Xilvo sautèrent ensuite dans ses bras, avant d'être rejoints par Ene.

Il les serra tous en même temps. L'avantage d'avoir moins d'enfants que la plupart des gens, c'est qu'il pouvait faire ça : étreindre toute la famille en même temps.

— Comment s'est passée l'école ? s'enquit-il en les relâchant avec une certaine réticence.

— Bien.

— Très bien.

— Comme d'habitude.

Il ne savait pas pourquoi il se donnait la peine de demander. Il connaissait leurs résultats et travaux scolaires grâce aux graphiques quotidiens, qui illustraient leurs performances, et aux rapports de progrès. Il n'obtenait jamais de réponses sérieuses lorsqu'il posait la question, mais il continuait quand même de demander chaque jour qu'il était à la maison.

— Apportez vos sacs dans vos chambres, ordonna-t-il en montrant la pile sous la haie. Ensuite, je veux vous présenter quelqu'un.

Mara était restée dans sa chambre, probablement pour faire une sieste. Susanna était dans la cuisine.

Stefan entra après les enfants et ferma la porte d'entrée.

— Est-ce la nouvelle nounou ?

L'homme sourit, le regard dirigé derrière l'épaule de Xavran.

Xavran se retourna et aperçut Susanna qui se tenait sous l'arche qui menait au jardin de devant.

— Bonjour, salua-t-elle Stefan en lui faisant un signe de la main, avant de se concentrer sur les enfants qui commençaient à ramasser leurs cartables. Enchantée de vous rencontrer tous.

Elle fit un autre signe de la main, l'air un peu raide. La rencontre avec ce quatuor endiablé devait la bouleverser.

Il se mit à ses côtés, ne sachant comment lui montrer son soutien pour qu'elle se sente plus à l'aise.

— Oui, voici la nouvelle nounou. Elle s'appelle Susanna.

— Oh, tu es si jolie, roucoula Illal en serrant Susanna dans ses bras.

— Merci.

Susanna sourit, se détendant enfin un peu.

Deux petites fossettes apparurent sur ses pommettes avec ce sourire, ce qui rendait son expression plutôt adorable.

Elle entoura sa petite fille de ses bras. L'inquiétude dans sa poitrine se dissipa un peu.

— Je m'appelle Illal, se présenta sa fille. Voici mes frères, Xilvo et Ivex.

Les garçons ajustèrent leur tunique d'école et hochèrent la tête en disant à l'unisson :

— Enchanté.

Il se réjouit qu'ils fassent preuve de savoir-vivre.

— Et voici ma sœur Ene.

Illal désigna son autre fille d'un geste.

— Enchantée, murmura Ene, qui s'abstint de l'étreindre.

Susanna

SI CERTAINS TROUVENT les adultes aldraiens laids ou, tout du moins, intimidants, les petits, eux, étaient tout simplement adorables.

Illal avait le plus beau des sourires. Ses longs cheveux fauves étaient attachés en une queue de cheval haute, dont les pointes descendaient jusqu'à sa taille.

Les deux garçons semblaient aussi turbulents que n'importe quel enfant humain. Cependant, sous le regard strict de leur père, ils faisaient manifestement des efforts pour bien se comporter. Les cornes qu'ils avaient sur la tête ne mesuraient qu'environ cinq centimètres de long. J'avais envie de les toucher, elles étaient si mignonnes.

Ene, la deuxième fille, me jeta un regard à la fois curieux et légèrement rancunier. Ses cheveux gris clair étaient coupés court. Séparés en plusieurs sections, ils étaient noués en nattes aux endroits de la tête où les Aldraiens mâles portaient leurs cornes – plusieurs rangées depuis son front jusqu'à sa nuque et une au-dessus de chaque oreille.

Je me demandai si cette coiffure était à la mode ou si c'était une manière de faire passer un message.

— Mettez les sacs dans vos chambres ! ordonna de nouveau le capitaine.

Ils attrapèrent leurs sacs à bandoulière transparents, puis sortirent docilement de la pièce, l'un après l'autre.

— Vous avez faim ? les interpella Stefan.

Les garçons répondirent en criant :

— Nous sommes affamés !

— Ils sont toujours affamés, déclara-t-il en souriant et en s'approchant de moi. Je suis Stefan.

— Susanna, répondis-je en lui serrant la main.

Le large sourire de Stefan semblait avoir élu domicile sur son visage, ce qui contrastait fortement avec l'expression sévère de son employeur.

— Comment trouves-tu Aldrai jusqu'à présent ? demanda Stefan.

Je me rendis compte qu'il ne parlait pas anglais. Le traducteur fonctionnant parfaitement, je dus être très attentive pour le réaliser. On aurait dit une langue slave, mais je ne pouvais dire laquelle exactement.

— D'après le peu que j'en ai vu, j'adore.

Il passa ses doigts dans ses cheveux châtain clair coupés court.

— Aldrai est magnifique. Je suis ici depuis près d'un an maintenant, et je la trouve toujours aussi époustouflante, dit Stefan en suivant les enfants hors de la pièce. Viens, je vais te faire visiter un peu la cuisine. Je suis sûr que Xavran ne l'a pas fait.

Le capitaine ricana, mais ne dit rien, puis se dirigea silencieusement vers la cuisine avec nous.

— Les Aldraiens ne déjeunent pas. Certains n'ont qu'un seul repas par jour : le dîner, m'expliqua Stefan en parlant en chemin. Les enfants prennent un petit-déjeuner à l'école et un goûter lorsqu'ils rentrent à la maison.

— Le goûter est une habitude humaine, fit remarquer le capitaine. Mes enfants n'en avaient pas besoin jusqu'à ce que Stefan commence à leur en préparer.

— Coupable, reconnut aisément la nounou. Je leur ai donné cette habitude. Les Aldraiens mangent très peu tout au long de la journée. Le dîner est leur principal repas.

Il se lava les mains sous la cascade de la cuisine, puis ouvrit la porte en bois encastrée dans la colline.

— C'est la chambre froide. Xavran la garde bien approvisionnée.

Je jetai un coup d'œil à l'intérieur. L'air du sous-sol était frais. Un escalier descendait dans un espace beaucoup plus grand qu'il n'y paraissait de l'extérieur. Tous les murs étaient couverts d'étagères de différentes tailles, allant du sol au plafond. Et chaque étagère était chargée de bocaux, de boîtes et de paniers remplis d'articles tels que de la viande séchée, du pain, des céréales et d'autres choses que je ne connaissais pas.

Stefan choisit un bocal et une boîte sur une étagère au-dessus de l'escalier.

— La préparation des repas aldraiens est longue. Ils font mariner, fermenter et macérer tout et n'importe quoi. Xavran prépare ses propres sauces et marinades, et certaines recettes prennent des semaines.

Je me tournai vers le capitaine, essayant d'imaginer ce colosse en train de faire mariner des produits. Il avait l'air de s'y connaître en cuisine lorsqu'il m'avait préparé le sandwich tout à l'heure.

— Tu sais cuisiner ? l'interrogeai-je quand même.

Il se contenta de grogner en guise de réponse.

— Oui, et il est excellent dans ce domaine, répondit Stefan à sa place. Quand il est à la maison, il prépare le dîner. Mais je te conseille vivement de le laisser tranquille dans la cuisine. Xavran devient très grincheux lorsqu'on le dérange pendant qu'il exerce sa magie culinaire.

Le capitaine haussa ses larges épaules, l'air légèrement mal à l'aise d'être le sujet de la conversation.

— Je ferais mieux d'y aller, dit-il en inclinant la tête vers Stefan. Tu es entre de bonnes mains maintenant, Susanna.

Il sortit de la cuisine.

— Il n'est pas très bavard, commenta Stefan.

— Je ne sais pas... répondis-je en fixant l'arche sous laquelle la grande silhouette du capitaine avait disparu. Il n'était pas silencieux tout à l'heure. Il m'a parlé de ses attentes et de tout le reste.

Les sourcils de Stefan se haussèrent de surprise.

— Eh bien, c'est rare. D'habitude, je dois lui arracher les mots de la bouche. Mais c'est un homme bon, juste et équitable. C'est très agréable de travailler pour lui. Demande-lui tout ce que tu veux et il fera en sorte de te le donner.

Il ouvrit le pot, coupa quatre tranches de pain et prépara des sandwichs comme celui que le capitaine m'avait préparé plus tôt, mais beaucoup plus petits.

— Les enfants réclament de la nourriture lorsqu'ils rentrent, m'expliqua-t-il. Mais si tu leur en donnes trop, ils ne mangeront pas au dîner.

Les enfants entrèrent dans la cuisine en sautillant, un par un.

— Vous êtes-vous lavé les mains ?

Stefan plaça un sandwich devant chacun d'eux. Comme le capitaine tout à l'heure, Stefan n'utilisa pas d'assiettes.

— Tu as faim ? me demanda-t-il.

Je secouai la tête.

— Non, je viens de manger un sandwich.

— OK, très bien, répliqua-t-il en commençant à ranger. Habituellement, je reste jusqu'à ce que Xavran rentre du travail. Je dîne à la maison avec ma femme. Mais tu vivras ici, n'est-ce pas ?

— Oui. Je reste... euh... à domicile. Logée et nourrie, je crois.

— Bien. Comme je l'ai dit, Xavran aime préparer les repas. Tu n'as pas à t'en inquiéter pour l'instant.

Dieu merci. À part un œuf au plat ou des toasts à l'avocat, je cuisinais rarement. J'avais noté mentalement de trouver quelques recettes quelque part pour être capable de préparer à manger quand le capitaine partirait pour son travail dans le désert.

— Je vais bientôt partir, m'informa Stefan en rangeant les restes de pain et de viande. Mais je reviendrai demain matin à la première heure pour préparer les enfants et les emmener à l'école. Tu sais conduire ?

— Une voiture ? Oui.

Je restais devant la table près des enfants. Absorbés par leurs sandwichs, ils ne me prêtaient pas beaucoup d'attention.

Stefan acquiesça.

— C'est bien. Alors tu apprendras aussi à piloter l'avion.

— Quoi ? lâchai-je en le regardant bouche bée. Je ne peux pas piloter un avion !

— C'est facile, crois-moi. Ces choses volent pratiquement toutes seules.

Chapitre 7

Susanna

Après le goûter, les enfants retournèrent dans leur chambre pour se changer et jouer, ou faire tout ce que faisaient les enfants de leur âge sur cette planète.

Stefan était parti et le capitaine semblait commencer le dîner dans la cuisine. Je suivis le conseil de Stefan et sortis de la pièce pour le laisser tranquille.

— Où vas-tu ? s'enquit-il.

— Euh... Déballer mes affaires ?

— Tu ne l'as pas déjà fait ? Et si ce n'est pas le cas, tu pourras toujours le faire plus tard. De toute façon, ta valise était la plus petite des trois.

J'hésitai près de la sortie.

— Je croyais que tu préférais cuisiner seul.

Ses yeux sombres se plissèrent. Il sembla ne pas savoir quoi dire pendant un moment.

— Tu aimes le vin ? me questionna-t-il de façon inattendue.

C'était soudain. Était-ce une question piège ?

— De temps en temps, répondis-je timidement.

Il prit deux gobelets en terre cuite sur une étagère située au-dessus de la fontaine et les posa sur le comptoir, à côté du gril.

— Tiens, me dit-il en sortant deux pichets de la chambre froide située sous la colline. Celui-ci est du vin voranien.

Il versa un peu de liquide violet foncé dans l'un des gobelets, puis arracha le bouchon du second récipient avec les dents.

— Et celui-ci est aldraien, m'indiqua-t-il en versant un liquide rose magenta dans l'autre gobelet. Lequel préfères-tu ?

Je m'assis sur un haut tabouret de bar de l'autre côté du comptoir.

— Voyons voir.

Je bus une petite gorgée du premier. Le vin voranien était sec et légèrement amer, mais il avait un bouquet de saveurs sophistiquées et un arrière-goût agréable.

— C'est bon, déclarai-je.

Je goûtai à l'autre gobelet. Le vin aldraien était plus doux et plus sucré. Le bouquet de saveurs n'était pas aussi complexe.

Si les dégustations de vin auxquelles j'avais assisté m'avait appris quelque chose, je dirais que le vin voranien s'adressait à des goûts plus sophistiqués. Mais le vin aldraien était plus facile à boire.

Ces derniers temps, je préférais de loin la facilité à la sophistication.

— Celui-ci, affirmai-je en buvant une autre gorgée de vin rose.

Une fois de plus, son sourire en biais fit son apparition sur son visage habituellement sévère. Il remplit mon gobelet de vin aldraien, puis vida l'autre gobelet d'un trait.

— Je le savais ! Stefan aime aussi notre vin. Vous, les humains, vous aimez les choses sucrées, n'est-ce pas ?

— En général, oui, approuvai-je en pensant aux bonbons et au chocolat.

Il se versa également du vin aldraien avant de reboucher le pichet.

— Je sais aussi que vous faites ça sur Terre, dit-il en faisant tinter le bord de son gobelet contre le mien. Bienvenue à Aldrai !

L'homme extraterrestre venait de trinquer avec moi. Je ris. Toute cette expérience me semblait surréaliste. Je n'arrivais toujours pas à croire que j'étais sur une autre planète.

— Merci, répondis-je en buvant une gorgée de vin. Est-ce que c'est Stefan qui t'a montré comment on trinquait ?

— Non. C'était dans les vidéos que j'ai regardées pendant mes recherches sur la Terre et les humains.

Ses lèvres brillaient dans la lumière du soleil couchant, tachées de vin comme devaient l'être les miennes

Il en savait tellement sur mon monde, même s'il n'y avait jamais mis les pieds. Et moi, je me retrouvais dans un monde dont je ne connaissais absolument rien.

Je décidai de demander demain à Stefan où et comment je pourrais me documenter sur Aldrai et Diria, la petite ville où nous nous trouvions.

Alors que le ciel s'assombrissait, de douces lumières jaunes s'allumaient au sommet des haies et dans la canopée du grand arbre dans le coin de la cuisine. Un siège tressé avec des coussins était suspendu à une branche épaisse de l'arbre, et je me demandai si c'était l'endroit où le capitaine aimait parfois s'asseoir après le dîner. Je le ferais certainement si j'avais ça chez moi.

Il découvrit le gril et l'alluma, puis sortit un énorme chaudron noir de la chambre froide.

— Est-ce le dîner ?

— Mmh, fit-il en déposant le chaudron sur le gril et le centrant sur le feu. Ce sera prêt dans une heure environ.

Je ne pris pas la peine de demander ce qu'il y avait dans le chaudron. Les noms et les termes locaux n'étaient pas traduisibles par mon appareil, de toute façon. Il valait mieux attendre pour le savoir.

— C'est tout ? C'est tout ce que tu as à faire pour préparer le dîner ?

Je bus une gorgée de vin. Une douce sensation de chaleur se répandait lentement dans mes entrailles. Mes muscles commençaient à se détendre. Toute ma gêne persistante se dissipait également.

— Tu donnes l'impression que c'est facile de cuisiner, le taquinai-je.

Il se mit à rire. Le son se répercuta dans son large torse avec un grognement si bas qu'il résonna dans ma poitrine avec une agréable sensation de picotement.

— J'ai pêché les ingrédients de ce plat dans le lac il y a deux jours, m'expliqua-t-il. Je les ai nettoyés, puis ils ont mariné dans la sauce qui a mis des heures à se lier et des semaines à fermenter. Mais oui, la cuisson est facile.

— Impressionnant, le complimentai-je en hochant la tête avec appréciation. Tu as dit que tu avais pêché ? Nous mangeons du poisson pour le dîner ?

— En quelque sorte.

Il fixa le couvercle sur le gril, fermant le chaudron, puis se dirigea vers mon côté du comptoir avec son gobelet de vin.

— Tu as travaillé comme nounou sur Terre ? m'interrogea-t-il nonchalamment en s'asseyant sur le tabouret de bar à côté de moi.

Personne ne m'avait posé de questions sur mon expérience de nounou auparavant. Me renverrait-il chez moi s'il découvrait que je n'en avais aucune ?

Je pouvais mentir. Il était peu probable qu'il veuille vérifier mes références à ce stade. Mais je décidai d'éviter de le faire. C'était mon nouveau départ.

— C'est mon premier emploi en tant que nounou, avouai-je. Avant, je travaillais dans un magasin de vêtements.

Maintenant, j'étais heureuse d'avoir une expérience professionnelle. S'il m'avait posé la question il y a seulement deux mois, j'aurais dû admettre que j'avais atteint l'âge de trente ans sans avoir eu à travailler un seul jour de ma vie.

— Penses-tu que tu y arriveras ?

Il y avait de l'inquiétude dans sa voix.

— J'apprends vite, lui assurai-je. J'ai la patience et la détermination nécessaires pour réussir.

Sans parler de la motivation de ne pas retourner sur Terre.

— Si tu as besoin de quoi que ce soit pour te faciliter la tâche, n'hésite pas à demander.

— Merci, répliquai-je avec une sincère gratitude.

— Personnellement, je pense que mes enfants sont les meilleurs du monde, affirma-t-il en souriant. Mais je sais qu'ils peuvent être difficiles à gérer. Stefan pourra te le dire.

— Ils sont adorables. J'espère que nous nous entendrons bien.

Je le pensais de tout mon cœur.

Il but une gorgée de son gobelet.

— Ton nom de famille est différent de celui de ta sœur. Qu'est-ce que ça signifie ?

— C'est le nom de famille de mon mari. Je l'ai pris après notre mariage.

Son regard sombre se posa sur le mien.

— Tu es mariée ?

Pour un homme qui, selon Stefan, parlait rarement, le capitaine semblait plutôt bavard avec moi.

Je regardai le rose chatoyant du vin dans mon gobelet.

— Étais. J'*étais* mariée. Je suis veuve maintenant, expliquai-je lentement.

Veuve. Le mot sonnait étrangement et était d'une tristesse déchirante. Jamais je n'aurais cru l'utiliser pour moi si tôt.

Il s'appuya sur son coude posé sur le comptoir. Son expression s'assombrit davantage tandis que son regard restait fixé sur moi.

— As-tu encore de la famille ?

Heureusement, ce n'était pas l'une des questions que je craignais. Je n'étais pas prête à parler de la mort de Tom.

Je secouai la tête.

— Mara est ma seule famille.

— Tes parents sont morts aussi ?

— Oui. Ils sont morts dans un accident d'avion. Il y a six ans.

Mon père était le propriétaire et le pilote de cet avion. Le fait d'avoir un jet privé avec un équipage disponible pour l'emmener où il le souhaitait ne lui avait plus suffi. Il avait voulu apprendre à piloter. Il avait acheté un turbopropulseur, pris des cours de pilotage, puis l'avion s'était écrasé avec ma mère et lui à bord.

La vieille colère se réveilla en moi, comme à chaque fois que je pensais à leur mort inutile. Le seul point positif était que personne d'autre n'avait été blessé. Papa avait voulu emmener un autre couple avec eux pour montrer ses nouveaux talents de pilote. Ils avaient annulé à la dernière minute, Dieu merci.

— Je suis désolé de l'apprendre, déclara le capitaine.

— Merci, rétorquai-je en me frottant la poitrine. Je n'ai jamais été proche de mes parents, mais leur mort m'a profondément affectée. Ils n'auraient pas dû disparaître si tôt. Ils étaient tous les deux en bonne santé et trop jeunes pour mourir. Ils auraient pu vivre encore de nombreuses années si mon père avait été un peu plus prudent et un peu moins sûr de lui.

Je n'arrivais pas à croire que je venais de le dire à voix haute. Pour la première fois. Et à un homme que je venais de rencontrer.

Peut-être que le fait de ne pas être un grand bavard faisait du capitaine un être qui savait écouter ? Était-ce la raison pour laquelle je lui avais soudainement dit des choses que je n'avais jamais dites à personne d'autre auparavant ?

Dans tous les cas, le fait de dire enfin à quelqu'un exactement ce que je ressentais à propos de la mort de mes parents me libera d'un poids que je portais depuis l'accident d'avion.

Je bus une autre gorgée dans mon gobelet qui était presque vide à présent. Peut-être était-ce le vin qui m'avait fait parler ?

— Mon père est mort au travail, me raconta spontanément le capitaine. C'était un capitaine de *crozan*, tout comme moi. Il y a eu un accident. Quatre membres de son équipage sont morts. Il était l'un d'entre eux.

Il serra le gobelet dans sa main géante. L'autre était posée sur le comptoir entre nous. J'eus l'envie soudaine de le prendre dans mes bras. Malgré le vin, j'avais l'impression de l'avoir déjà suffisamment tripoté et palpé alors qu'il ne m'avait jamais donné l'impression d'aimer qu'on le touche.

Je ne le touchai pas cette fois.

Il prit une autre gorgée.

— Ma mère avait une maladie que nous avons décelée trop tard.

Je ne pouvais plus lutter contre l'envie de lui tenir la main. Je tendis la mienne et recouvris la sienne.

— Tu es donc orphelin, tout comme moi.

Il jeta un coup d'œil dans ma direction alors que nos mains se touchaient.

— Je suis désolé que tu aies perdu tes deux parents, répondis-je à son regard interrogateur.

Il tourna sa main pour que mes doigts glissent dans sa paume. Il les serra ensuite doucement.

— Mais j'ai onze frères et sœurs. Ils sont tous en bonne santé et en vie, ajouta-t-il sur un ton plus léger.

— Onze ? Waouh !

Je savais que les familles aldraiennes étaient nombreuses, mais c'était tout de même incroyable.

— Oui. Six sœurs, cinq frères, quarante-sept nièces et neveux. Mais tous vivent assez loin d'ici, plus loin dans le territoire terraformé. Lorsque nous nous réunissons, nous louons une mairie pour nous accueillir tous.

— Ça a dû être chouette de grandir tous ensemble ?

— Oui, dit-il en regardant fixement devant lui.

Un léger sourire se dessina sur ses lèvres, adoucissant ses traits durs. Ça lui donnait un air anormalement vulnérable.

Maintenant, j'avais envie de le prendre dans mes bras, de lui caresser le visage ou... de faire quelque chose de tout aussi inapproprié.

OK, plus de vin.

J'écartai le gobelet vide.

— Bien... annonçai-je en glissant de mon tabouret. Je ferais mieux d'aller dire à Mara que le dîner sera bientôt prêt.

Il jeta un coup d'œil au gril.

— Pas avant une trentaine de minutes.

On aurait dit qu'il ne voulait pas que je parte.

Eh bien, j'aimais aussi discuter avec lui. À tel point que je craignais d'oublier qu'il était mon employeur. Je lui avais déjà raconté bien plus de choses que ce qu'un patron avait besoin de savoir sur une nounou.

— Mara peut mettre bien plus de trente minutes à se préparer.

Je lissai le bas de ma robe. Elle était froissée après le vol jusqu'ici.

— Je devrais me changer aussi, poursuivis-je.

Il promena son regard le long de mon corps, volontairement lentement, puis détourna rapidement les yeux.

— Eh bien, vas-y. Mais reviens vite.

Je trouvai la chambre de Mara juste après la mienne, le long du chemin. Elle faisait la sieste mais se réveilla lorsque j'entrai en frappant à sa porte.

— Nous allons bientôt dîner. Dans une demi-heure.

Elle se redressa dans le lit, puis fit glisser son masque sur son front.

— C'est l'heure du dîner ? Déjà ?

— Tu t'es bien reposée ?

Ses draps couleur lavande et ses oreillers moelleux empilés avaient un air de paradis. Je ne lui en voudrais pas si elle souhaitait rester au lit.

— Pas assez, répondit-elle en bâillant. Je n'ai même pas encore faim.

— Comme tu veux, mais tu devrais rencontrer les enfants, au moins.

— Pourquoi ?

Elle se laissa retomber dans les oreillers.

— Pour faire un effort pour t'intégrer ? rétorquai-je en haussant les épaules. Nous devons passer un an ici. Tu es comme leur belle-mère, maintenant.

Elle me lança un oreiller.

— Je jure que si tu prononces encore ce mot, je t'étouffe avec un de ces oreillers !

Je sautai sur le côté pour l'éviter.

— Hé ! C'est juste de la politesse de base de rencontrer les gens avec qui tu vas vivre sous le même toit.

— Quel toit ? gémit-elle en levant les bras vers le ciel. Il n'y a même pas de toits sur cette putain de planète. On se croirait dans un camping.

Elle frissonna.

— Comment peux-tu savoir à quoi ressemble le camping ? Nous n'y sommes jamais allées.

Je ramassai l'oreiller qu'elle m'avait lancé et le lui renvoyai.

— Je doute que les gens mettent des lits énormes comme ça dans leurs tentes de camping, ajoutai-je.

— Le lit est agréable, reconnut-elle. La salle de bain est égale-ment correcte. Mais je ne suis pas sûre que ça rende supportable une année entière ici.

Elle soupira lourdement, en s'extirpant lentement des couver-tures.

— Bien, concéda-t-elle, je vais venir dîner, et rencontrer les petits morveux...

— Les enfants sont mignons, en fait, et semblent bien élevés. Du moins quand leur père est là.

Elle grimaça.

— Leur père... Est-ce qu'il sera là ?

— C'est lui qui a préparé le dîner. J'imagine que oui.

— Tant qu'il se tait, marmonne-t-elle en trébuchant sur le treillis devant son placard. Et qu'il s'abstient de faire ce petit rictus.

Je ressentis le besoin impérieux de défendre cet homme.

— Le capitaine est en fait une personne sympathique. Tu devrais prendre le temps de le connaître un peu.

— Pourquoi ? Pourquoi moi ? Juste parce que je suis sa femme sur le papier ? Il a dit qu'il ne voulait pas de sexe, de toute façon.

— D'accord, il y a un grand fossé entre apprendre à connaître quelqu'un et avoir des relations sexuelles avec lui. Je n'ai pas dit que tu devais coucher avec lui. Mais tu pourrais au moins lui parler un peu. Nous vivons dans sa maison, après tout.

— Quelle maison ? gémit-elle de nouveau, disparaissant derrière le treillis pour se changer. Je dors littéralement sous un arbre, comme une sans-abri ou une créature de la forêt !

Renonçant à avoir une conversation cohérente avec elle, je quittai sa chambre pour aller dans la mienne.

Je me débarrassai du foulard sur ma tête, me brossai les cheveux et me fis une queue de cheval. Ensuite, j'enfilai une jupe large en polyester à imprimé fleuri et un chemisier blanc à manches courtes avec des boutons nacrés sur le devant. Même cette tenue me semblait un peu trop formelle pour cette maison-jardin qui exigeait plutôt des robes fluides, des robes d'été et des shorts. Malheureusement, à part les vêtements de travail, je n'avais qu'un sweat et un pantalon de jogging que je portais à la maison. Il avait toujours fait trop froid dans mon appartement en sous-sol.

Lorsque je retournai à la cuisine, la famille du capitaine s'était déjà rassemblée autour de la table. Tous les cinq me regardèrent fixement. Je me rendis compte que c'était la première fois qu'ils me voyaient sans le foulard sur la tête.

— Tu as une queue de cheval, comme moi ! s'exclama Illal en rejetant ses cheveux en arrière.

— Mais la mienne n'est pas aussi longue, répondis-je en touchant mes cheveux qui ne dépassaient pas mes omoplates.

— Ils vont pousser, m'assura-t-elle. Ne les coupe pas trop court comme ceux d'Ene.

Elle pencha la tête vers sa sœur, qui la fusilla du regard, puis me regarda de nouveau.

— Les cheveux longs, c'est stupide, s'emporta Ene. Qui en a besoin, de toute façon ?

— Eh bien, bonjour tout le monde ! retentit la voix de Mara derrière moi.

Ma sœur entra, vêtue d'une robe longue scintillante et de sandales à talons aiguilles.

— C'est... commençai-je.

J'allais la présenter, mais je m'interrompis, pas sûre de ce que le capitaine avait dit à ses enfants au sujet de Mara. Savaient-ils qu'elle était sa femme et légalement leur belle-mère ? Étaient-ils censés l'appeler « maman » ? Ça me paraissait mal.

— Mara, la présenta le capitaine. Voici Mara, les enfants.

Leurs regards se portèrent sur elle, puis de nouveau sur moi.

— Comment pouvez-vous vous ressembler autant ? demanda Ivex.

— Nous sommes jumelles, expliqua Mara en rejetant ses cheveux lâchés par-dessus son épaule. Nous sommes nées le même jour.

— Nous aussi, commenta Ene. Mais je n'ai rien à voir avec ma sœur.

Il était vrai qu'en dépit de leur date de naissance commune, les enfants du capitaine n'étaient pas identiques. Leur couleur était également très différente. Ivex avait la couleur du sable blond doré d'une plage. Illal était un peu plus foncée : brun clair. Ene était gris clair, comme leur père. Et Xilvo était de la teinte de noyer la plus sombre.

Les deux garçons avaient également des yeux noirs, comme leur père. Les yeux d'Illal étaient orange vif et ceux d'Ene gris perle, comme ses cheveux et sa peau.

— Susanna et moi ne nous ressemblons pas tant que ça, protesta Mara. Nous ne portons jamais les mêmes vêtements.

— Vous êtes de la même couleur, s'enthousiasma Xilvo. Partout. Vous avez les mêmes yeux, les mêmes cheveux.

— C'est bizarre, acquiesça Ivex.

— Et ennuyeux, ajouta Ene.

— Ene ! la réprimanda sévèrement le capitaine.

— Désolée, s'excusa la jeune fille.

Mais je la surpris à lever furtivement les yeux au ciel l'instant d'après.

— Nous sommes de vraies jumelles, ajouta Mara avant de pincer les lèvres et de prendre place en bout de table, à l'opposé de celle du capitaine. Alors, qu'est-ce qu'on mange ? demanda-t-elle, essayant clairement de changer de sujet.

Le capitaine retourna vers le gril.

— Nous avons un dîner au chaudron ce soir ! annonça Xilvo avec enthousiasme.

— Au chaudron ? répéta-t-elle en retroussant les lèvres, l'air perplexe.

— Mara, voici Xilvo, dis-je pour présenter le garçon, puisque personne d'autre ne l'avait fait. Et voici Ivex, Illal et Ene.

— Enchantée de vous rencontrer, répondit-elle en faisant un signe de la main dans leur direction.

Le capitaine ouvrit le gril et je m'approchai du comptoir.

— As-tu besoin d'aide pour mettre la table ? m'enquis-je.

Il n'y avait rien d'autre qu'une nappe brillante sur le plateau.

— Pas besoin.

Il retira le couvercle de la bouilloire. Une odeur appétissante s'échappa du plat.

— Ça sent bon, commentai-je.

Xilvo bondit sur son siège avec impatience.

— J'adore les dîners au chaudron de Papa !

Avec un grognement, le capitaine souleva l'énorme bouilloire du gril et la porta jusqu'à la table. Il la retourna et en déversa le contenu directement sur la nappe.

Mara sursauta et recula. Je restai là, à regarder les créatures de différentes tailles qui sortaient du chaudron. Certaines ressemblaient à des palourdes ou à des pierres, d'autres avaient des jambes et des queues, et toutes étaient enduites d'une épaisse sauce rouge crémeuse qui sentait... délicieusement bon.

— Miam ! fit Xilvo en attrapant quelque chose qui ressemblait à un cloporte géant, avec un corps plat et segmenté et plusieurs longues pattes maigres.

— Xilvo, attends que tout le monde se serve, l'interrompit son père.

Le garçon laissa tomber l'insecte sur la table et lécha furtivement la sauce sur ses doigts.

— Est-ce une blague ? demanda Mara en se levant d'un bond. C'est juste...

Son visage pâlit lorsqu'elle jeta un coup d'œil à la pile de « nourriture » sur la table, puis elle détourna le regard et pressa une main sur son estomac. Elle serra sa gorge de l'autre main, puis sortit de la cuisine en courant.

J'eus envie de la suivre. Le tas visqueux sur la table avait l'air immangeable, même si ça sentait bon.

L'expression du capitaine s'assombrit. Les enfants fixèrent ma sœur, la confusion se lisant sur leurs petits visages.

Je me dis que c'était peut-être la première fois qu'ils avaient des humains à table. Stefan n'était jamais resté assez tard pour dîner avec eux.

Le plat n'était pas une blague ni une farce. C'était ce qu'ils mangeaient. Et ils nous avaient gentiment invités à le partager avec eux.

Le capitaine se retourna en silence et emporta la marmite vide vers le point d'eau pour la nettoyer. Les enfants restaient assis, regardant la nourriture sans essayer de manger.

S'ils attendaient le retour de Mara, ils resteraient assis ici pendant très longtemps, de plus en plus affamés. Elle ne reviendrait pas.

C'était gênant et lugubre, et je ne pouvais pas les laisser comme ça. Le mieux que je pouvais faire dans cette situation était de manger moi-même un fichu insecte.

Au moins, je pouvais essayer.

— Ça sent tellement bon, répétai-je en prenant la place laissée vacante par Mara. Est-ce qu'on mange avec les mains ?

— Oui, répondit Xilvo, ragaillardi.

Il reprit l'insecte qu'il avait laissé tomber.

— Je vais te montrer, me dit-il.

Il plia le corps plat de l'insecte dans le sens de la longueur, faisant craquer le squelette extérieur, puis en sortit une plaque de chair blanche. Elle était plate comme un pancake et feuilletée comme du poisson. Xilvo en arracha un morceau.

— Ensuite, tu le trempes là-dedans.

Il plongea le morceau dans la sauce qui s'étalait en flaque sur la nappe.

— Et tu le manges, termina-t-il.

Il fourra la viande dans sa bouche et la mâcha en fermant les yeux.

— Mmmm. C'est trop bon ! s'extasia-t-il.

Le capitaine avait fini de laver la marmite et nous observait depuis sa place près de l'évier.

— D'accord. Voyons voir.

Je pris un insecte dans le tas.

À bien y penser, il n'avait pas l'air plus repoussant qu'un crabe ou un homard. Il était juste gris à l'extérieur, au lieu d'être rouge.

J'écrasai sa carapace, comme l'avait fait Xilvo, pour atteindre la chair blanche à l'intérieur. Une fois débarrassé de son exosquelette, de ses pattes et de ses antennes, il ressemblait à un morceau de poisson ordinaire ou à une queue de homard plate. J'arrachai un morceau et le trempai dans la sauce.

Le goût était encore meilleur que l'odeur. La saveur devait venir de la sauce et non de la chair. Quoi qu'il en soit, c'était bon.

— Mmm, fis-je en imitant Xilvo, totalement surprise par le goût de ce plat. C'est bon !

— Ta sœur ne sait pas ce qu'elle rate, fit observer le garçon avec pragmatisme en arrachant un autre morceau de son « pancake ».

— C'est vrai, répliquai-je en souriant et en trempant le morceau suivant dans la sauce. Peut-être que je lui en apporterai plus tard.

Le capitaine revint à table et prit place. Les autres enfants se mirent à manger à leur tour, des bruits de craquements et de grignotages fusant de toutes parts.

Mes mains furent rapidement recouvertes de sauce jusqu'aux poignets, tandis que je cherchais d'autres « insectes » dans le tas et les écrasais pour en extraire la chair blanche et tendre.

— Tu as de la sauce sur le nez, me fit remarquer Illal en pointant mon visage du doigt.

Si je me servais de ma main pour l'essuyer, je ne ferais qu'empirer les choses. Je m'essuyai donc le nez avec mon avant-bras, puis léchai la sauce sur mon bras.

Mon regard croisa celui du capitaine à l'autre bout de la table. C'était de loin le dîner le moins « chic » auquel j'avais assisté. Mais c'était sans doute le plus amusant. Je gloussai et haussai les épaules, écrasant un autre insecte.

Le capitaine me regardait d'un air amusé.

Xilvo ramassa un coquillage rond dans la pile.

— Tu sais comment manger ça, Susanna ?

Le garçon avait manifestement pris le rôle de mon guide ce soir.

— Non. Qu'est-ce que c'est ?

— Des moules *qualis*. Tu les prends comme ça... m'expliqua-t-il en saisissant d'une main chaque moitié de la coquille ronde. Puis tu les agites un peu.

Il fit tourner ses mains dans des directions opposées. Les deux moitiés de la coquille s'ouvrirent, révélant un noyau gris. Sa texture me rappela celle d'un cerveau humain. Ou d'une noix. Tout dépendait de la façon dont on regardait.

— Tu veux goûter ? me demanda Xilvo en me tendant le centre.

Je décidai de la considérer comme une noix et non comme un cerveau. Je la trempai dans la sauce et en pris une bouchée. La texture était plus dense, mais la sauce la rendait tout aussi délicieuse.

— C'est bon, dis-je en souriant.

— Je te l'avais dit, acquiesça le garçon avec assurance. Les repas au chaudron de Papa sont les meilleurs.

Le capitaine écoutait avec un de ses demi-sourires de travers tout en écrasant sans effort les coquillages dans ses mains géantes.

Après le dîner, il n'y avait rien d'autre à nettoyer que nos mains. Le capitaine avait déjà lavé la marmite. Il enveloppa simplement les coquilles vides dans la nappe sale et jeta le tout dans la poubelle.

— Où vont les ordures ? le questionnai-je en l'observant.

— Dans le composteur en-dessous. Il est ensuite utilisé pour enrichir le sol afin que les plantes puissent pousser.

— Oh, la nappe est biodégradable, alors ?

Il arqua une arcade sourcilière.

— Tout n'est-il pas biodégradable ?

Sur Aldrai, apparemment oui.

Alors que le capitaine rangeait quelques restes de moules et de « cloportes », je lui demandai si je pouvais en prendre un. Puis, je le cassai, coupai la viande en fines lamelles et mis de la sauce dans un petit plat avant de l'apporter dans la chambre de Mara.

Elle était assise sur son lit, vêtue de son pyjama de soie, un masque nettoyant sur le visage.

— Qu'est-ce que c'est ?

Elle regardait l'assiette avec méfiance.

— Le dîner, répondis-je en lui tendant le plat.

En ce qui concernait la nourriture, Mara avait l'endurance d'un moine et pouvait passer des semaines à ne se nourrir que de boissons vitaminées ou de jus de légumes si elle pensait avoir pris un kilo. Mais nous étions sur une nouvelle planète. Nos corps avaient déjà beaucoup souffert et, honnêtement, je ne me souvenais pas de la dernière fois qu'un aliment avait franchi ses lèvres.

— Tu dois manger, insistai-je.

Elle fronça le nez.

— S'il te plaît, ne me dis pas que ça vient de cette marmite.

Je ne lui dis pas. Je connaissais ma sœur. Elle avait la volonté de jeûner pendant des jours, je l'avais constaté lors des nombreux régimes qu'elle avait suivis dans sa vie, et ce n'était pas le moment de le faire.

Au lieu de ça, je portai le plat à mon nez et le sentis avec une expression de plaisir total.

— C'est vraiment bon, lui assurai-je. Goûte ! Ça ressemble beaucoup au homard de ce restaurant français où nous avons déjeuné avec Petra, l'héritière allemande, tu te souviens ?

Elle souleva une lamelle entre ses doigts, puis en prit une timide bouchée.

— Pas mal. Bien, tu peux laisser ça ici.

Chapitre 8

Susanna

La journée avait été bouleversante. Tout était nouveau ici – les odeurs, les goûts, les textures. Je n'avais fait que manger et parler, mais à la tombée de la nuit, je me sentais épuisée.

Seule dans ma chambre, je me déshabillai, puis finis par m'enfoncer dans la baignoire taillée dans une solide dalle de pierre. L'eau chaude caressait ma peau, remontant jusqu'à mon cou lorsque je m'allongeai. La baignoire était longue. En m'étirant, je pouvais à peine toucher l'autre bout avec mes orteils.

Quelque chose toucha ma cheville. Je déplaçai ma jambe. Je ressentis un autre léger frottement sur ma cuisse.

Je sursautai, paniquée, et me redressai.

Des corps lisses et argentés glissaient dans l'eau. Leurs formes réfléchissantes se détachaient sur la roche sombre de la baignoire. Deux d'entre eux, chacun de la longueur de ma main, tapotaient ma jambe avec leur tête, deux autres s'étaient propulsés de la paroi de la baignoire vers mon autre jambe.

Avec un cri de panique, je sautai hors de la baignoire, projetant de l'eau partout.

Des pas lourds, assourdis par les pavés en caoutchouc, résonnèrent à l'extérieur de ma chambre.

— Susanna ?

La porte en treillis s'ouvrit et le capitaine fit irruption.

Je me précipitai vers la sortie en courant sur lui.

— Des serpents !

Il m'attrapa.

— Des serpents ? Où ?

— Dans la baignoire !

J'agrippai sa chemise, en secouant mes jambes. La sensation des créatures glissant contre ma peau ne me quittait pas.

— De longues choses argentées…

— Tu veux dire les *nals* ? Les poissons ?

— Je ne sais pas comment ça s'appelle. Argh ! fis-je en continuant à secouer mes jambes. C'est dégoûtant ! Tellement, tellement dégoûtant. Des poissons ? répétai-je alors que le mot s'enregistra enfin dans mon esprit. Pourquoi y a-t-il des poissons dans la baignoire ?

— Pour la nettoyer, répondit-il factuellement. Les *nals* sont inoffensifs. Ils sont probablement curieux, car cette baignoire n'a pas été utilisée depuis longtemps.

— Des poissons vivent dans la baignoire ? lui demandai-je en n'arrivant toujours pas à comprendre. Vous ne les sortez pas avant de prendre un bain ?

— Non. Pourquoi le ferions-nous ? Ils restent le plus souvent près des parois et mangent de la mousse de savon.

Son ton calme avait apaisé ma panique.

— Est-ce une chose courante sur Aldrai ?

— Oui, m'assura-t-il.

— D'accord, eh bien… Ils m'ont fait peur.

J'expirai lentement, la tension et le stress s'estompant.

— Je suis désolée. J'ai accumulé beaucoup de stress dernièrement.

Dernièrement ? Quand tout ça avait-il commencé ? Quand mon mari infidèle m'avait quittée pour sa réceptionniste après avoir volé des millions ? Quand je m'étais retrouvée dans le collimateur des mafieux et qu'ils m'avaient foutu la trouille à plusieurs reprises ? Ou quand on m'avait livré la tête de mon mari en me menaçant d'être la prochaine ?

Je rentrai les épaules et appuyai mon front contre la poitrine du capitaine, me sentant vidée et épuisée. Je m'accrochai à son flanc, mes mains se crispant sur le tissu doux de sa chemise, ses vêtements devenant trempés à cause de mon corps nu.

Nu !

Je me figeai. J'étais en train d'étreindre mon nouveau patron tout en étant complètement nue.

Et... Il me rendait mon étreinte. Son bras était passé autour de mes épaules. Son autre main était posée sur ma hanche.

— Désolée... marmonnai-je en ouvrant mes doigts pour libérer sa chemise.

Mais au lieu de me laisser partir, il me rapprocha de lui.

— Tout va bien, murmura-t-il. Tu es en sécurité.

Il voulait dire que j'étais à l'abri des poissons, bien sûr. Mais le mot résonna en moi.

En sécurité.

Je ne pensais pas en avoir jamais compris le véritable sens jusqu'à maintenant, alors que j'étais solidement enveloppée dans ses bras costauds.

Les étreintes n'étaient pas monnaie courante dans ma famille. Lorsque quelque chose d'indésirable se produisait, mon père jurait, ma mère pinçait les lèvres, puis tous deux prenaient leur téléphone et faisaient bouger les choses.

Nous affrontions les situations compliquées. C'était la méthode Takolsky, la seule que je connaissais. C'était ainsi que j'avais essayé de résoudre ma situation. Seule. Lorsque tous mes amis s'étaient détournés de moi après le scandale des investissements de Tom, j'avais fait face à la situation toute seule.

Personne ne m'avait prise dans ses bras en me disant que j'étais en sécurité ou que tout irait bien. Personne ne m'avait réconfortée.

Je savais que les paroles du capitaine ne s'appliquaient qu'aux poissons dans la baignoire, mais pour moi, elles étaient bien plus profondes. Pour la première fois depuis longtemps, je me sentais en sécurité.

Je me collai à lui. Il fit glisser sa large main le long de mon dos. Sa paume était rugueuse et chaude. Forte mais douce, comme si elle pouvait tenir mon cœur sans le briser.

La chaleur de son grand corps s'infiltra en moi à travers sa chemise. Les battements rapides et puissants de son cœur résonnaient contre ma joue pressée contre sa poitrine. Et ça semblait... intime.

— Que s'est-il passé ici ? retentit la voix de ma sœur derrière la haie. Qui a crié ?

Le capitaine se raidit, et je m'écartai de lui rapidement.

— C'est moi, répondis-je en attrapant ma jupe par terre pour me couvrir. J'ai crié.

Mara entra dans ma chambre en se dandinant, l'air endormi, vêtue de son pyjama de soie. Le masque pour les yeux assorti était posé sur son front, un voile de crème de nuit étalé uniformément sur son visage.

— Tu es bien décidée à m'empêcher de dormir aujourd'hui, n'est-ce pas ? grommela-t-elle, sans jeter un regard au capitaine. Tout ce que je veux, c'est dormir un peu.

— Désolée. Il y avait des poissons dans la baignoire...

— Et alors ? C'est comme ça ici. Tu ne le savais pas ? me demanda-t-elle en me jetant un regard endormi. Tu devrais peut-être lire des choses sur Aldrai. Honnêtement.

Elle partit en secouant la tête.

Je serrai la jupe contre ma poitrine.

— Comment te sens-tu ? s'enquit le capitaine sur un ton neutre.

Son murmure grondant de tout à l'heure me manqua un peu.

Je lui adressai un sourire d'excuse.

— Je me sens un peu stupide d'avoir causé tout ce remue-ménage.

— Ce n'est pas ta faute. Tu ne savais pas.

— Non. Mara a raison. Je devrais en apprendre plus sur cette planète. Sur Terre, tout s'est passé si vite. Je n'ai pas eu le temps de faire des recherches. Il faut que je rattrape mon retard. Eh bien… je…

J'ajustai ma jupe, essayant de couvrir le plus possible mon corps.

— Je suis désolée de t'avoir réveillé, ajoutai-je.

Il avait parfaitement le droit d'être en colère contre moi, tout comme Mara.

— Je ne dormais pas.

Il secoua la tête, déplaçant son poids d'un pied sur l'autre. Il était difficile de dire s'il avait hâte de partir ou s'il s'attardait parce qu'il voulait rester.

— Je promets d'apprendre tout ce qu'il y a à savoir sur les poissons et tout ce qui diffère de la Terre, lui assurai-je.

Il ouvrit la bouche, puis la referma en se frottant la corne gauche.

— Bonne nuit, dis-je.

— Bien. Dors bien.

Il quitta finalement ma chambre.

Une fois que la porte se fut refermée derrière lui, je jetai ma jupe et retournai dans la baignoire. Je gardai un œil sur les formes glissantes sous l'eau. Elles tournèrent autour de moi pendant quelques instants, puis se répartirent sur les côtés.

J'inspirai profondément, m'adossant à la roche chaude de la baignoire. Sa surface rugueuse me rappelait les mains du capitaine, chaudes et solides.

Je compris enfin que la peur, le stress et la paranoïa appartenaient au passé. J'avais un endroit sûr où vivre, un emploi stable que je pourrais garder pendant des années si j'apprenais à bien le faire, ce que j'étais déterminée à accomplir.

Pour une fois, mon avenir s'annonçait positif.

C'était bien.

Chapitre 9

Xavran

C'était mal.

Des picotements troublants lui parcouraient le corps. La chaleur et la pression faisaient gonfler sa bite. Sa queue remuait, tirant sur son pantalon.

Pas bien. Pas bien du tout.

Il avait passé plus d'une décennie à contrôler pleinement son corps. Il avait suffi qu'une femme humaine presse son doux corps nu contre le sien pour qu'il perde la tête. Ça avait été si bon de la tenir dans ses bras. Il lui avait fallu tout ce qu'il avait en lui pour la laisser partir.

La sensation de sa peau douce, humide après son bain, tourmentait sa mémoire.

Sa bite palpitait douloureusement et urgemment, demandant à être libérée. Le plus simple serait de se rendre directement dans sa chambre, d'abaisser le bouclier de protection au-dessus de son lit et d'utiliser sa main pour calmer son membre palpitant.

Le problème avec cette solution, c'est qu'il penserait à *elle* pendant qu'il se donnerait du plaisir. Avec la façon dont les choses s'étaient déroulées ce jour-là, il finirait par hurler son nom à pleins poumons pendant qu'il jouirait.

Susanna.

Même son prénom, lorsqu'il le murmurait, était comme un plaisir interdit sur sa langue.

Après s'être assuré que les enfants étaient couchés, il enfila une paire de chaussures et sortit à grands pas. La nuit était plus épaisse ici, loin de l'espace de vie éclairé. Il choisit une direction et partit en trottinant le long du chemin qui serpentait entre les maisons-jardins de Diria.

Se toucher en pensant à Susanna, craignait-il, reviendrait à entraîner son corps à associer *ce* genre de plaisir avec elle. Au lieu de ça, il choisit d'éliminer le désir de son organisme en épuisant physiquement son corps. Il courut jusqu'à ce que toutes les images de ses courbes disparaissent de son esprit.

Voir son ventre plat et sans seins était bizarre. Malheureusement, c'était le genre de bizarrerie excitante.

Il avait aperçu ses seins, remarquant qu'ils étaient considérablement plus volumineux que ceux des femmes aldraiennes. Il avait dû faire tout son possible pour ne pas les toucher. Ses mains se crispèrent lorsqu'il s'imagina en train de saisir ses seins pleins, de les pétrir, de jouer avec ses tétons durs et roses...

Arrête ça ! ordonna-t-il à son esprit qui ne cessait d'évoquer toutes ces images alléchantes.

Et toi aussi ! C'était pour son pénis qui recommençait à remuer et à grossir.

Il avançait plus vite, courant entre les haies de ses voisins. Inévitables, les images du corps nu de Susanna le poursuivaient.

Qu'y avait-il chez cette femme qui l'empêchait de la chasser de son esprit ?

Elle avait éveillé sa curiosité. Il y avait de la vulnérabilité dans ses yeux bleus. Il avait senti quelque chose de fragile et de brisé dans la façon dont elle s'était accrochée à lui, tremblante et effrayée.

Cet après-midi-là, il n'avait cessé de lui poser des questions, et plus il en apprenait, plus il voulait en savoir.

Il avait également ressenti le désir inattendu de partager. Il la connaissait depuis moins d'un jour, mais il lui avait déjà raconté plus de choses sur sa vie que la plupart des gens n'en savaient. Leur conversation était allée bien au-delà de la réunion d'information qu'il avait prévue pour la nouvelle employée. Ça avait été bien plus qu'un entretien d'embauche. Ça avait été comme... un rendez-vous.

Il faillit trébucher sur le chemin et agita les bras pour retrouver son équilibre.

Cette conversation dans la cuisine avait beaucoup ressemblé à un rendez-vous. Il lui avait même servi du vin, n'est-ce pas ?

Bon sang !

Ça ne devait pas se reproduire. Il n'avait pas l'intention de faire la cour à sa nouvelle nounou, ni à sa nouvelle femme d'ailleurs.

Susanna avait simplement prouvé qu'elle savait écouter. Quelque chose en lui avait voulu son attention. Quand elle l'avait regardé avec ses yeux couleur de ciel, il n'avait pu s'arrêter de parler.

De toute évidence, il était resté seul trop longtemps et avait besoin de la compagnie d'une femme. Il avait besoin de reprendre le contrôle de la situation.

Après avoir couru pendant ce qui lui avait semblé être des heures, il revint à son portail. Essoufflé, la poitrine douloureuse et les jambes engourdies, il arriva en chancelant dans le jardin. Tout était calme. Seuls les insectes volants faisaient de doux cliquetis avec leurs ailes et la brise murmurait doucement dans les haies.

Mais dès qu'il pensa à Susanna, son sang afflua une nouvelle fois vers son entrejambe. Sa bite s'agita de nouveau, malgré l'épuisement.

Il était évident qu'il devait reprendre le travail le plus rapidement possible. Moins il passait de temps avec sa nouvelle nounou, mieux c'était.

Peut-être pourrait-il aussi commencer un projet d'aménagement de son espace de vie pour occuper son esprit et son corps en attendant, puisqu'ils préféraient tous les deux se concentrer sur Susanna. Peut-être pourrait-il déplacer la haie de la cuisine plus loin, comme il avait prévu de le faire lorsqu'il avait obtenu cet endroit. En la déplaçant dans le ravin, il ouvrirait la vue sur le lac...

Le lac où l'accident s'était produit il y a onze ans.

Il tourna la tête vers le nord, où la chambre de sa défunte épouse était restée intacte depuis sa mort. C'était la partie de son habitation qui avait le plus besoin d'être rénovée. Hormis l'entretien de routine assuré par les systèmes intégrés automatisés, aucun travail n'y avait été effectué.

Pendant des années, il n'avait même pas pu se résoudre à entrer dans cette pièce, encore moins à toucher les affaires qu'elle y avait laissées.

Chapitre 10

Susanna

Bien. À ton tour.

Stefan fit un geste vers le siège du pilote.

Nous venions de déposer les enfants à l'école et nous étions retournés à l'avion stationné à proximité. Bien que l'école soit située dans la même ville, nous avions pris l'avion pour venir ici. Selon Stefan, Diria ne compte que quelques centaines de foyers. Mais chaque espace familial étant de la taille d'un parc, la ville s'étendait sur des kilomètres dans toutes les directions. L'école se trouvait à l'autre bout de Diria, et il aurait fallu une éternité pour s'y rendre à pied.

Stefan voulait que je ramène l'avion à la maison.

— Tu es fou ? lui demandai-je en le regardant bouche bée. Tu veux mourir ?

— Non, pas du tout ! s'exclama-t-il en riant. J'ai beaucoup de raisons de vivre. Mais tu ne vas pas t'écraser.

Je lui lançai un regard sceptique.

— Je n'en suis pas si sûre. Je ne suis pas pilote.

— Moi non plus. Mais piloter ces engins est super facile. Tu as dit que tu savais conduire une voiture sur Terre.

— Oui, mais...

— Alors tu peux piloter ça, affirma-t-il en me prenant le bras avant de me pousser vers le siège du pilote. Monte. Je vais te montrer.

J'hésitai.

— C'est comme ça que mes parents sont morts, marmonnai-je dans ma barbe.

Je n'avais pas l'intention de le dire de cette façon, mais la situation était tellement proche que ça me déstabilisait.

— Quoi ?

Le sourire disparut de son visage.

— Oh, je suis vraiment désolé, Susanna, poursuivit-il en se grattant l'arrière de la tête. Dans ma tête, ça me paraissait normal de te mettre sur le siège et de te laisser te lancer.

Je jetai un coup d'œil au bel avion. Il était de la même taille et de la même couleur que celui dans lequel le capitaine nous avait emmenés le jour de notre arrivée. Le tissu duveteux de ses ailes encadrant les panneaux de verre brillant du cockpit rendait la ressemblance avec un oiseau troublante.

— C'est comme ça que *tu* as appris à le piloter ? le questionnai-je. Tu t'es juste assis sur le siège et tu t'es lancé ?

— Oui. Comme je l'ai dit, ces choses volent toutes seules. Il suffit de les laisser faire.

Sa confiance inébranlable me rassura. Dans mon nouveau travail, je devais emmener les enfants à l'école et les ramener. Je devais savoir comment piloter l'avion si je voulais faire mon travail correctement, même si ça signifiait que je devais une fois de plus sortir de ma zone de confort.

— Bon, d'accord, concédai-je. Mais juste pour te prévenir, j'ai moi aussi des raisons de vivre. Si on s'écrase et qu'on meurt, je serai très en colère contre toi.

Je montai et attachai la ceinture de sécurité.

Stefan s'installa sur le siège passager et ferma les deux panneaux de la porte.

— Nous ne nous écraserons pas. Assure-toi juste de ne pas toucher quoi que ce soit.

Je levai soudainement les mains, les tenant devant moi, comme un chirurgien qui vient de les frotter et de les préparer pour une opération.

— Mais comment le faire voler sans rien toucher ?

— Je t'ai dit que ces choses volaient pratiquement toutes seules.

Il ferma sa ceinture de sécurité.

Mes bras devenaient douloureux à force de ne pas les bouger.

— Et si je touche quelque chose ? Accidentellement ?

— S'il s'agit de quelque chose que tu n'aurais pas dû toucher, ça peut déclencher une situation d'urgence.

Ma respiration se coupa alors que j'étais soudainement glacée par l'inquiétude.

Stefan ricana.

— Détends-toi. En cas d'urgence, l'avion atterrit tout seul. Tout ira bien.

— Atterrit ? Où ?

— Sur le sol. Où que nous soyons.

— Oh ! fis-je en clignant des yeux. Alors, puisque nous survolons la ville pleine de maisons sans toit, nous risquons de nous retrouver dans le lit de quelqu'un ?

— Seulement si leurs boucliers de protection ne fonctionnent pas, déclara-t-il, sans exclure cette possibilité. Normalement, les boucliers se lèvent et nous restons sur le toit de leur chambre.

— Bon à savoir, marmonnai-je en fixant les écrans du tableau de bord.

Les formes indistinctes de la langue aldraienne, qui flottaient devant moi, n'avaient aucun sens pour moi.

— D'abord, tu allumes celui-ci, ici, m'expliqua Stefan en appuyant sur un bouton.

— *Synthèse vocale activée,* dit une voix robotique provenant du tableau de bord.

— Ensuite, tu dois choisir ta destination.

Il fit défiler l'écran dont les images tournaient en cercle, et le système annonça :

— *École, mairie, bureau, domicile...*

— Maison.

Stefan toucha la forme correspondante.

Les moteurs se mirent à vrombir. Les ailes légères et colorées se déployèrent. L'avion décolla du sol dans un léger soubresaut.

— Waouh ! m'exclamai-je en laissant planer mes mains au-dessus du tableau de bord. Qu'est-ce que je fais maintenant ?

Stefan repoussa mes mains.

— Rien. Je te l'ai dit, ne touche à rien. C'est programmé pour nous ramener à la maison.

— C'est tout ?

Le sol disparaissait sous nos pieds, les carrés bien ordonnés des salles de classe de l'école devenant de plus en plus petits.

— C'est tout, confirma Stefan en s'adossant à son siège. Tu peux baisser les mains, maintenant.

Je posai soigneusement mes mains sur mes genoux.

— Le capitaine a fait plus de choses lorsqu'il nous a emmenés à Diria depuis le port spatial.

Stefan haussa les épaules.

— Il frimait. Certains Aldraiens aiment piloter leurs avions manuellement pour vivre l'expérience d'un vrai vol. Pourquoi rejeter les avancées technologiques qui nous permettent de ne rien faire ?

Il sourit.

Je jetai un autre coup d'œil vers le bas. Le paysage se déplaçait en douceur sous nos pieds. Le système était manifestement sous contrôle.

— Eh bien, ça semble facile, m'étonnai-je.

— Je te l'avais dit.

Je me détendis un peu, me calant dans mon siège.

— Alors, est-ce que le capitaine le pilote toujours manuellement ?

Stefan acquiesça.

— La plupart du temps. Mais il a reçu une formation d'opérateur de machines. Je suppose qu'il aime ça. Je suis professeur et je n'ai aucun problème à laisser les machines voler à ma place.

— Tu es professeur ?

— Oui, répondit-il avec fierté. J'enseignais la langue et la littérature polonaises à l'école primaire dans mon pays. Comme il n'y a évidemment pas de besoin de ce type sur Aldrai, j'ai pris le poste de nounou pendant qu'Esstal, ma femme, travaillait encore.

C'était donc en polonais que Stefan parlait. Mais ça n'avait pas d'importance. Nos traducteurs étaient tellement fluides que ça effaçait complètement la barrière de la langue.

— Esstal ne travaille plus, alors ? demandai-je.

— Si, mais seulement à la maison maintenant. Avec les bébés qui grandissent, c'est trop difficile pour elle de se rendre au bureau tous les jours comme elle le faisait auparavant.

— Combien de bébés attendez-vous ?

— Six.

Il sourit largement, le bonheur rayonnant de lui comme un soleil.

— C'est beaucoup ! sifflai-je

— Une famille entière d'un seul coup, répliqua-t-il en hochant la tête avec enthousiasme. La nôtre sera bien plus petite qu'une famille moyenne sur Aldrai. Mais c'est pour ça que le programme matrimonial a été créé, pour réduire le nombre de bébés par mère tout en augmentant la fréquence des grossesses.

— Quelle est leur fréquence aujourd'hui ?

— Peu de fois. Rares sont les Aldraiennes qui font l'expérience de la maternité, car les grossesses sont très rares chez elles. En revanche, lorsqu'elles sont mélangées à des humains, ça se produit plus souvent et avec moins de bébés. C'est pour ça que les partenaires humains sont si recherchées ici.

— Ah bon ?

— Lorsque j'ai posé ma candidature, j'ai reçu huit réponses en moins d'une semaine.

— Huit ? Vraiment ?

— Oui. Mais il m'a fallu des semaines pour choisir la bonne. Le programme matrimonial est assez strict. Il n'autorise pas les rendez-vous sans lendemain ni les trucs frivoles du genre : « essayons et voyons comment ça se passe ». Ils veulent au moins une année complète d'engagement. J'ai donc écrit aux huit femmes et j'ai échangé de nombreuses photos et vidéos avec chacune d'entre elles. Esstal s'était démarquée dès le début. Il y avait quelque chose en elle qui me faisait sentir que...

Il agita la main en l'air, son expression devint songeuse alors qu'il cherchait le mot parfait pour décrire sa femme.

— Que c'était la bonne ? suggérai-je.

— C'est ça, confirma-t-il en claquant des doigts. J'avais l'impression que c'était la bonne depuis le début. Échanger des lettres avec elle, c'était comme avoir une vraie conversation. Je pouvais être moi-même et elle m'acceptait. Il a toujours été facile de lui parler. Tu vois ce que je veux dire ?

Je hochai la tête parce que c'était le cas. J'avais ressenti ce même sentiment hier lors de ma conversation avec le capitaine. C'était... facile, comme Stefan l'avait décrit. Cela dit, je n'envisageais pas le capitaine comme un potentiel partenaire, bien sûr. Mais je pensais à lui. Il restait tant de questions à propos de cet homme.

Je ne l'avais pas vu ce matin-là. Stefan m'avait expliqué qu'il s'était rendu au bureau tôt, ce qui m'avait surprise parce que je pensais qu'il était censé être en congé pendant un certain temps.

— Stefan, sais-tu ce qui est arrivé à la première femme du capitaine ? l'interrogeai-je. C'était une Aldraienne, n'est-ce pas ?

Elle devait l'être. Les accords de mariage avec la Terre dataient d'à peine un an.

— Oui, elle l'était, confirma-t-il. Historiquement, les Aldraiens se marient rarement avec des êtres qui ne sont pas de leur race, la raison principale étant qu'ils ne sont biologiquement compatibles qu'avec les humains.

— S'ils étaient tous deux Aldraiens, comment se fait-il qu'ils n'aient eu que quatre enfants ?

Stefan inspira lentement.

— Je ne sais pas grand-chose de ce qui s'est passé. En ville, on dit qu'il y a eu un accident. Sa femme a fait s'écraser son avion dans le lac là-bas.

Il fit un geste vers la grande étendue d'eau qui scintillait à l'extérieur de Diria, dans la direction où nous volions.

— Tu as dit que ces engins ne s'écrasaient pas.

Je m'agrippai au bord de mon siège.

Il secoua la tête.

— Non, ils ne s'écrasent pas. Normalement. Mais qui sait ce qui s'est passé exactement ce jour-là ? Apparemment, Xavran n'était pas dans l'avion avec elle, mais il est arrivé sur les lieux de l'accident avant tout le monde. Elle en était au dernier mois de sa grossesse. Les médecins n'ont pu sauver que quatre bébés.

— Oh non...

Je posai une main sur ma poitrine, à l'endroit où mon cœur se serrait pour le capitaine. Ça expliquait son froncement de sourcils lorsqu'il avait parlé de la naissance de ses enfants. Leur anniversaire serait à jamais le jour où sa femme et le reste de ses enfants étaient morts.

— C'est horrible, commentai-je. Mais pourquoi est-ce arrivé ? Comment s'est-elle écrasée ?

— Honnêtement, je ne sais pas. Xavran n'en parle pas. Jamais. Les dossiers n'ont jamais été rendus publics non plus. Mais il y a beaucoup de rumeurs, dit-il avant de baisser la voix. Certaines sont pires que d'autres.

Je me rapprochai.

— Qu'est-ce que tu veux dire ?

— Certains disent que Xavran est plus impliqué dans la mort de sa femme qu'il ne veut le faire croire.

— Quoi ? Non ! m'exclamai-je en reculant. Tu y crois ?

Il haussa les épaules.

— Comme je l'ai dit, ce ne sont que des rumeurs. Personnellement, je soupçonne la famille de sa défunte épouse d'être à l'origine de ces rumeurs. Ils ne se sont jamais bien entendus avec Xavran, et ces derniers temps... Eh bien, ils n'ont pas le droit d'entrer chez lui. Il ne les laisse voir les enfants que pendant les vacances et tout ça.

Je réfléchis à ce qu'il venait de dire. La situation s'annonçait plutôt difficile.

— Le capitaine aimait-il sa femme ? Le sais-tu ?

— Je crois que oui. Certains disent qu'il était follement amoureux d'elle.

Entièrement absorbée par notre conversation, je remarquai à peine la descente de l'avion. Ce ne fut que lorsque je ressentis la secousse provoquée par le contact avec le sol que je réalisai que nous avions atterri.

— Waouh. Ça fait beaucoup à digérer.

— Tu n'as pas à t'inquiéter, Susanna, me rassura Stefan. Je ne te laisserais pas travailler pour Xavran si je pensais que tu n'étais pas en sécurité chez lui. C'est un homme bon.

Un homme bon.

J'avais envie de le croire de tout mon cœur. Mais mon cœur m'avait déjà terriblement trompée. Il fut un temps où j'avais cru que Tom était aussi un homme bon, qu'il était honnête et incapable de voler.

En ouvrant le panneau de mon côté, je détachai ma ceinture de sécurité.

— Y a-t-il eu une enquête ?

— Oui. Les autorités ont estimé qu'il s'agissait d'un accident et ont classé l'affaire, répondit Stefan en sortant. Comme je l'ai dit, tu n'as pas à t'inquiéter, répéta-t-il en m'ouvrant le portail sans entrer lui-même. Je dois rentrer à la maison pour quelques heures afin de préparer le dîner. C'est moi qui cuisine ce soir. Je reviendrai vers midi et t'emmènerai faire les courses. Nous irons à l'école en début d'après-midi. Je veux que tu rencontres l'enseignante des enfants et les mamans de leurs camarades de classe. À eux quatre, ils ont beaucoup d'invitations pour aller jouer chez des amis.

— D'accord.

C'était réel. Des camarades de classe, d'autres mamans, des invitations pour aller jouer chez des copains. Toutes les choses qui accompagnaient une enfance normale.

— J'ai hâte, ajoutai-je.

Chapitre 11

Susanna

Je vis Mara assise à la table géante de la cuisine. Le capitaine n'était pas là. La cruche de vin voranien était ouverte devant elle, et elle avait un gobelet à la main.

— Ça va ?

Je m'approchai et appuyai mes fesses contre la table.

Elle but une gorgée.

— Où étais-tu ?

— J'emmenais les enfants à l'école.

— Oh, c'est vrai. J'oublie toujours les enfants… avoua-t-elle avant de poser le gobelet sur la table avec force. Je m'ennuie à mourir ici. Où est l'extraterrestre ?

— Qui ?

— Mon *mari*.

Elle grimaça, l'air dégoûté par le fait de prononcer ce mot.

Je souris.

— Tu sais que nous sommes sur Aldrai, n'est-ce pas ? Ici, c'est *nous* les extraterrestres.

— Peu importe, rétorqua-t-elle en faisant un geste dédaigneux. Alors ? Il travaille dans les champs ou un truc du genre ? Où est sa ferme, d'ailleurs ? Elle est grande ?

Pour quelqu'un qui avait suffisamment étudié le mode de vie aldraien pour savoir qu'il y avait des poissons dans leurs baignoires, Mara ne connaissait rien de son propre mari. Certes, leur mariage n'était qu'un simulacre, mais nous partagions tous le même espace de vie. Nous devions faire un effort pour apprendre à nous connaître un peu.

— Il n'a pas de ferme.

Elle fronça les sourcils.

— Génial. Il n'a même pas de ferme.

— Il travaille à la frontière, dans le désert. Il conduit une grosse machine, appelée *crozan*...

— C'est vrai, m'interrompit-elle sur un ton blasé. Il est chauffeur de camion...

— Ce n'est pas tout à fait un camion qu'il conduit...

— Peu importe, me coupa-t-elle, cachant un bâillement derrière sa main.

Je m'assis à côté d'elle à la table.

— Écoute, le capitaine n'est pas une mauvaise personne. J'ai aimé parler avec lui hier. Il sait écouter et c'est un excellent cuisinier.

Il pouvait peut-être aussi avoir quelque chose à voir avec la mort de sa femme, mais j'avais décidé de ne pas le lui dire. Stefan m'avait assuré qu'il ne s'agissait que de rumeurs. Et Mara ressentait déjà beaucoup d'animosité envers son mari qui ne se doutait de rien.

— Tu pourrais peut-être... Tu sais... commençai-je en étant pas sûre de savoir moi-même ce que je voulais qu'elle fasse.

Qu'elle soit un peu plus gentille avec le capitaine ? Est-ce que je voulais que leur mariage devienne un peu plus réel ? Était-ce même possible, étant donné que ces deux-là étaient complètement différents ? Ils n'avaient vraiment aucun point commun.

— Quoi ? demanda-t-elle avec impatience. Je ne coucherai pas avec lui, si c'est ce que tu veux dire.

Ce n'était pas du tout ce que j'avais voulu dire.

— Tu n'es clairement pas obligée de faire ça.

Elle bâilla de nouveau.

— Si tu l'apprécies tellement, pourquoi ne couches-tu pas avec lui toi-même ?

— Ce n'est *pas* ce dont je parlais. Pas du tout.

— Pourquoi pas ?

Elle posa son coude sur la table avant de laisser tomber sa tête dans sa main.

— Tu ne le trouves manifestement pas dégoûtant, poursuivit-elle. Je sais que tu n'as pas eu de relations sexuelles depuis longtemps. Il a probablement des envies, lui aussi, comme tous les hommes. Si tu couches avec lui, au moins je n'aurai pas à m'inquiéter de le voir débarquer dans ma chambre pour exiger que je remplisse mon « devoir conjugal » ou une connerie du genre.

— Quoi ? m'exclamai-je. Il ne ferait jamais ça !

— Comment pourrais-tu le savoir ? Il joue peut-être les types difficiles et peu accessibles avec sa clause de « non-sexe », mais il a l'air très intéressé.

— Ah bon ?

— Bien sûr que oui, insista-t-elle. C'est un homme, après tout. Tu n'as pas remarqué comment il te regardait hier soir ? Je pensais que tu étais intéressée toi aussi. Ce n'est pas pour cette raison que tu as fait tout ce cinéma avec les poissons dans la baignoire ?

— Ce n'était pas un prétexte !

Comme si j'avais eu envie de me ridiculiser volontairement.

Elle plissa les yeux en me regardant d'un air soupçonneux.

— Alors, pourquoi courrais-tu nue autour de lui ?

— Oh, mon Dieu, gémis-je. C'est à ça que ça ressemblait hier soir ? Tu crois qu'il a pensé que j'essayais de le séduire ou un truc du genre ?

Mon visage devint rouge à cette idée.

Elle haussa les épaules.

— Ce n'est pas une mauvaise idée si tu veux jouer à ce jeu. J'étais persuadée que vous aviez couché ensemble hier soir.

— Je... Non ! Nous ne l'avons pas fait.

Je pris une grande inspiration, puis me levai de mon siège.

— Crois-moi, je ne veux pas jouer à ce genre de jeux.

Ni avec mes sentiments, ni avec ceux du capitaine.

Mais avait-elle raison ? Se pouvait-il vraiment qu'il ressente quelque chose pour moi ?

— Comme tu veux.

Mara vida son gobelet avant d'en regarder le fond, comme si elle espérait y trouver encore du vin qui serait apparu comme par magie.

— Si j'étais un tant soit peu attirée par cet alien, reprit-elle, je le laisserais me sauter. Qu'y a-t-il d'autre à faire dans ce trou à rats. Autant s'amuser un peu.

Je tripotais le bord de mon chemisier. L'idée que le capitaine me trouve attirante ne me semblait pas désagréable. Pas du tout. Même si elle était un peu déplacée, puisqu'il était mon employeur. Oh, et aussi légalement mon beau-frère !

— C'est *ton* mari, rappelai-je à Mara.

— Oh, s'il te plaît, gémit Mara. Arrête de dire ça. Je serais trop heureuse que tu me le prennes, comme je le voulais depuis le début. Honnêtement. D'ailleurs, où est-il ?

— Je ne l'ai pas vu ce matin, mais Stefan a dit qu'il était allé à son bureau.

— Qui est Stefan ?

C'est vrai, elle ne l'avait pas encore rencontré.

— C'est la nounou du capitaine Rax.

— Une nounou homme ? ricana-t-elle. Eh bien, c'est encore pire qu'un chauffeur de camion.

Son jugement hâtif m'irrita profondément. Elle tendit la main vers la cruche pour remplir son gobelet, mais je la lui enlevai.

— Pourquoi n'irais-tu pas faire un tour ?

— Un tour ? Où ? demanda-t-elle en levant les yeux au ciel. Y a-t-il un centre commercial ou au moins un café ici ?

— Je ne sais pas. Je ne suis allée qu'à l'école jusqu'à présent.

Elle poussa un gémissement théâtral, puis secoua son gobelet pour faire tomber les dernières gouttes de vin sur sa langue.

— Je vais mourir d'ennui dans cet endroit.

— C'est mieux que la décapitation, murmurai-je en ramenant la cruche dans la chambre froide.

Deux disques d'argent posés sur le comptoir près du gril attirèrent mon attention.

— Qu'est-ce que c'est ?

— Aucune idée, répondit-elle en haussant les épaules. Un drone les a déposés il y a un moment.

Je pris l'un des disques. Il était de la taille d'une assiette à dessert, mince mais avec un certain poids.

— Je me demande vraiment ce que c'est, m'interrogeai-je en le faisant tourner dans mes mains.

— Ce sont des tablettes.

La voix grave de l'homme venait de l'entrée de la cuisine.

— Pour toi et ta sœur, ajouta-t-il.

Mon cœur fit un bon quand j'entendis cette voix.

Le capitaine entra dans la cuisine.

Heureusement, il n'avait pas l'air d'avoir entendu notre conversation, surtout la partie où il était question que quelqu'un couche avec lui ou de moi essayant de le séduire.

Je chassai ces pensées de ma tête, et essayai de me ressaisir. C'était mon patron. Mon cœur n'avait pas à faire de sauts périlleux en sa présence.

Mara pressa sa main sur sa poitrine.

— Oh, tu m'as fait peur. Comment as-tu réussi à arriver en douce avec ta taille et ta carrure imposante ?

Il la regarda avec une expression un peu confuse.

— Je n'essayais pas d'arriver en douce. Vous n'avez pas entendu mon avion ?

— Nous étions en train de parler, lui expliquai-je. Les avions aldraiens sont plutôt silencieux. Bonjour, capitaine.

— *Xavran*, me corrigea-t-il en s'approchant. Les grades ne sont utilisés qu'au travail sur Aldrai.

Oh, ce n'était pas bien. Il me serait peut-être plus facile de rester professionnelle si je le considérais comme le capitaine Rax, mon patron, et non comme Xavran, le grand type qui faisait les meilleures étreintes du monde...

— Je préfère *capitaine*... essayai-je de protester.

Mais il ne voulut pas en entendre parler.

— Pas moi, rétorqua-t-il en s'approchant de moi. Dis mon nom.

Des picotements me parcoururent les bras, soit à cause de la façon dont il l'avait dit, soit à cause de sa proximité, ou les deux.

Je jetai un coup d'œil à Mara. Elle remua les sourcils, l'air amusée.

— Dis-le, insista-t-il.

Je levai les yeux vers les siens. Ils étaient si incroyablement sombres, mais en regardant de près, je pouvais voir les pupilles encore plus sombres au milieu. Elles étaient tellement dilatées qu'elles occupaient presque tout l'iris.

— Xavran... murmurai-je.

Ma voix était haletante, et c'était comme si j'avais prononcé son nom de manière intime.

Sa gorge bougea lorsqu'il déglutit. Son regard restait rivé sur moi, me retenant prisonnière. Je ne pouvais pas bouger un muscle. Je ne pouvais même pas cligner des yeux.

— Comment fonctionne ce truc ?

La voix de Mara résonna comme un coup de feu dans une bibliothèque, m'arrachant au sort que les yeux sombres de Xavran m'avaient jeté.

Elle se tenait près du comptoir, en train de retourner un des disques dans ses mains.

Quand avait-elle quitté la table ?

Combien de temps avais-je regardé Xavran ?

Et que diable m'arrivait-il ?

Il se dirigea calmement vers le comptoir et prit le disque des mains de Mara.

— Place ta main dessus.

Il attendit qu'elle s'exécute.

Elle écarta les doigts et appuya sa paume sur la surface lisse. Le disque s'illumina d'une lumière gris argenté.

Une voix agréable et robotique retentit :

— *Bienvenue, Mara.*

— Super, ricana-t-elle en s'égayant. Ce truc connaît mon nom. Qu'est-ce qu'il peut faire d'autre ? Est-ce qu'on peut voir des vidéos ? Des films ? Est-ce que je peux parler à des gens ?

— Tu peux te connecter à mon système multimédia.

Xavran lui montra comment se connecter à son réseau personnel et aux réseaux publics disponibles.

— Voici la bibliothèque de livres et de vidéos, expliqua-t-il. Les films sont ici. Le réseau social est ici. Les nouvelles de la ville...

— Super ! s'exclama-t-elle en lui prenant des mains. Je suis dans ma chambre si vous avez besoin de moi, mais j'espère vraiment que ce ne sera pas le cas.

Elle partit, me laissant en tête à tête avec lui.

Il prit le deuxième appareil sur le comptoir.

— Est-ce que celui-là est pour moi ? demandai-je.

Il me jeta un bref coup d'œil.

— Tu souhaitais en savoir plus sur Aldrai. Ça devrait t'aider. J'ai demandé à ce que les appareils soient programmés pour communiquer en audio, afin que ton traducteur capte le son et te transmette la signification.

— Merci. C'est très gentil.

Je ne m'attendais pas à ce qu'il donne suite à ce que j'avais dit hier soir. Il n'était pas obligé d'exaucer mes souhaits, mais je lui en étais reconnaissante. En apprendre plus sur cet endroit me faciliterait la vie.

Il prit ma main dans la sienne, ce qui me coupa le souffle.

— Comme ça, dit-il doucement, en posant ma main sur le disque.

— *Bienvenue, Susanna*, me salua l'appareil.

Je souris.

— Ça marche.

— Oui.

Sa voix résonnait au-dessus de moi. Il se tenait si près que mon épaule était collée à son bras, ses doigts entourant toujours mon poignet.

En me tournant un peu, je pourrais poser ma tête contre sa poitrine...

Il s'éclaircit de nouveau la gorge, et ça fit vibrer sa poitrine. Il lâcha alors ma main.

— Comment s'est passée ta matinée ? s'enquit-il en s'éloignant de moi.

Peut-être était-il « intéressé », comme l'avait suggéré Mara, mais il avait clairement décidé de ne pas y donner suite. Tout ce que je pouvais faire, c'était me comporter de la même manière.

J'expirai un coup, puis redressai les épaules.

— Très bien. Nous sommes allés à l'école. Stefan m'a montré comment piloter l'avion...

Il reporta son regard sur mon visage.

— Il faut *toujours* laisser l'engin voler tout seul, déclara-t-il avec insistance. N'essaie jamais de le faire toi-même.

Stefan avait dit que la femme de Xavran était morte dans un accident. Tout comme moi, il devait avoir des réticences concernant les voyages en avion, depuis lors.

— Je te promets que je n'essaierai pas de le piloter moi-même. Stefan m'a dit la même chose. Il va m'emmener faire des courses plus tard.

— Bien, répliqua-t-il avant d'incliner le menton vers le disque que je tenais dans ma main. Tu as besoin d'aide ?

— Oui, s'il te plaît.

Je lui tendis l'appareil.

Il me guida en me montrant les mêmes choses qu'il avait montrées à Mara. Il le fit de la même manière, polie mais distante. Il n'y avait pas de sourires de travers de sa part ce matin. Il semblait presque sur ses gardes avec moi. Je n'arrivais pas à comprendre la raison de ce changement, mais en fin de compte, c'était probablement pour le mieux. Il me serait plus facile de maintenir une distance professionnelle entre nous s'il faisait de même.

— Stefan a dit que tu étais allé au bureau ce matin. Tout va bien ?

— Oui. Pourquoi ça n'irait pas ?

Cependant, ses arcades sourcilières proéminentes se rapprochèrent, formant un froncement de sourcils.

— Tu as dit que tu ne reprendrais pas le travail avant la fin du mois.

— C'est vrai, confirma-t-il, sa mâchoire se crispant. Je suis allé voir s'ils pouvaient me programmer plus tôt que prévu.

— Quand ?

— Avec un peu de chance, dans quelques jours.

— Pourquoi si tôt ?

Je n'arrivais pas à me débarrasser de l'impression que ça pouvait avoir un rapport avec le fait que Mara et moi soyons ici. N'aimait-il pas partager son espace avec nous ?

Il déplaça son poids sur un autre pied, un peu maladroitement.

— Vu comme tu te débrouilles bien, je me suis dit que tu n'aurais pas besoin de moi ici de toute façon.

— Mais ça ne fait qu'un jour.

— Je sais... commença-t-il avant de pousser un long soupir. C'est suffisant...

Son regard se posa de nouveau sur moi. Il y avait de l'étonnement et de la confusion dans ses yeux, comme si j'étais une énigme qu'il devait résoudre. Au bout d'un moment, il cligna des yeux.

— Tu t'en sors très bien, Susanna. Stefan est toujours joignable. Je serai là aussi les prochains jours.

— Bien sûr. Pas de soucis. Tout ira bien. Les enfants et moi, je veux dire, lui assurai-je.

Car que pouvais-je faire d'autre ? M'accrocher à sa jambe pour l'empêcher de partir ? Il ne pouvait pas me former éternellement. Mon rôle était de l'aider, et non l'inverse.

Mais sa décision de partir plus tôt me dérangeait. Combinée à son comportement de ce matin, ça me semblait étrange. Il avait l'air tendu.

Était-ce quelque chose que j'avais fait ?

Puis je me souvins que je lui avais littéralement sauté dessus hier soir. Nue. Et maintenant, cet homme fuyait sa propre habitation plutôt que de continuer à la partager avec moi. Il devait penser que j'étais idiote, ou pire, une nymphomane qui ne connaissait pas de limites.

Je me frottai le front, cherchant un moyen de m'excuser.

— Je suis vraiment désolée pour hier soir, commençai-je. J'ai réagi de façon excessive concernant ces poissons...

Il releva la tête en me lançant un regard étrange.

— C'est bon, dit-il en reculant lentement vers la sortie. Pas besoin de t'excuser. Je comprends. C'était à cause des poissons.

Il se retourna pour partir, et je remarquai que l'arrière de son pantalon bougeait, comme s'il avait quelque chose de caché là-dedans. Quelque chose de long.

Il partit. Mais la tension persistait.

— Belle façon de rendre les choses bizarres, Susanna, marmonnai-je dans ma barbe.

Je pris mon disque et allai dans ma chambre. Il restait encore un peu de temps avant le retour de Stefan. Je pouvais lire ou regarder des vidéos sur Aldrai pour en apprendre davantage sur ce monde, afin de ne pas sursauter lorsque des choses extraterrestres normales m'arriveraient à nouveau.

Une chose que j'adorais vraiment ici, c'était mon nouveau lit. Après le canapé moisi de ma cave sur Terre, l'énorme matelas confortable sous la canopée des arbres vivants était un véritable paradis. Le parfum de l'herbe fraîche et des fleurs épanouies rendait l'endroit tout simplement magique.

J'étendis mes jambes sur les couvertures soyeuses et plaçai un oreiller sous mon dos, en m'appuyant sur l'un des troncs qui servaient de montants au lit.

En parcourant les formes indistinctes de l'écriture aldraienne, je laissais le système me lire les titres et les options, ajoutant à une liste les articles à lire et les vidéos à regarder.

L'une des sections que j'avais trouvées s'intitulait : « *Réservé aux adultes* ». La curiosité me poussa à cliquer dessus.

Juste un coup d'œil, me promis-je.

Il contenait une collection de ce qui ressemblait à des vidéos de sexe, accessibles via un réseau public.

Eh bien, puisque je suis là… Je cliquai sur une vidéo.

La première image était celle d'une femme aldraienne nue. Ses longs cheveux châtains n'étaient pas attachés et tombaient librement sur son corps. Sa peau était lisse et brillante, de la même couleur que ses cheveux.

La chose la plus inhabituelle chez elle était les trois paires de seins sur son torse. La première paire était placée un peu plus haut que celle des humains, et la dernière se trouvait juste au-dessus de sa taille. Petites et fermes, ses six paires rebondissaient légèrement tandis qu'elle marchait pieds nus le long d'une prairie pittoresque parsemée de grandes fleurs qui semblaient grossir à mesure qu'elle s'approchait.

Elle se dirigea vers un bourgeon de fleur géant. Il était violet et aussi grand qu'une tente, ses pétales étaient bien fermés. La fleur s'ouvrit, révélant un homme aldraien endormi dans la couche qui se trouvait au milieu.

La fleur avait l'air réelle, ce n'était pas un accessoire. Je pris immédiatement note de trouver plus d'informations sur les fleurs géantes d'Aldrai.

L'homme se réveilla, manifestement excité de voir la femme nue. Tellement excité, en fait, que son sexe se mit à bander immédiatement, se dressant presque à la verticale. Il s'écarta, l'invitant à le rejoindre sur le parterre de fleurs.

La femme monta en s'appuyant sur ses genoux et se plaça entre ceux de l'homme. Il la rapprocha en enroulant ses bras autour de sa taille et lécha l'un de ses seins. Elle se cambra, et il fit glisser sa langue le long de trois de ses tétons, d'abord à droite, puis à gauche. Autant de seins, c'était autant de possibilités.

La femme gémit de façon théâtrale. La caméra fit un zoom avant, la montrant sous un angle excitant.

J'étais manifestement tombée sur une sorte de site pornographique aldraien. Ça ne m'apportait pas grand-chose en termes de recherche, puisque je n'avais pas l'intention d'explorer la vie sexuelle aldraienne. Je devrais simplement fermer la vidéo et regarder un documentaire sur le système scolaire aldraien ou quelque chose du même genre qui soit utile.

Mais je n'arrivais pas à détourner les yeux. Peut-être était-ce la fleur, ou le fait que l'homme et la femme soient si beaux ensemble, ou peut-être étais-je simplement curieuse et excitée, mais il m'était impossible d'arrêter de les regarder.

La femme fit glisser ses doigts fins le long de l'érection de l'homme. Celui-ci rejeta la tête en arrière avec un gémissement étouffé, puis se mit brusquement sur le ventre et étendit ses bras et ses jambes sur les draps comme une étoile de mer.

La femme ne sembla pas s'inquiéter de la position étrange de son partenaire ni de son immobilité soudaine. Elle enjamba l'arrière de ses jambes, puis plaça ses mains sur... l'appendice qui se tordait et se recourbait sur les fesses de l'homme.

— Qu'est-ce que...

J'appuyai sur le bouton pause, puis je louchai sur l'image.

L'homme avait-il... une queue, comme un animal ? Ou était-ce une deuxième bite ?

Les deux options étaient tout aussi incroyables.

Je me souvins alors que Mara avait parlé des queues aldraiennes il y a longtemps, toujours sur Terre, lorsqu'elle avait essayé de me convaincre de venir ici à sa place. Elle avait dit que les aldraiens cachaient leur queue.

Xavran n'avait pas de queue, n'est-ce pas ? Cachée ou non, je l'aurais remarquée si c'était le cas, n'est-ce pas ?

Puis je me rappelai que l'arrière de son pantalon avait bougé quand il avait quitté la cuisine plus tôt dans la journée. C'était exactement là que se serait trouvée sa queue, s'il en avait eu une.

Il avait une queue !

— Waouh... fis-je en réduisant la vidéo des deux Aldraiens s'amusant dans la fleur. Recherche queue aldraienne, ordonnai-je à l'appareil.

Les résultats de recherche qui apparurent étaient encore plus choquants que la vidéo du couple dans la fleur.

Il semblait que les Aldraiens avaient effectivement des queues, hommes et femmes confondus. Cependant, ils les cachaient constamment dans leurs vêtements. Il semblait qu'ils n'exhibaient leur queue qu'à des fins sexuelles. Presque toutes les vidéos où on voyait un Aldraien la queue à l'air libre relevaient du contenu pour adulte.

La femme sur la vidéo avec la fleur lécha la queue de l'homme sur toute sa longueur, puis en aspira le bout dans sa bouche. Elle fit rouler la queue entre ses paumes, ce qui fit gémir l'homme.

Il roula de nouveau sur le dos, son gland se balançant dans l'air comme un diable à ressort.

Le pénis aldraien présentait à lui seul un aspect intéressant. Des bosses étaient disposées sur toute sa longueur. Ces bosses étaient légèrement plus foncées que le reste de sa peau. Lorsque la femme appuyait dessus, elles se comprimaient comme de petites éponges, laissant échapper un liquide clair et épais.

— Intéressant, murmurai-je.

La femme étala le liquide sur toute la bite de l'homme, puis en mit un peu sur sa queue. Elle enjamba ses hanches, elle s'abaissa sur son pénis dressé à l'avant, tandis qu'il glissa sa queue entre ses fesses.

Double pénétration ? Par un seul homme ? Eh bien, c'était...

— Intéressant, répétai-je, sidéré.

Chapitre 12

Susanna

J'étais contente que Xavran ne soit pas là quand Stefan vint me chercher pour aller faire des courses. Je ne pensais pas pouvoir regarder le capitaine droit dans les yeux sans imaginer tout ce que je savais maintenant qu'il cachait dans son pantalon.

L'épicerie était à ciel ouvert, comme on pouvait s'y attendre sur Aldrai. Des étals de produits frais, des réservoirs d'eau contenant des fruits de mer vivants et une vaste boucherie donnaient l'impression d'un marché fermier combiné à un aquarium.

— Est-ce que ce sont les choses que nous avons mangées au dîner hier soir ? m'interrogeai-je à voix haute, en apercevant les créatures rondes et plates dans l'un des réservoirs d'eau.

— C'est possible, répondit Stefan. Il y en a beaucoup dans le lac Diria, juste derrière la maison de Xavran. Et c'est un passionné de pêche.

— Ils sont plutôt répugnants à regarder.

J'observai les créatures ramper au fond de l'aquarium, leurs nombreuses pattes s'agitant sous elles.

— Mais ils ont un bon goût, ajoutai-je.

— Xavran est un excellent cuisinier. J'ai déjà mangé les restes de son dîner pour le déjeuner. C'est délicieux ! s'exclama-t-il en embrassant ses doigts pincés à la façon d'un chef italien. Je te suggère d'apprendre le plus de recettes possible avant qu'il ne quitte la ville.

C'était une bonne idée. Je pris note de faire des recherches sur des sites de recettes de cuisine et de trouver des vidéos sur la façon de préparer des repas aldraiens. Avec le départ imminent de Xavran, j'allais me retrouver avec quatre enfants à nourrir, en plus de ma sœur. Tout comme moi, Mara n'avait jamais cuisiné un seul repas de sa vie.

Après les courses, nous allâmes à l'école où je rencontrai l'enseignante des enfants ainsi qu'un groupe de parents des amis des enfants. Tout le monde était poli et amical, et je répondis de la même manière.

— Si tu as besoin de quoi que ce soit, il suffit de demander, déclarèrent quelques mères. Il n'est pas facile de changer de monde.

Ça aurait dû être le cas. Mais ce n'était pas aussi difficile que je l'aurais imaginé. Je pouvais apprendre ça.

Je pouvais faire ce travail.

C'est ce que je croyais.

Jusqu'à ce que les enfants sortent en courant.

Illal courut vers moi et me serra dans ses bras. Les garçons me saluèrent d'un signe de tête. Mais Ene se détourna en boudant. Elle ne répondit même pas à mon « bonjour ».

— Ai-je fait quelque chose de mal ? demandai-je à Stefan à voix basse alors que nous embarquions tous dans l'avion.

Il haussa les épaules.

— Le changement n'est pas toujours facile pour les enfants. Elle s'habituera à toi. Un jour ou l'autre. Sois gentille et patiente.

Ma patience fut cependant mise à rude épreuve lorsque nous rentrâmes à la maison. Stefan alla directement à la cuisine pour préparer le goûter des enfants. Ils jetèrent leurs cartables sous la haie du jardin. Comme je l'avais appris hier, ce n'était pas ce qu'ils étaient censés faire.

— Ramassez vos sacs et portez-les dans vos chambres, s'il vous plaît !

Les deux garçons gémirent et levèrent les yeux au ciel, mais ils prirent les sacs et sortirent. Illal s'attarda, son sac à la main. Ene ne voulait même pas toucher le sien. Le menton levé en signe de défi, elle se dirigea d'un pas ferme vers la sortie.

— Ene, tu as oublié quelque chose ! l'interpellai-je.

Elle ne me prêta pas attention. C'était comme si je n'avais pas parlé.

— Ene. Ton sac...

Je lui touchai l'épaule.

— Laisse-moi tranquille ! cria-t-elle si soudainement que je sursautai. Tu n'as pas le droit de me dire ce que je dois faire. Tu n'es pas ma mère !

Je retirai ma main, figée par le choc.

Elle s'enfuit en courant dans la direction opposée à la cuisine et à sa chambre.

— Qu'est-ce que j'ai fait ? demandai-je à Illal.

— Ce n'est pas toi, dit-elle avec une expression solennelle sur son petit visage. Ene a pleuré pendant la pause aujourd'hui. Encore une fois.

— Pourquoi ?

— Les filles se moquent de ses cheveux courts.

— Eh bien, c'est ridicule, raillai-je, me sentant offensée au nom d'Ene. Elle peut se coiffer comme elle veut. Si elle préfère quand ils sont courts...

— Ce n'est pas le cas.

Illal se mordit la lèvre.

— Alors pourquoi les a-t-elle coupés de cette façon ?

— Elle ne les a pas coupés. C'est Kessra qui l'a fait.

— Qui ?

— Kessra. Une fille de notre classe.

Ça semblait de pire en pire à chaque réponse que j'obtenais.

— L'enseignante est-elle au courant ? La directrice ? Et ton père ?

— Non, répondit Illal en secouant la tête avec véhémence, sa longue queue de cheval se balançant dans son dos. Ene ne veut pas que quelqu'un le sache. Elle est juste allée dans la salle de bain avec ses ciseaux et a coupé les mèches que Kessra avait oubliées pour égaliser. Ensuite, elle les a tressés. Mais maintenant, Kessra se moque d'elle. Elle dit qu'Ene ressemble à un garçon.

— Cette fille a coupé les cheveux de ta sœur sans permission ? Et maintenant, elle se moque d'elle ? Quelle petit c...

Je réussis à m'arrêter juste à temps avant que le juron ne sorte de ma bouche.

— Ton père doit être mis au courant, fulminai-je, planifiant des représailles. L'école doit le savoir aussi. Et les parents de Kessra...

— Non, m'implora Illal en s'accrochant à ma jupe. S'il te plaît, ne le dis à personne, Susanna. Ene se fâchera contre moi si elle sait que je te l'ai dit. Elle est déjà tellement bouleversée.

Je me sentis immédiatement découragée. J'avais l'impression d'être complètement dépassée.

— Eh bien, alors... Comment régler ce problème ? l'interrogeai-je sans hésiter à demander conseil à une gamine de onze ans. Que dois-je faire, Illal ?

— Je ne sais pas.

Elle haussa les épaules.

Voilà ce que c'était de vouloir compter sur l'aide d'une enfant.

— Peut-être devrais-je essayer de lui parler ? demandai-je avec hésitation.

Peut-être pourrais-je convaincre Ene de me laisser parler à quelqu'un de plus compétent que moi pour gérer cette situation.

— Où est-elle allée ? m'enquis-je.

— Dans la chambre de Maman, probablement, répondit tranquillement Illal.

— Où ?

J'espérais vraiment l'avoir mal entendue.

— Dans la chambre de Maman. Ene s'y cache toujours quand elle est contrariée. C'est par là.

Elle fit un signe de la main dans la direction où sa sœur avait disparu.

Je ne me souvenais pas que Xavran ait parlé d'une chambre de ce côté-là.

— Peux-tu me montrer, s'il te plaît ? demandai-je à Illal.

— Bien sûr.

Après avoir redéposé son sac sur le sol, Illal m'entraîna dans un sentier derrière la haie que je croyais être la limite nord du jardin.

— Ici.

Elle pointa du doigt l'ouverture dans la haie. On pouvait facilement la manquer à cause d'une autre haie qui poussait juste derrière. Il fallait la contourner pour entrer dans la pièce.

Cette partie des jardins semblait quelque peu négligée par rapport au reste de l'habitation bien entretenue de Xavran.

Illal s'arrêta à l'entrée, visiblement hésitante.

— Tu viens avec moi ? demandai-je sans cacher l'espoir dans ma voix.

J'avais l'impression d'être seule ici. Je n'avais pas hâte de découvrir ce qu'il y avait dans cette pièce.

— Non. Je ne veux pas entrer, répondit Illal en secouant la tête. Je dois ranger mon sac d'école, tu te souviens ?

Elle se mit à courir.

Je me frottai la nuque, luttant contre la forte envie de suivre Illal et de partir, lorsque de doux sanglots se firent entendre derrière la haie.

— Ene ? chuchotai-je en contournant la haie délabrée et en pénétrant dans l'espace tout aussi négligé qui se trouvait derrière.

Ene était assise par terre, les bras croisés sur le lit, la tête posée dessus, ses petites épaules secouées de sanglots. La voir si petite et si triste, dans cet endroit sombre et manifestement abandonné, me brisa le cœur.

— Ene ?

Je me précipitai vers elle.

— Va-t'en ! hurla-t-elle, sans lever la tête.

J'aurais aimé pouvoir faire ce qu'elle demandait et partir. Je n'avais vraiment aucune idée de ce que je faisais ici. Mais elle était clairement malheureuse, et je ne pouvais pas la laisser comme ça.

Je me déplaçais d'un pied sur l'autre, serrant mes mains devant moi et gardant respectueusement mes distances.

— J'ai pensé que tu aurais besoin d'un peu de compagnie, expliquai-je timidement. Pleurer n'est pas amusant. Mais pleurer toute seule l'est encore moins.

— Je ne pleure pas.

Elle renifla, releva la tête et s'essuya le visage avec le vieux couvre-lit.

Depuis combien de temps cette literie était-elle sur ce lit ? De jeunes pousses vertes poussaient à travers le tissu, qui semblait faire partie de la nature qui l'entourait.

Ene renifla de nouveau et me jeta un regard noir.

— Tu ne peux pas être ici.

La peau autour de ses yeux était devenue rouge et bouffie, ses joues étaient maculées de larmes et de taches sombres. Les nattes qu'elle portait sur la tête étaient en bataille, certaines pointant vers le haut, d'autres tombant.

— C'est la chambre de Maman, déclara-t-elle. Il n'y a que Maman et moi qui avons le droit d'être ici.

Des frissons me parcoururent l'échine. Je jetai un coup d'œil autour de moi, m'attendant à voir le fantôme de la femme morte planer à proximité. Puis, un soupçon tout aussi glaçant s'éleva dans mon esprit. Et si la pauvre fille avait des hallucinations ?

— Est-ce que tu vois ta mère ici ? la questionnai-je en essayant d'avoir une voix aussi douce que possible.

— Ouais. Pas toi ?

Elle désigna la photo encadrée sur le monticule d'herbe près du lit qui servait de table de nuit.

Sur la photo, une femme aldraienne enceinte arborait un large sourire, les bras croisés sur son énorme ventre.

— C'est ta mère ?

Ene hocha sombrement la tête.

C'était la première fois que je voyais une image de la défunte épouse de Xavran. Elle semblait heureuse, son sourire était tendre. Je me demandai si c'était lui qui avait pris la photo et si ce sourire lui était destiné. Stefan avait dit que Xavran était follement amoureux de sa défunte femme.

— C'est ton père qui l'a mise là ?

— Non.

Ene secoua la tête, ce qui fit bouger toutes ses nattes.

— C'est moi, ajouta-t-elle. Grand-mère me l'a donnée.

— Comment s'appelait ta mère ?

— Gelnall.

— C'est joli.

Elle soupira.

— Oui. Je suis là-dedans, poursuivit Ene en pointant du doigt le ventre de la femme. Mes frères et Illal aussi. Nous sommes tous ensemble sur cette photo.

Sauf Xavran. Il n'était pas là. À moins, bien sûr, qu'il ne l'ait prise. La photo avait dû être faite peu de temps avant l'accident.

Je me frottai le haut des bras.

— Alors, tu viens ici quand tu es contrariée ? Ça te fait te sentir mieux ?

— Oui, confirma-t-elle en tendant le menton en signe de défi. Parce que Maman m'aimait. Plus que quiconque.

Il y avait une ferme conviction dans sa voix, mais lorsqu'elle leva son regard vers moi, elle semblait incertaine. Elle s'interrogeait.

S'attendait-elle à ce que je le lui confirme ?

— Bien sûr, elle t'aimait. Comme le font toutes les mamans. Elles aiment leurs enfants.

Mes paroles semblèrent l'apaiser un peu. Elle acquiesça, fixant l'herbe sur le sol devant elle.

— Est-ce que ta mère t'aime aussi ?

— Ma mère... Elle n'est plus en vie, avouai-je prudemment.

Ene me regarda avec intérêt.

— Est-elle morte, comme la mienne ?

Comme la mienne.

Les mots étaient plus justes qu'elle ne le pensait puisque ma mère était également morte dans un accident d'avion. Je décidai qu'il valait mieux ne pas mentionner ce détail pour l'instant.

— Oui. Elle est morte il y a six ans.

— Mais t'aimait-elle de son vivant ?

J'inspirai profondément.

— Eh bien...

Je savais quelle réponse la petite fille attendait, mais je détestais l'idée de lui mentir. Même s'il s'agissait d'un pieux mensonge.

— Je suis sûre que oui, commençai-je en hésitant. À sa manière, ma mère nous aimait probablement, Mara et moi. Malheureusement, elle n'a pas passé assez de temps avec nous pour que je *ressente* son amour.

Ene pencha la tête sur le côté, tirant sur la natte qu'elle portait à l'oreille droite.

— Travaillait-elle beaucoup, comme mon père ?

— Non. Elle ne travaillait pas, mais elle faisait beaucoup d'autres choses en dehors de la maison.

— Comme quoi ?

— Les activités sociales, comme les fêtes, les galas, les dîners, les collectes de fonds...

— Qu'est-ce que c'est ?

Elle plissa les yeux en fronçant le nez d'une façon adorable.

— Il s'agit de différentes formes d'événements et de rencontres que certains considèrent comme importants. Et peut-être qu'ils le sont...

Je sentis qu'elle attendait que je dise quelque chose de positif. Je voulais désespérément qu'elle se sente mieux. Malheureusement, je n'avais pas grand-chose de positif à dire sur ma relation avec ma mère.

— J'aimais bien l'aider à organiser ces fêtes. Dès que j'ai eu l'âge d'être utile, je l'ai accompagnée et j'ai fait tout ce qu'elle me demandait de faire.

C'était ma façon de m'assurer que ma mère et moi passions du temps ensemble.

— J'ai beaucoup appris, continuai-je. Je peux organiser un super gala de charité en un clin d'œil si nécessaire.

Ma voix enjouée la fit sourire, ce qui était le but recherché. Malheureusement, le sourire fut de courte durée.

— Ma mère m'a aussi acheté beaucoup de vêtements violets, ajoutai-je, sans trop savoir pourquoi.

— Violets ? Tu aimes cette couleur ?

— Pas vraiment. Mais ça aidait Maman à nous différencier, Mara et moi, parce qu'elle habillait Mara en rose.

— Votre mère avait besoin de vêtements de couleurs différentes pour vous différencier ?

— Oui...

Ça n'avait pas l'air très exaltant. Je cherchai quelque chose de mieux à dire.

— Mais tu sais quoi, poursuivis-je, certaines des nounous que nous avons eues pouvaient nous différencier sans aucun problème, indépendamment de ce que nous portions.

— Ah bon ?

— Oui. Une nounou est restée avec nous pendant près de six ans. Marissa.

Je souris, me souvenant des étreintes chaleureuses de Marissa qui sentaient toujours la vanille grâce au spray pour le corps qu'elle utilisait et des pâtisseries qu'elle aimait préparer.

— Elle était gentille et racontait les meilleures histoires avant d'aller au lit, développai-je. Elle savait toujours qui était qui, même quand Mara et moi essayions de l'induire volontairement en erreur.

Ene se rapprocha un peu plus.

— Où est-elle maintenant ?

— Eh bien, Marissa était déjà assez âgée quand elle travaillait pour nous. Elle est morte depuis longtemps maintenant.

— Oh.

L'expression d'Ene se décomposa de nouveau.

De toute évidence, ma technique pour lui remonter le moral était nulle.

Je me frottai le front.

— Ce que je veux dire, c'est qu'il n'est pas nécessaire d'avoir un lien de parenté avec les gens pour se sentir proche d'eux. Ta famille est un peu comme un kit de démarrage que tu reçois à la naissance. Mais ça ne veut pas dire que tu ne peux pas l'ajuster et la compléter au fur et à mesure. On rencontre toutes sortes de personnes. Certaines d'entre elles peuvent te plaire plus que n'importe qui d'autre auparavant. Ce que je veux dire, c'est que tu peux créer ta propre famille, Ene.

— Alors... commença-t-elle en semblant réfléchir à mes paroles. Es-tu en train de dire que Marissa était ta famille ?

— Oui, je me suis sentie aussi proche d'elle qu'un membre de la famille aurait pu l'être. N'importe qui peut devenir ton ami. Et tes meilleurs amis peuvent devenir ta famille la plus proche.

Elle se mordillait la lèvre, fixant l'herbe pendant un moment. À ma grande inquiétude, ses yeux gris clair se remirent à pleurer.

— Mais et s'ils ne veulent pas devenir mes amis ?

Sa voix était tremblante et me fit oublier de garder une distance respectueuse. Je me laissai tomber sur le sol juste à côté d'elle.

— Alors c'est qu'ils ne sont pas censés être tes amis. Pourquoi perdre du temps et de l'énergie avec eux ? Tu sais combien il y a de personnes dans le monde ? Des milliards ! Tu ne peux pas être amie avec tout le monde. Et ce n'est pas nécessaire. Seules quelques personnes comptent. Choisis bien ces « quelques ».

Elle se tut, tordant un brin d'herbe entre ses doigts. Ses nattes se balançaient au rythme de sa respiration.

La tristesse persistait dans cette chambre-jardin désolée comme un linceul funèbre. Même le ciel lumineux ne l'éclairait pas. J'aurais aimé pouvoir la faire sortir d'ici, d'une manière ou d'une autre.

— Hé, tu sais ce qu'on peut faire ? dis-je en retirant l'élastique de ma queue de cheval. Je peux te montrer toutes les façons amusantes et folles dont les femmes de la Terre se coiffent. Tu veux voir ça ?

— Non, ne touche pas à mes cheveux.

Elle se remit à bouder et s'écarta de moi.

— Je veux qu'ils ressemblent à des cornes, continua-t-elle. Comme celles de Papa. Je veux être aussi forte que lui, pour pouvoir frapper tout le monde au visage quand ils se moquent de moi.

Mon optimisme s'effrita et je luttai pour retrouver un peu de positivité.

— Ton père est peut-être fort, mais ça ne veut pas dire qu'il va frapper les gens au visage, n'est-ce pas ?

— Il a frappé Oncle Uttek à notre fête d'anniversaire il y a deux ans.

— Ah bon ? fis-je, ma mâchoire tombant. Pourquoi ?

— Parce qu'Oncle Uttek était d'accord avec Grand-mère quand elle disait que si Papa n'avait pas été là, Maman serait encore en vie. Je suppose que Papa ne voulait pas frapper Grand-mère, alors il a frappé Oncle Uttek à la place.

Quelle belle fête d'anniversaire ça avait dû être !

Je craignais d'avoir ouvert la boîte de Pandore, et je n'avais vraiment pas envie de m'engager plus loin, surtout avec une enfant.

— D'accord, eh bien... tressons *mes* cheveux. Je ne toucherai pas aux tiens si tu ne le veux pas. Viens, l'encourageai-je en me levant, impatiente de quitter cet endroit sinistre. Je vais te montrer tous les produits de soins capillaires que j'ai ramenés de la Terre. Nous pourrons aussi fouiller dans les bagages de Mara. Je suis sûre qu'elle a beaucoup de choses dans tous les sacs qui ont été livrés depuis le port spatial aujourd'hui.

Ene se leva pour me suivre, et je poussai un long soupir de soulagement. Honnêtement, je n'avais aucune idée de ce que j'aurais fait si elle avait encore dit non.

Chapitre 13

Xavran

Il préparait une nouvelle marinade dans la cuisine, s'efforçant de se concentrer sur les ingrédients plutôt que sur Susanna. Ça faisait trois jours qu'elle était arrivée, mais sa présence le troublait toujours autant.

Vêtue d'une jupe noire et d'un chemisier blanc, elle s'assit au comptoir. Tenant sa tablette dans les mains, elle dictait doucement la recette qu'il était en train de réaliser. C'était la vieille recette de sa mère. Il la connaissait par cœur et n'avait jamais pris la peine de l'écrire.

Il aurait aimé que Susanna soit à côté de lui, qu'elle l'aide à mélanger les épices. Ou mieux encore, juste devant lui, entre le comptoir et lui, pour qu'il puisse se pencher sur son épaule pendant qu'elle mélangeait et ajuster les mouvements de son poignet si nécessaire, se presser contre son dos, caresser son cou...

La chaleur envahit sa poitrine, puis descendit jusqu'à son entre-jambe.

Bon sang.

Il devint rigide, concentrant toute sa force mentale pour dompter à nouveau son désir. La cuillère à mesurer glissa de ses doigts raides et heurta le comptoir avec fracas.

Susanna leva les yeux vers lui, les sourcils haussés d'un air interrogateur.

— Je suis maladroit, murmura-t-il.

Il quittait Diria pour la frontière après-demain. Il était temps, semblait-il.

Il s'approcha du comptoir pour tenter de cacher son érection derrière celui-ci. Ça semblait fonctionner, car elle ne l'avait manifestement pas remarqué.

— Tu ne peux plus te permettre d'être maladroit, Xavran, plaisanta-t-elle. Tu a cassé trop de choses.

Elle fit glisser son doigt le long de la longue entaille dans le comptoir de pierre. Il y avait une marque où il avait laissé tomber le chaudron hier. Il l'avait soulevé lorsque Susanna s'était penchée pour voir la viande qu'il y faisait mariner. Son décolleté s'était écarté, révélant une partie du harnais en dentelle sous son chemisier, et le chaudron lui avait glissé des mains.

Il n'en avait pas fallu plus pour qu'il perde le contrôle – un aperçu de ses sous-vêtements. Il avait l'impression d'être à nouveau un adolescent, sans aucun contrôle sur ses pulsions. De toute évidence, le fait d'avoir été privé d'une femme pendant si longtemps l'avait affecté plus qu'il ne l'aurait jamais imaginé.

Bien sûr, il ne pouvait pas lui dire ce qui l'avait conduit à lâcher le chaudron. Il lui avait expliqué qu'il s'était accidentellement cogné l'orteil. Maintenant, elle le prenait pour un gros balourd.

— Qu'est-ce que vous faites ? s'enquit Mara en entrant à l'improviste dans la cuisine.

Vêtue d'une robe blanche moulante et coiffée d'un chapeau à larges bords, elle portait un sac en cuir sur l'avant-bras.

Il avait à peine échangé quelques mots avec son épouse légitime. Mara n'avait jamais recherché sa compagnie. Au contraire, dès qu'il entrait dans une pièce, elle la quittait immédiatement.

Personnellement, ça lui convenait très bien, mais il avait espéré qu'elle s'intéresserait davantage à ses enfants.

Au lieu de se marier, il aurait pu engager deux ou trois nounous, mais il avait préféré avoir une femme. Un mariage lui avait semblé être un arrangement plus stable, et il voulait de la stabilité pour ses enfants, avec un semblant de famille. Les nounous allaient et venaient, mais il voulait que ses enfants aient quelqu'un qui soit là pour eux pendant des années.

Le programme matrimonial lui avait semblé parfait pour ça. Il lui avait permis d'exprimer ses attentes à l'avance, en espérant éviter tout malentendu dans le futur. Ça avait semblé si simple. Tout ce qu'il avait eu à faire, ça avait été d'entrer une liste d'exigences, comme s'il s'était agi d'une commande par correspondance.

Il avait voulu une mère pour ses enfants, pas une amante pour lui-même.

Ce qu'il avait obtenu...

Ce qu'il avait obtenu, c'était une femme qui ne montrait manifestement aucun intérêt pour ses enfants et une nounou qu'il pouvait trop facilement envisager comme son amante.

En fait, il avait passé les trois dernières nuits à *imaginer* Susanna dans toutes les positions possibles, malgré tous ses efforts pour ne pas le faire.

Sa bite tressaillit de nouveau, ignorant manifestement ses menaces et ses avertissements. Le désir l'envahit, chaud et moite.

Il saisit la cuillère si fort que le manche en bois se brisa.

Pas encore !

— Euh... fit Susanna en retirant avec précaution les morceaux cassés de sa main. Peut-être devrais-tu envisager de passer à des couverts en métal ?

Mara s'approcha, visiblement mécontente d'avoir été ignorée.

— Ça ressemble à une belle scène de bonheur conjugal, commenta-t-elle sur un ton laconique.

Elle ne pouvait pas être jalouse. Mara ne se souciait pas de lui. En fait, elle semblait souvent lui imposer la compagnie de Susanna pour éviter de passer du temps avec lui. Hier, elle avait refusé de l'accompagner à la réunion parents-professeur, même si l'enseignante avait explicitement demandé sa présence.

— Je m'ennuie, déclara-t-elle en faisant la moue.

Il réalisa qu'elle n'était pas jalouse de *lui*. Mara enviait le fait que Susanna et lui aient quelque chose à faire et passent du temps ensemble.

— Il n'y a vraiment rien à faire ici ? se lamenta Mara.

Susanna secoua la tête avec impatience.

— Il y a plein de choses à faire si tu prends la peine de regarder autour de toi. Je suis occupée tous les jours. On n'a pas le temps de s'ennuyer.

— Oui, eh bien, il ne te faut pas grand-chose pour te divertir. Les esprits simples et tout ça... s'interrompit Mara en agitant une main en l'air.

Susanna jeta un regard noir à sa sœur, semblant prête à lui lancer la cuillère cassée au visage. Au lieu de ça, elle poussa un soupir, gardant finalement son calme.

— Alors, dit Susanna sur un ton égal, pourquoi ton esprit *supérieur* ne trouve-t-il pas mieux à faire que de venir insulter les gens qui vivent sous le même toit que toi ?

— Il n'y a pas de toit, tu te souviens ? ricana Mara en pointant son doigt vers le ciel ouvert au-dessus d'eux.

Susanna redressa les épaules.

— C'est toujours mieux que de perdre sa tête.

— Oh, s'il te plaît, rétorqua Mara en levant les yeux au ciel. Si tu te plais tant ici, tu aurais dû venir sur Aldrai toute seule, sans me traîner avec toi. Comme je voulais que tu le fasses dès le départ.

— Et que *te* serait-il arrivé si tu étais restée ?

Fixant sa sœur d'un regard appuyé, Susanna mima une lame tranchant sa gorge avec sa main.

Mara agita la main avec dédain.

— Je m'en serais très bien sortie. J'ai suffisamment de relations dans la ville. J'ai juste eu peur cette nuit-là, et tu en as profité.

Susanna secoua la tête et leva les yeux au ciel.

— De quoi parlez-vous toutes les deux ? intervint-il.

Il avait perdu le fil de leur conversation et ne comprenait plus rien depuis un moment. Une seule chose restait claire : les sœurs se disputaient.

— Rien qui puisse t'intéresser, répondit Mara en réprimant un bâillement. Je vais me promener. Amusez-vous bien à faire la cuisine... ou quoi que ce soit que vous fassiez tous les deux ici.

Elle sortit une paire de lunettes de soleil de son sac à main et les posa sur son nez.

— Veille à rester dans les limites de la ville, l'avertit-il.

— Ou quoi ? Je vais me perdre ?

— Non, mais il y a des choses sous terre qui pourraient te dévorer si tu quittes la protection des frontières de la ville, répliqua-t-il avec une voix décontractée.

Les monstres du désert ne s'aventuraient pas souvent aussi loin dans le territoire terraformé. Son but était d'effrayer Mara juste assez pour qu'elle reste sous la protection des boucliers terrestres de la ville. Il ne s'agissait pas de la terrifier à mort.

Elle lui adressa un regard suspicieux, cherchant manifestement à savoir s'il plaisantait ou s'il était sérieux. Il alla chercher une autre cuillère, la laissant deviner.

Lorsqu'il retourna au comptoir, Mara n'était plus là.

— De quoi parlait ta sœur ? demanda-t-il à Susanna. Elle ne voulait pas venir sur Aldrai ?

Elle mit de côté sa tablette et se mordilla la lèvre inférieure en jouant avec les morceaux de la cuillère cassée.

— Mara a essayé de me convaincre de changer de place avec elle, dit-elle finalement.

— Pourquoi ? s'enquit-il, surtout par curiosité.

Que Mara soit ici, sur Aldrai, ou sur Terre, ça ne faisait aucune différence pour lui.

— Pourquoi s'est-elle portée inscrite au programme matrimonial, alors ? ajouta-t-il.

— Elle voulait venir ici au début, mais elle a changé d'avis par la suite. Comme nous nous ressemblons beaucoup, elle a essayé de me convaincre de venir à sa place, en prenant son nom.

Ça n'avait pas beaucoup d'importance non plus. Qu'elle soit sa femme ou sa nounou, Susanna aurait vécu chez lui. Dans un cas comme dans l'autre, il aurait eu du mal à avoir une relation professionnelle avec elle tout en ayant une érection de la taille d'un manche de hache dans son pantalon.

Mais ses enfants auraient été mieux lotis. Avec Susanna comme épouse, ils auraient eu une belle-mère qui se serait vraiment occupée d'eux.

Il avait observé Susanna avec ses enfants. Il avait vu à quel point ils s'étaient rapprochés d'elle en quelques jours. Même Ene, qui n'avait jamais été affectueuse avec les étrangers, s'était habituée à Susanna, la laissant brosser et coiffer ses cheveux courts tous les matins.

— Pourquoi n'as-tu pas échangé avec Mara ?

— Je ne voulais pas faire semblant d'être quelqu'un d'autre, répondit-elle, un peu penaude. Je ne voulais pas mentir.

Ses joues rougirent et elle baissa les yeux. Une envie soudaine de la prendre dans ses bras et d'embrasser son visage l'envahit.

Qu'allait-il faire avec cette femme ?

Au lieu de ça, il s'éclaircit la gorge et dit aussi calmement qu'il le pouvait :

— Je suis content que tu ne l'aies pas fait. J'ai eu assez de mensonges dans ma vie.

Elle le fixa, comme si elle attendait qu'il s'explique. Mais que pouvait-il bien lui dire ? Après plus de dix ans, certaines choses de son passé lui faisaient encore mal en y pensant, et c'était encore pire d'en parler.

— Eh bien, dit-il en soulevant la nouvelle cuillère. Mélangeons alors, d'accord ?

Pendant un moment, ils travaillèrent en silence. Tout lui paraissait confortable en présence de Susanna, même le silence.

Ce fut alors que Mara fit irruption par la porte de la cuisine.

— Eh bien, devinez qui j'ai rencontré lors de ma promenade ?

Elle marqua une pause, sans doute plus pour ménager le suspense que pour attendre une réponse.

— Un assistant du bureau du maire, continua-t-elle. Il m'a dit qu'il y avait une fête à la mairie demain soir. Apparemment, toute la ville a été invitée. L'ambassadeur de la planète Tragul est l'invité d'honneur ! Comment se fait-il que je ne sois pas au courant de cette invitation ?

Il étira son cou. Le sentiment de facilité qu'il avait éprouvé avant l'arrivée soudaine de la jeune femme s'évanouit, remplacé par une tension dans ses épaules.

— Je ne vais pas aux fêtes.

Elle ricana.

— Peut-être que tu ne devrais pas penser qu'à toi. Et *moi*, alors ? Je suis restée assise là, à mourir d'ennui. Et tu me caches des invitations à des fêtes ?

Il n'avait rien caché. L'invitation ouverte pouvait être facilement consultée sur le réseau local. Mais il n'avait pas non plus attiré son attention sur elle. Après des années passées à ignorer les invitations, il ne lui était même pas venu à l'esprit de considérer celle-ci.

— Tu peux y aller.

Il haussa les épaules.

— Oh, je le ferai ! rétorqua-t-elle en tapant du pied. Tu peux parier tes fesses dures d'extraterrestre que j'irai m'amuser. Tout est mieux que de rester assise ici jour après jour.

— Mara, ça suffit ! intervint Susanna en se levant de son siège.

Mais sa sœur était partie en trombe, sans lui accorder un seul regard.

— Désolée, s'excusa-t-elle en se tournant vers lui.

— Non, elle a raison, reconnut-il. Elle passe des journées entières à rester assise dans sa chambre. Ça ne doit pas être amusant.

— Mais à qui la faute ? Il y a plein de choses à faire ici si elle voulait faire autre chose que la fête.

— Je veux qu'elle soit heureuse.

Il se sentait responsable du bien-être des deux femmes qu'il avait amenées à Aldrai. Après tout, il les avait arrachées à la seule vie qu'elles avaient connue.

— Bonne chance, marmonna Susanna dans sa barbe. Beaucoup d'hommes ont essayé de rendre Mara heureuse. Tous ont lamentablement échoué au final.

Quoi qu'il en soit, Mara était ici à cause de lui. Légalement, elle était sa femme. Il devait trouver un moyen de la rendre heureuse.

— Tu m'as dit qu'elle aimait faire du shopping. Je devrais peut-être organiser un voyage à Arqa pour qu'elle puisse aller voir quelques magasins. Ça lui ferait-il plaisir ?

Susanna haussa une épaule.

— Peut-être. Temporairement.

Et maintenant, il se demandait ce qui rendrait Susanna heureuse. L'idée de *lui* faire plaisir le remplit d'une véritable excitation.

— Voudrais-tu aller à la fête aussi ? se surprit-il à demander.

Elle pencha la tête, réfléchissant à sa question.

— Ce serait bien de rencontrer les gens de la ville, n'est-ce pas ?

— Tu aimes danser ?

Peut-être qu'aller à la fête ne serait pas si mal après tout. Ce serait une bonne façon de se dire au revoir avant son départ pour le travail.

Une étincelle d'intérêt brilla dans ses yeux.

— Ça dépend. Quel genre de danse ? J'ai pris des cours de danse de salon pendant des années. Donc, si c'est une valse ou un fox-trot, je suis partante. Mais qu'est-ce que les gens font d'autre lors des fêtes ici ? À part danser ?

— Tout ce que font les gens sur d'autres planètes, j'imagine. Nous dansons, mangeons, discutons…

La partie discussion avait été tout ce qu'il avait essayé d'éviter toutes ces années. Mais si Susanna souhaitait y aller, il l'accompagnerait. Il était peut-être temps de sortir un peu et de voir du monde.

— Ça a l'air chouette. Les enfants peuvent-ils venir aussi ? demanda-t-elle avec de l'excitation dans la voix.

— Bien sûr. Il n'y a aucune chance qu'ils nous laissent y aller sans eux, ajouta-t-il en ricanant.

Chapitre 14

Susanna

Combien de temps encore ? gémit Mara en se frayant un chemin sur le pavé avec ses sandales stilletos.

On aurait pu penser qu'elle aurait appris la leçon depuis le temps et qu'elle aurait opté pour des chaussures plus pratiques. Les Aldraiens aimaient vraiment leurs pavés. Contrairement à l'endroit où habitait Xavran, les chemins entre les haies des habitations de Diria étaient recouverts de pierres plus dures. Les talons de Mara claquaient et glissaient sur ces pavés tandis que nous marchions tous les sept jusqu'à la mairie.

— Pourquoi ne pouvions-nous pas simplement y aller en avion ? se plaignit-elle.

Xavran resta stoïquement silencieux.

— Parce que ce n'est pas si loin, rétorquai-je.

Je tenais la main d'Illal, tout en gardant un œil sur Ene, qui nous précédait en sautillant avec les garçons.

Comme je l'avais promis à Illal, je n'avais parlé à personne de l'incident de la coupe de cheveux. J'avais l'impression de commencer à établir une relation de confiance avec les enfants et je ne voulais pas la gâcher. Mais la situation m'inquiétait.

J'observais attentivement Ene lorsque les enfants rentraient de l'école tous les jours. Après notre jeu de coiffure, elle m'avait demandé de lui tresser les cheveux le lendemain matin. Je lui avais fait deux tresses françaises, puis j'avais interrogé Illal après l'école. Apparemment, personne ne s'était moqué d'Ene ce jour-là. Certaines filles s'étaient approchées pour regarder de plus près sa coiffure inhabituelle. Une ou deux avaient même demandé si la nounou d'Ene pouvait aussi tresser leurs cheveux de cette façon.

— Argh, ces trucs stupides ! jura Mara dans sa barbe quand son talon glissa de nouveau, tordant sa cheville.

— Tu risques de te casser une jambe, la prévins-je. Enlève tes chaussures, au moins pour l'instant.

Xavran se tourna vers elle.

— Ce n'est plus très loin maintenant. Je peux te porter.

Il s'approcha, ouvrant les bras avec la ferme intention de la soulever.

— Oh non ! s'écria-t-elle en reculant. Ne t'avise pas de me toucher.

Elle enleva rapidement ses sandales et continua à marcher pieds nus.

Personnellement, je ne voyais rien de mal à accepter son offre. Le souvenir de la sensation réconfortante de ses grands bras autour de moi la nuit où j'avais sauté de la baignoire, terrifiée par les poissons, me faisait presque regretter mon choix de chaussures plates.

Mara tira sur les bords de sa mini robe à imprimé animal.

— Je peux marcher toute seule, merci beaucoup.

— Comme tu veux.

Il haussa les épaules.

— Tout simplement répugnant, marmonna-t-elle dans sa barbe, en avançant à grands pas.

Je tournai mon regard vers son visage, espérant qu'il n'avait pas entendu. En voyant la façon dont les muscles de sa mâchoire s'étaient contractés, je craignais que ce soit le cas.

Illal me lâcha la main et courut vers lui.

— Moi, Papa ! Tu peux me porter ?

Le coin de sa bouche se souleva pour former un de ses sourires en biais.

— Bien sûr.

Je savais qu'il valait mieux que je ne le fixe pas alors qu'il se penchait pour prendre sa fille. Je ne devais pas admirer la façon dont les muscles ciselés de ses cuisses saillaient sous le tissu de son pantalon. Mais j'étais là, à regarder ses fesses dures fléchir en essayant de distinguer le contour de sa queue entre elles.

— Moi aussi ! s'exclama Ivex en bondissant vers Xavran.

Son frère le suivit.

— Et moi !

Xavran se mit à rire.

— Je n'ai que deux bras. Alors, deux à la fois.

Il attrapa Illal et Ivex, et plaça un enfant sur chaque bras.

Je rattrapai Ene et me mis à marcher à son rythme.

— Et toi ? lui demandai-je. Tu ne veux pas que ton père te porte aussi ?

Elle leva les yeux au ciel.

— J'ai mes deux pieds, n'est-ce pas ? Je peux marcher.

— D'accord. Je peux marcher avec toi ?

Elle me jeta un coup d'œil en coin mais ne s'écarta pas.

— Bien sûr. Le chemin est large. Il y a de la place pour nous deux.

Peu de temps après, les lumières de la mairie apparurent entre les haies devant nous. Une musique entraînante nous parvint aux oreilles.

— Allons faire les fêtes !

Les enfants se précipitèrent tous les quatre vers le lieu de la soirée.

Le reste d'entre nous atteignit l'hôtel de ville une minute plus tard.

Il n'y avait pas de bâtiment à proprement parler, mais un gigantesque toit en forme de belvédère tendu entre au moins une douzaine de troncs d'arbres vivants qui poussaient en désordre.

Le sol était recouvert d'une herbe épaisse et d'un maillage de chemins de pierre qui s'entrecroisaient artistiquement. Sous le toit, des guirlandes lumineuses rivalisaient avec les essaims d'insectes lumineux pour éclairer l'espace.

Des Aldraiens de tous âges se mélangeaient sous le toit. La plupart d'entre eux se rassemblaient autour des longues tables chargées de nourriture.

Un homme se précipita vers nous au moment où nous entrâmes sous le belvédère.

— Mara ! Je suis si heureux que tu aies pu venir.

Il tendit sa paume en l'air, et elle plaça la sienne dessus en guise de salutation aldraienne.

Elle pencha la tête, lui souriant agréablement.

— Je n'aurais manqué ça pour rien au monde. Merci pour l'invitation.

Je devinai qu'il s'agissait de l'assistant du bureau du maire dont Mara avait parlé.

— L'invitation était publique. Tous les habitants de Diria sont les bienvenus. C'est une célébration de la ville, déclara-t-il avant de se tourner vers Xavran et moi. Bienvenue, capitaine Rax et... Susanna, je crois ? Je suis Khezan, assistant du maire de Diria.

Je lui tendis la main.

— Enchantée de te rencontrer.

— J'ai entendu parler de toi par ma sœur, Yurie, dit-il en souriant. Ses enfants vont à la même école que les vôtres... Je veux dire, les enfants du capitaine. Pas *les vôtres*.

— Ah d'accord, répondis-je en me souvenant du prénom d'une des mères que j'avais rencontrées à l'école des enfants. Yurie est une femme très gentille. Elle m'a beaucoup aidée en me donnant des informations. J'ai tellement de choses à apprendre dans ce nouveau monde.

— Et qui est-ce ? murmura Mara, en désignant du regard une personne que je reconnus comme étant un Ravil, de la planète Tragul. Est-ce l'ambassadeur ?

Sur Terre, Mara avait dit des Ravils qu'ils étaient beaux. Et j'étais bien d'accord avec elle sur ce point. Grand et musclé, l'homme ne portait pas de chemise. Une courte fourrure d'un brun doré recouvrait tout son corps et scintillait sous les lumières. Ses cheveux blond sable étaient bouclés autour de ses oreilles et descendaient le long de son cou en épaisses vagues, comme une crinière de lion.

— Oui, c'est l'ambassadeur Zeigan Ussai du territoire Ravie sur la planète Tragul, expliqua Khezan. Son pays se remet d'une guerre qui a duré vingt ans. C'est le premier ambassadeur envoyé sur Aldrai depuis des décennies.

Comme s'il sentait l'attention que nous lui portions, le Ravil se tourna vers nous. Sa longue queue, qui se terminait par une touffe de fourrure, se balançait derrière lui.

Le sourire de Mara se transforma en moue aguicheuse lorsqu'elle croisa son regard. L'ambassadeur Ussai le prit comme une invitation à se diriger vers nous.

Il appuya une main sur sa poitrine et fit une profonde révérence en s'approchant.

— Je suis l'ambassadeur Zeigan Ussai de Ravie.

— Capitaine Xavran Rax, le salua Xavran en lui faisant aussi la révérence.

La sienne était moins fluide, comparée à la grâce féline de l'ambassadeur.

— Ma femme, Mara. Sa sœur, Susanna Riley, nous présenta-t-il.

— C'est un honneur de vous rencontrer. Quelle surprise !

L'ambassadeur nous regarda, Mara et moi.

— Je ne m'attendais pas à trouver des femmes humaines à Diria, poursuivit-il.

Mara rejeta ses cheveux par-dessus son épaule.

— Trouver un haut fonctionnaire dans cet endroit est tout aussi surprenant.

Il déplaça son regard vers moi, puis de nouveau vers elle. Une expression confuse traversa son beau visage. C'était typique des gens qui nous voyaient pour la première fois.

— Enchantée de vous rencontrer.

Je lui tendis la main, paume vers le haut, et il la recouvrit de la sienne.

— Je suis la sœur jumelle de Mara, expliquai-je. Nous sommes de vraies jumelles. C'est pour ça que nous nous ressemblons autant.

Il continuait à nous fixer.

— C'est extraordinaire. Les naissances multiples sont monnaie courante chez les Voraniens et les Aldraiens, mais je n'ai jamais vu deux personnes aussi parfaitement semblables. C'est une bonne chose que vous portiez des vêtements différents, observa-t-il en ricanant avant de passer son autre main sous la mienne pour l'enfermer entre les deux siennes. Sinon, il n'y aurait aucun moyen de vous différencier.

— C'est une bonne chose, effectivement.

Je souris, faisant glisser ma main, qui n'était pas dans celle de l'ambassadeur, le long de la jupe évasée de ma robe noire et blanche, celle-là même que je portais le jour de notre arrivée. C'était la tenue la plus habillée que j'avais pour l'occasion.

J'allais bientôt toucher mon premier salaire et l'une des mamans que j'avais rencontrées à l'école des enfants m'avait déjà proposé de m'emmener faire du shopping à Arqa le week-end prochain. J'avais hâte de faire ce voyage. Ce serait bien d'avoir des vêtements plus décontractés. Mes gilets et mes vêtements en polyester étaient parfaits pour le temps frais de New York, mais ils ne convenaient pas au climat doux d'Aldrai.

La musique ralentit un peu.

L'ambassadeur me tenait toujours la main. Le dessus de la sienne était recouvert d'une courte fourrure. Elle semblait douce, avec un joli reflet doré. Ne pouvant retenir ma curiosité, je plaçai mon autre main sur la sienne, la caressant légèrement. C'était vrai qu'elle était douce.

Sa queue s'agita dans ma direction.

— Voulez-vous danser, madame Riley ?

— Oh, désolée...

Je retirai ma main. Aussi fascinant que soit la rencontre d'une nouvelle espèce, la caresser de la sorte était certainement inapproprié.

— Je... commençai-je.

Xavran se fraya un chemin entre l'ambassadeur et moi.

— Susanna a déjà promis de danser avec *moi*.

L'avais-je fait ? Je n'en étais pas sûre. Mais à l'idée de danser, un sourire se dessina sur mes lèvres.

Mara prit la main du Ravil.

— J'adorerais danser, monsieur l'ambassadeur.

Il déplaça ses yeux vert émeraude de moi à elle, avec un sourire inébranlable.

— Avec grand plaisir.

Il posa ses mains sur sa taille, puis l'entraîna vers la musique.

— As-tu vraiment envie de danser ? demandai-je à Xavran.

Franchement, j'avais dû mal à imaginer cet homme en train de danser. Certaines personnes n'étaient pas faites pour ça.

— Nous pouvons toujours rester autour du bol à punch, poursuivis-je, ou de ce qu'ils ont ici à la place. C'est un bon moyen de rencontrer de nouvelles personnes.

— Je ne veux pas rencontrer de nouvelles personnes, déclara-t-il en me serrant la taille pour m'attirer plus près de lui. Je veux juste danser avec toi.

— Oh ! soupirai-je en me retrouvant si soudainement dans ses bras avant de poser mes mains sur son large torse. Eh bien, allons danser !

Xavran m'emmena dans l'espace ouvert en faisant un cercle lent alors que nous nous faufilions entre les autres couples. Je remarquai que les femmes avaient les mains enroulées autour des cornes des hommes sur leurs épaules pendant qu'elles dansaient. J'aurais peut-être dû faire de même, mais je préférais toucher son torse. Même si ses pectoraux étaient durs sous sa chemise, ils étaient plus doux que les cornes, plus chauds aussi, ce qui le rendait plus accessible d'une certaine manière.

Les gloussements de Mara me parvenaient aux oreilles alors que l'ambassadeur la faisait tourner autour de nous.

Je les suivis du regard pendant quelques instants.

— C'est formidable de rencontrer quelqu'un qui vient d'une autre planète, m'émerveillai-je à voix haute. Les Ravils sont fascinants. Est-ce de coutume pour eux de ne pas porter de chemise ? Ou est-ce juste l'ambassadeur ?

Xavran fronça les sourcils, n'accordant pas un regard à l'autre homme.

— Les Ravils ne portent jamais de chemise.

— Je suppose que ce n'est pas nécessaire puisqu'ils ont de la fourrure. Il fait chaud ici.

— Ils ne couvrent jamais leur queue non plus.

Il secoua la tête d'un air désapprobateur.

— Oh, c'est choquant ! haletai-je en feignant l'horreur.

Il sourit.

— Mais encore une fois, les queues des autres espèces sont loin d'être aussi indécentes que celles des Aldraiens.

Les images du couple dans un parterre de fleurs de la vidéo que j'avais regardée me traversèrent l'esprit. Le sourire disparut de mon visage et mes joues rougirent.

— C'est ce que j'ai entendu dire.

Je détournai les yeux, espérant qu'il ne remarquerait pas mon rougissement.

Le rythme de la musique accéléra, mais les pas de Xavran ralentirent. Il remonta ses mains dans mon dos, nous rapprochant l'un de l'autre. En tournant lentement autour d'un des troncs d'arbre qui servaient de piliers de soutien au toit, il s'éloigna de l'espace éclairé, m'emmenant derrière la haie et à l'écart de la fête.

Dans l'ombre, derrière la haie, il me plaqua le dos au tronc d'arbre. Son cœur battait la chamade sous ma main posée sur sa poitrine.

Avec un de ses avant-bras appuyé contre le tronc au-dessus de ma tête, il se pencha sur moi.

— Qu'est-ce que tu me fais, Susanna ? grogna-t-il.

Ses yeux devinrent aussi sombres que la nuit qui nous entourait.

J'aurais pu lui poser la même question. Mon cœur battait à tout rompre contre ma cage thoracique. La chaleur de son grand corps dur pressé contre le mien était vivifiante.

Désireuse de le sentir davantage, je fis glisser mes mains le long de son torse jusqu'à son cou large. Il inspira profondément quand je me mis à caresser sa mâchoire inférieure avec mes pouces.

Pendant tout ce temps, je luttais pour garder une distance entre nous, alors que tout ce que je voulais vraiment, c'était le toucher. Partout.

Tout en gardant sa main droite au-dessus de ma tête, il remonta l'autre le long de mon flanc. Il l'arrêta juste sous ma poitrine.

— Dis-moi d'enlever mes mains, me chuchota-t-il à l'oreille. Parce que je vais aller plus loin si tu ne le fais pas.

Je serrai les lèvres, gardant ma bouche fermée.

Il saisit mon sein et trouva mon téton avec son pouce. Le désir brûla en moi. Je soupirai avec un doux gémissement.

— Dis-moi que je te dégoûte, comme le dit ta sœur, exigea-t-il, l'amertume s'insinuant dans sa voix langoureuse. Dis-moi que je te dégoûte, pour qu'il me soit plus facile de te quitter demain.

Les choses auraient été tellement plus faciles si je n'avais pas ressenti pour lui ce que je ressentais. La frénésie sauvage et brûlante qui tourbillonnait dans mon esprit et dans mon corps n'était pas censée exister. La chaleur qui pulsait entre mes jambes était peut-être inappropriée. Inconvenante. Mais c'était tellement merveilleux.

Je n'avais pas ressenti ça depuis longtemps. En fait, je ne me souvenais pas avoir ressenti quelque chose d'aussi intense avec un autre homme.

Je déglutis difficilement.

— Si je dis ça, je mentirai, et il y a déjà eu trop de mensonges dans ma vie.

Il prit mon visage entre ses mains.

— Dis que tu détesterais que je t'embrasse.

Je le regardai droit dans les yeux.

— Je ne dirai rien de tel...

Il posa ses lèvres sur les miennes. Les mots et les pensées m'abandonnèrent, emportés dans une tornade. Le désir se répandit dans mes veines. Je m'accrochai à son cou tandis qu'il m'embrassait avidement, comme un homme affamé. Et peut-être était-il affamé de contact physique, d'affection, tout comme je l'étais.

Lorsqu'il fit un geste pour s'éloigner, je saisis les cornes sur le côté de sa tête et l'embrassai à mon tour.

Ne pars pas, me traversa l'esprit.

Je ne voulais pas que ça s'arrête. Il était plus enivrant que le vin, et je n'en avais pas eu assez. J'avais envie de plus.

Il saisit mes fesses et me serra contre lui, l'arête dure de son érection coincée entre nous.

L'excitation m'envahit. J'avais envie de le sentir en moi. S'il était mon ivresse, je souhaitais m'enivrer de lui.

Plus.

Plus fort.

Plus vite...

J'avais la tête qui tournait. Comment cet homme avait-il pu me faire oublier toute prudence ?

C'était trop rapide...

Tout ça arrivait bien trop tôt.

Je n'avais pas besoin de ça, n'est-ce pas ? Je ne cherchais certainement pas quelque chose de ce genre. Je ne savais même pas que ces sentiments existaient.

Je n'avais pas besoin d'un homme en ce moment, ni d'un autre mari. Non pas que Xavran puisse être mon mari. Techniquement, il avait déjà une femme. Ma sœur.

Oh, c'était vraiment foireux.

En tirant sur ses cornes, je le forçai à rompre notre baiser.

— Susanna, gémit-il. Je te veux.

Je fermai les yeux un instant, de peur de me perdre de nouveau dans les siens.

— Papa ! retentit la voix d'Illal de l'autre côté de la haie. Papa !

Le monde s'écroula, brisant notre bulle de désir chaud et moite. Xavran retira ses bras, et je n'aurais pas dû détester autant leur perte.

— Nous ferions mieux de rentrer, marmonnai-je en lissant ma robe, puis mes cheveux.

— Je te rejoins.

En jetant un coup d'œil vers le bas, je vis l'énorme bosse qui tendait son pantalon.

Il se frotta la nuque.

— J'ai... J'ai besoin d'une minute.

— Bon, eh bien...

Je m'éloignai d'un pas hésitant.

— Attends ! s'exclama-t-il en s'approchant de moi et en saisissant mon visage à deux mains. Ce n'est pas fini. Pas du tout. Il faut qu'on parle.

Nous devions vraiment le faire. Il fallait régler *ça*, quoi que ce soit.

— D'accord, acquiesçai-je. Nous le ferons.

— Papa !

— Je dois y aller.

Je me précipitai derrière la haie, échappant à son regard intense. Je trouvai Illal près d'une des tables de nourriture.

— Qu'y a-t-il, Illal ? m'enquis-je.

— Où est Papa ?

— Il est... euh...

Je me mordis la lèvre, prenant conscience de la chaleur et du picotement de mes lèvres après le baiser vorace de Xavran.

— Ton père doit être quelque part pas loin. Mais est-ce que je peux t'aider ?

Une lueur calculatrice passa dans ses yeux orange vif.

— Oui, je veux du *shohe*.

Elle désigna l'énorme grappe de petits fruits bleus suspendus sous le toit du belvédère.

Une sorte de sirop cristallisé faisait briller chaque fruit allongé. Le *shohe* était récolté en grappes, comme des raisins géants, mais il était trop sec et trop dur pour être consommé frais. Les Aldraiens le faisaient tremper dans un sirop sucré pendant quelques mois. C'était à peu près le seul dessert disponible à Diria. En général, les Aldraiens n'aimaient pas les sucreries, et Illal était une exception notoire.

— Ton père voudrait que tu manges d'abord autre chose. Aimerais-tu un peu de ragoût de *cuqrel* ? Ou peut-être un peu de salade *qhuiste* ?

Illal tapa du pied.

— Non. Je veux du *shohe*.

— Oh, laissez l'enfant se régaler.

Une femme aldraienne s'approchait de nous d'un pas nonchalant.

Elle semblait plus âgée. Ses cheveux avaient blanchi au fil des ans, les rendant plus clairs que sa peau corail.

Illal se tourna immédiatement vers elle.

— Grand-mère ! Tu peux m'en attraper ? S'il te plaît ?

La fillette avait l'air aussi douce que du sirop de *shohe*.

— Bien sûr, ma chérie.

La dame prit un petit bol en bois et préleva quelques fruits à l'aide d'une pince.

— Voilà, dit-elle en lui tendant.

— Merci.

Après avoir attrapé son butin, Illal courut jouer avec les autres enfants sous le belvédère.

La grand-mère soupira en la regardant partir.

— Ces enfants ont si peu de plaisirs au quotidien avec leur père, déclara-t-elle avant de me tendre la main. Je m'appelle Inie. Et vous devez être la nouvelle femme de Xavran ?

Ses yeux rose pâle s'emplirent de pitié.

— Non. Je suis la nounou.

Je posai ma main sur la sienne, laissant brièvement nos paumes se toucher.

— Susanna.

— Oh, la nounou ?

Elle jeta un coup d'œil à Mara, qui riait en compagnie de l'ambassadeur et de l'assistant du maire. Quelques autres aldraiens les avaient rejoints.

— Ce doit être la femme, alors ? s'enquit-elle. La pauvre.

Mara avait l'air tout sauf « pauvre », dans tous les sens du terme. Vêtue d'une de ses robes de créateur et coiffée d'un chapeau à larges bords, elle tenait à la main un grand verre contenant une boisson colorée, tout en riant de ce qu'avait dû dire l'un des hommes.

— Elle n'a aucune idée de ce dans quoi elle s'est embarquée, soupira Inie. Il aurait mieux valu que vous ne veniez jamais ici.

— Pourquoi donc ?

Elle pinça les lèvres, fit une pause avant de dire sur un ton grave :

— Votre nouveau patron est un homme violent.

— Xavran ? Violent ?

J'avais entendu d'autres personnes le qualifier de « morose » ou de « peu sociable ». C'était la première fois que quelqu'un le qualifiait de « violent ».

— Il a été très gentil jusqu'à présent, protestai-je.

— Jusqu'à présent... reprit Inie, d'un air sinistre. Vous a-t-il raconté ce qui est arrivé à sa première femme ? Ma pauvre fille, Gelnall ?

— Non. Mais j'ai entendu dire que c'était un accident. Toutes mes condoléan...

— Un accident ! railla-t-elle. Alors pourquoi refuse-t-il d'en parler ? Si c'était un accident, il n'aurait rien à perdre à en parler, n'est-ce pas ?

Perdre sa femme dans un accident tragique n'était pas un sujet agréable à aborder avec n'importe qui, supposai-je, mais je ne dis rien.

Inie ne semblait pas s'attendre à une réponse, de toute façon, puisqu'elle continua :

— Pourquoi s'est-il assuré de cacher les détails de « l'accident » au public ?

— Il a fait ça ?

— Oh oui. Mais pourquoi ? S'il n'avait rien à cacher ?

Je n'avais rien à répondre à ça. D'une certaine manière, je comprenais sa frustration. Elle avait le droit de connaître les circonstances de la mort de sa fille.

Inie se rapprocha et parla à voix basse :

— Les autorités ont dit que Gelnall était seule à bord de l'avion, mais ce n'est pas possible.

Je me penchai à mon tour, en adoptant le même ton de voix qu'elle.

— Pourquoi ?

— Savez-vous à quoi ressemble une femme aldraienne en fin de grossesse ?

— Non.

— Nous ne pouvons pas voler. Physiquement. Nos ventres deviennent si gros que nous ne pouvons même pas nous glisser derrière le tableau de bord. Gelnall portait douze fœtus. Elle ne pouvait pas être aux commandes de l'avion ce jour-là.

— Êtes-vous en train de dire...

Je n'aimais pas l'admettre, mais ça me semblait suspect.

— Xavran était avec elle, répliqua-t-elle avec conviction.

— Vous pensez que c'est lui qui est responsable de l'accident ?

— Je vous le dis, ce n'était pas un accident. C'est un trop bon pilote pour que ce genre de choses arrive, surtout par une belle journée ensoleillée. À moins qu'il ne l'ait *voulu*, bien sûr.

Je haletai, choquée par ses révélations.

— Il a fait exprès de faire s'écraser l'avion ?

— Exactement.

— Mais pourquoi ?

Inie prit une grande inspiration.

— N'est-ce pas évident ?

Je secouai la tête.

— Non, pas du tout. J'ai entendu dire que Xavran adorait sa femme.

— Au début, peut-être. Mais il est vite devenu évident que c'était un homme horrible. Il a isolé Gelnall de moi et du reste de sa famille. Nous ne savions jamais où elle était. Quand j'appelais, il inventait des excuses et ne me laissait pas lui parler. Je pense qu'elle s'est rendu compte de l'erreur qu'elle avait commise en l'épousant et qu'elle a voulu partir. Il a alors décidé de se débarrasser d'elle plutôt que de la laisser partir. Et il a réussi.

Elle jeta un regard derrière moi, quelque part. Je me retournai pour voir Xavran qui revenait sous l'auvent du belvédère. Lorsqu'il rencontra le regard d'Inie, son expression s'assombrit.

— Assassin, marmonna Inie dans sa barbe. Ces pauvres enfants. Mon cœur se serre à chaque fois que je pense qu'ils vivent avec le meurtrier de leur mère.

— Mais Xavran n'aurait pas fait ça, protestai-je.

Tout en moi me criait que ce n'était pas vrai. Pourtant, la logique me disait que je ne le connaissais pas si bien que ça.

— Il n'aurait pas pu... ajoutai-je.

Inie continuait à fixer Xavran, comme si elle essayait de l'incinérer avec son regard noir.

— Il n'a jamais montré le moindre remords d'avoir tué ma fille, pas une seule fois.

— Ça ne peut tout simplement pas être vrai. Il n'aurait jamais mis délibérément ses enfants en danger. Il tient tellement à eux.

Je ne pouvais pas parler de la relation de Xavran avec sa femme, mais je l'avais vu avec ses enfants. Je repensai à son air dévasté à la simple évocation du jour de leur naissance et à la bienveillance qu'il avait toujours manifestée à l'égard de ses enfants survivants.

— Ils sont toute sa vie, déclarai-je.

Inie haussa les épaules.

— Peut-être qu'il se sent coupable d'avoir tué leur mère et leurs frères et sœurs.

— C'est tellement... Horrible.

— C'est le cas. Imaginez ce que je ressens en voyant ce criminel s'en tirer à bon compte. Ma pauvre Gelnall est morte depuis plus de dix ans maintenant, et son assassin est toujours en liberté.

Xavran redressa les épaules et se dirigea vers nous à grandes enjambées. Mon cœur se serra d'inquiétude. Je sentais que rien de bon ne pouvait sortir d'une rencontre avec son ex-belle-mère.

Le sol entre lui et nous se mit à bouger brusquement. Le dessin parfait des pavés se fissurait et se brisait.

— Qu'est-ce qui se passe ? demandai-je en écartant les bras pour garder l'équilibre. C'est un tremblement de terre ?

Le visage d'Inie pâlit. Elle fixa le grand monticule qui sortait du sol.

— Nous devons rentrer... Engager les boucliers... Rentrer... répéta-t-elle rapidement, sans bouger d'un pouce.

— Susanna ! cria Xavran. Les enfants !

Il s'élança dans notre direction, mais la terre s'éleva plus haut, le projetant en arrière et le faisant tomber.

La panique éclata autour de nous. Les gens criaient, s'éloignant précipitamment du monticule.

Les enfants !

Je regardai autour de moi.

Illal était là et me prit la main.

— Papa !

Ivex me dépassa en courant pour aller vers son père, mais le monticule de terre se dressa sur son chemin.

— Ivex ! Viens ici ! lui ordonnai-je en saisissant son épaule. Où est ton frère ?

Le garçon désigna la table voisine. Xilvo sortit de dessous, le bol contenant des fruits *shohe* dans les mains.

— Viens ici, Xilvo, dis-je en lui faisant signe.

Nous devions fuir, mais où ?

Les gens se précipitaient dans toutes les directions. L'ambassadeur ravil faisait sortir Mara de sous le belvédère. J'ordonnai aux enfants de les suivre, mais le sol continuait de s'élever tout autour de nous. La tranchée encerclait le petit groupe de personnes dont nous faisions partie, nous coupant tous des voies de sorties.

Tout le monde semblait essayer de rester aussi loin que possible du sol qui tremblait, et je fis de même, en reculant.

— Restez près de moi, les enfants. Où est Ene ?

Je cherchai sa petite silhouette dans le chaos qui régnait autour de nous.

Des brins d'herbe, des mottes de terre et des pavés s'élevaient dans les airs comme s'ils étaient projetées par un canon souterrain.

— Attention !

Je rapprochai les enfants de moi, essayant de les protéger avec mon corps.

Un pavé me frappa à l'épaule. Je cachai ma tête sous mon bras.

— Susanna !

La voix de Xavran me parvint à travers le bruit et les cris.

— Ne bouge pas ! m'intima-t-il.

Ah bon ?

Voulait-il que nous restions immobiles ? Alors que tout autour de nous était en mouvement ? Même les haies avaient été déracinées. Les morceaux de leurs racines et de leurs branches s'élevaient dans les airs, propulsés par une force invisible.

Que se passait-il ?

Quelqu'un cria :

— Des vers *hogas* !

Le monticule qui se trouvait juste devant nous s'éleva encore. Un dôme noir et brillant en émergea. Il s'étendait vers le haut, se rétrécissant en une épaisse colonne qui nous dominait.

Son extrémité lisse s'ouvrit, puis s'élargit, comme un énorme parapluie. L'intérieur était sombre et brillant, comme de l'encre liquide, bordé de rangées circulaires de dents noires et étincelantes.

Le monstre planait au-dessus de nous. L'abomination la plus cauchemardesque que j'aie jamais vue, que ce soit en rêve ou dans la réalité.

Une terreur froide m'envahit. Mes muscles vibraient à cause de mon envie de courir.

Mais où ?

Le cercle de terre soulevée nous entourait, se rapprochait, se resserrait autour de nous.

— Ne bouge pas, Susanna ! hurla de nouveau Xavran, la voix chargée d'horreur mais aussi de détermination.

Il arracha les brassards de ses avant-bras, révélant de longues cornes incurvées et aplaties sur les côtés, comme des lames.

Il jeta ses brassards et tapa du pied. D'autres hommes, en dehors de notre « Circle of Doom », firent de même, tapant du pied et criant, essayant manifestement de détourner de nous l'attention de la terrifiante créature.

Mais la chose ne tomba pas dans le piège. Quel que soit ce monstre, il avait manifestement jeté son dévolu sur les quelques-uns d'entre nous qu'il avait piégés.

J'enroulai étroitement mes bras autour des trois enfants, faisant en sorte que mes jambes ne bougent pas, que mes pieds restent bien ancrés. La peur me secouait, faisant claquer mes dents et faiblir mes genoux.

Le parapluie géant se mit à osciller vers le bas, dans notre direction. Une femme à côté de moi gémit, s'éloignant de la créature.

Comme si elle avait attendu ça, la chose s'élança vers elle. Elle recula d'un bond, s'écartant de son chemin. Un homme bondit en avant, protégeant la femme de son corps. Le bord de la bouche du « parapluie » s'accrocha à l'une des cornes de l'épaule de l'homme. D'un coup sec, la créature se libéra, faisant tomber l'homme et laissant une longue tache de sang noir sur son épaule.

Le corps des hommes aldraiens était beaucoup plus protégé que celui des femmes. Si l'homme n'avait pas pris sa défense, la femme aurait été gravement blessée, voire tuée. En fait, seul le ver géant avait été blessé. Pour l'instant.

L'homme aida la femme à se lever, mais aucun des deux ne restèrent debout. Cette fois, le sol se déplaça sous nos pieds.

Le choc me fit crier, alors que je luttais pour garder l'équilibre.

Les personnes situées à l'extérieur du cercle essayaient toujours de faire du bruit. Ils renversèrent des tables et jetèrent des objets sur la créature. En vain.

Xavran poussa un juron de frustration.

— Papa !

Ene courut de l'extérieur vers l'espace éclairé sous le toit.

Je posai une main sur ma poitrine, soulagée de la voir saine et sauve. Heureusement, elle était à l'extérieur du cercle, libre.

Ene nous regardait fixement, les yeux brillants de larmes.

Le ver géant plongea sur nous. Xavran l'attaqua par derrière. Il sauta et frappa la créature de ses deux bras. Les cornes étroites et incurvées à l'arrière de ses avant-bras s'enfoncèrent profondément dans le corps lisse et noir du ver, laissant de longues entailles tandis qu'il glissait vers le bas.

La créature géante avait un diamètre d'au moins trois mètres. Les blessures, aussi longues et profondes étaient-elles, ne l'arrêtèrent pas vraiment, mais toute son attention était désormais tournée sur Xavran.

La longue colonne du corps du monstre oscilla. Le « parapluie » pivota, se retournant pour faire face à Xavran. Puis il retomba, le recouvrant entièrement.

— Papa ! crié Ene.

Dans le désordre des plats renversés sur le sol, elle saisit un chaudron, puis le lança de toutes ses forces sur le ver géant.

La terreur m'envahit.

— Xavran ! hurlai-je.

Et si le ver disparaissait dans la terre d'où il était sorti en emportant Xavran avec lui ?

— Non ! m'époumonnai-je.

Les pointes acérées de ses cornes percèrent la membrane du « parapluie ». Elles descendirent jusqu'à la base, qui était le cou du ver, puis tout du long, en projetant du sang noir comme de l'encre de Chine. Les parties de la terrible bouche de la créature se désagrégèrent.

Xavran sortit de l'entaille.

Il était couvert d'égratignures causées par les dents du ver. Son sang rouge se mêlait au sang noir du ver, peignant sa peau de sang. Mais il était vivant.

La colonne noire du ver convulsa puis s'effondra sur le sol, la créature avait la gorge tranchée de l'intérieur.

— Papa !

Ene se précipita vers lui. Ignorant le carnage et la puanteur du sang fumant du ver, elle le serra fort dans ses bras.

Les autres enfants se précipitèrent vers eux en grimpant sur les tas de terre battue. Xavran leur ouvrit les bras.

Les jambes encore tremblantes, je m'approchai. Et il me saisit, moi aussi, d'un seul coup.

— Toute la famille fait un câlin familial, dit-il d'une voix rauque.

Je me penchai vers lui, étendant mes bras autour d'eux aussi largement que possible.

Famille.

Je n'avais jamais ressenti le sens de ce mot aussi fortement que maintenant.

Chapitre 15

Susanna

C'était dégoûtant ! sanglota Mara, pleurant sur la table de la cuisine après que nous étions enfin rentrés. C'était quoi cette chose ?

— Un ver *hogas*, répondit Xavran en se lavant le visage, le cou et les bras dans l'évier de pierre. Un petit. Ce devait être encore un bébé.

Il enfila une nouvelle paire de brassards en caoutchouc, dissimulant les cornes mortelles sur ses avant-bras.

— Un *bébé* ? hurla-t-elle, s'étouffant presque en prononçant le mot. Pourquoi personne ne m'a dit que ces choses horribles existaient ? Je ne serais jamais venue ici. Jamais. Jamais !

Xavran avait l'air épuisé.

— Les boucliers sont levés. Nous sommes en sécurité maintenant, la rassura-t-il.

Il posa ses mains sur les épaules d'Ene et d'Ivex. Illal et Xilvo restant également près d'eux.

— Je vais mettre les enfants au lit.

Il les fait sortir de la cuisine.

Une fois tout le monde parti, Mara dirigea toute la force de sa détresse vers moi.

— J'en ai assez de cet endroit. Pourquoi quelqu'un aurait-il envie de vivre ici ? C'est un cauchemar ! Pourquoi m'as-tu fait venir ici ? En quoi le fait d'être mangée vivante est-il mieux que la décapitation ?

— Personne ne t'a mangée. Tu es encore en vie, lui fis-je remarquer.

— Grâce à l'ambassadeur Zeigan. Il m'a sauvé la vie. Sans lui, je serais morte.

— Non. Xavran a tué le ver.

— Oh, s'il te plaît ! s'exclama-t-elle en levant les yeux au ciel. Ça ne fait pas de lui un héros.

À mes yeux, c'était tout à fait le cas. Mais je me sentais trop épuisée pour argumenter.

— Allez, Mara. Va prendre un bain et dormir un peu. Je vais faire la même chose.

Je ne pouvais tout simplement pas m'occuper d'elle ce soir.

Je passai mon bras autour de ses épaules et la conduisis hors de la cuisine.

— Je jure que je quitterai cette planète dès que possible.

Elle ne cessa de se plaindre sur le chemin de sa chambre.

— Personne ne mérite de vivre de cette façon, poursuivit-elle. C'est barbare. Il n'y a même pas un seul magasin digne de ce nom par ici. Et ces choses, qui sortent de terre, comme des putains de marguerites !

Elle frémit.

— Calme-toi, Mara, dis-je en l'aidant à se déshabiller et à entrer dans la baignoire. Nous sommes en sécurité, maintenant.

— En sécurité ? Nous étions censées être en sécurité depuis le début ! C'était une putain de bal champêtre ou truc du genre. Un événement familial. Ça aurait dû être aussi sûr que possible.

— Un bouclier était défaillant, apparemment, expliquai-je en répétant ce que les autorités nous avaient dit lorsque Xavran, furieux, avait demandé des explications à l'hôtel de ville. La maintenance était prévue le mois prochain. Un membre du conseil municipal a essayé d'économiser de l'argent en décalant un peu trop son entretien. Ils vont devoir réajuster le planning après ça.

— Super !

Elle jeta les mains en l'air, puis les laissa retomber dans l'eau de la baignoire en projetant de l'eau partout.

— Ils ne sont pas seulement douloureusement primitifs ici, mais aussi grossièrement corrompus.

— Ça n'arrive pas souvent. Il n'y avait pas eu d'attaque de vers *hogas* à Diria depuis plus de vingt ans avant ce soir.

— Ha ! Un événement unique ! J'ai de la chance.

Je restai encore une minute ou deux, m'assurant qu'elle s'était suffisamment calmée pour aller se coucher directement après son bain. Aussi irritée qu'elle l'était, je craignais que Mara ne fasse quelque chose de stupide, comme prendre des dispositions pour retourner sur Terre ou éventuellement demander refuge sur Tragul par l'intermédiaire de son nouvel ami, l'ambassadeur. Connaissant Mara, même le scénario le plus farfelu n'était pas exclu.

Mais après être restée allongée dans la baignoire pendant quelques minutes, elle sembla se détendre un peu. Je lui souhaitai bonne nuit, puis filai dans ma chambre. Craignant de m'endormir dans la baignoire à cause de ma fatigue extrême, je préférai une douche rapide.

Mais avant de me coucher, j'enfilai un peignoir par-dessus mon pyjama et sortis, avec l'intention de vérifier rapidement si les enfants allaient bien. Ils avaient beaucoup souffert ce soir.

Pour être tout à fait honnête, je voulais aussi m'assurer que Xavran allait bien. Les médecins avaient été appelés à la mairie. Ils avaient examiné ses blessures et soigné ses coupures, mais j'étais sûre qu'il avait été plus secoué que n'importe qui d'autre par cette épreuve. J'espérais que ça ne l'empêcherait pas de dormir cette nuit, car il allait partir travailler demain matin à la première heure.

Cependant, après avoir pris le premier virage, je me retrouvai nez à nez avec lui.

— Oh...

Je réussis à m'arrêter juste à temps, sans le percuter. Mais il m'attrapa par les épaules et me rapprocha de lui.

— Tu vas bien ?

— Moi ? l'interrogeai-je, pressée contre son torse nu. Comment *te* sens-tu ?

Il s'était lavé et avait enfilé un pantalon de pyjama ample.

— Je suis heureux.

Il avait l'air calme. Mais alors qu'il inspirait longuement, un frisson parcourut son grand corps.

— Heureux que ça se soit terminé comme ça, ajouta-t-il.

Il avait raison. Ça aurait pu être bien pire. Il aurait pu perdre toute sa famille ce soir. Et moi... j'aurais pu le perdre. L'image du ver qui avait failli avaler Xavran restera à jamais gravée dans ma mémoire.

— Je suis contente que tout se soit terminé de cette façon.

J'enroulai mes bras autour de son cou, profitant de la chaleur et la sécurité qui émanaient de lui.

La meilleure des étreintes.

— Comment vont les enfants ? m'enquis-je, sans le lâcher.

— Ils vont bien. Je suis très fier d'eux. Ivex est déçu de ne pas avoir pu lancer quelque chose sur le ver comme l'a fait Ene.

Son large torse se mit à vibrer à cause d'un petit rire.

— Ils ont décidé de dormir dans la même chambre ce soir, déclara-t-il.

— Je ne les comprends que trop bien, lâchai-je. Je ne voudrais pas non plus être seule ce soir.

Ce serait bien de passer cette nuit en famille. Sauf que je n'avais que Mara. Et elle me jetterait dehors en un clin d'œil si j'essayais de me mettre au lit avec elle.

La respiration de Xavran se coupa.

— Susanna, dit-il doucement. Tu n'as pas besoin d'être seule. Je resterai avec toi. Si tu veux.

— Reste, soufflai-je, sans prendre le temps de réfléchir.

Je souhaitais simplement qu'il continue à me tenir dans ses bras.

Ce seul mot fut tout ce dont il avait besoin. Un bras autour de mes épaules, il me raccompagna dans ma chambre. Après avoir fermé la porte, il me tourna vers lui.

Je passai mes bras autour de son cou et il me souleva facilement.

— Susanna, souffla-t-il en prononçant mon nom comme une prière.

J'entourai sa taille avec mes jambes et il m'embrassa, tout en me portant jusqu'au lit. Les mains enroulées autour de ses cornes, je le maintenais là où je le voulais. Ses baisers se révélaient être encore plus addictifs que ses étreintes.

Il me déposa sur le matelas et grimpa sur moi, couvrant mon visage de baisers brûlants et empressés.

La chaleur se répandit en moi à son contact. Le désir se déchaîna, plus fort que jamais. Soudain, je le désirais plus que l'air que je respirais.

Une telle perte de contrôle était... déconcertante.

Il tira sur la ceinture de mon peignoir, défaisant le nœud, et j'attrapai sa main, l'arrêtant.

— Xavran, s'il te plaît, le suppliai-je. Ralentis.

Tout ça se passait incroyablement vite. Les sentiments que j'éprouvais pour lui me faisaient tourner la tête, ne me laissant pas le temps d'assimiler et de m'adapter. Je n'étais pas venue sur Aldrai à la recherche d'un homme. Je venais de perdre mon mari. Je n'étais pas prête à vivre autre chose si tôt.

J'avais l'impression de sortir d'un accident de voiture et d'être déjà en train de rouler à toute allure sur une autoroute en direction de ce qui pourrait bien être un autre désastre.

— C'est beaucoup trop rapide, plaidai-je.

Il appuya son front contre mon épaule.

— J'ai bien peur de ne pas pouvoir y aller doucement avec toi. C'est comme une frénésie que seul le fait de te prendre pourra calmer.

Je caressais son dos, mes doigts parcourant les bosses de ses vertèbres.

— Je ne pense pas pouvoir gérer la frénésie, Xavran. C'est trop, trop tôt, et trop... effrayant.

Il roula sur le côté.

— Je ne veux pas t'effrayer. Mais c'est intimidant, n'est-ce pas ? Dès que je t'ai rencontrée, mes sentiments pour toi sont devenus incontrôlables. Comme une traînée de poudre.

C'était exactement ce que je ressentais en étant avec lui : des sentiments sauvages, brûlants et incontrôlables.

Je m'étais promis d'être honnête, alors je lui dis la vérité.

— Je ne veux pas que ce qu'il y a entre nous s'éteigne trop vite et qu'il ne reste que des cendres. Je tiens à toi, mais peut-être... continuai-je en me redressant sur mon coude pour mieux voir son visage. Peut-être que nous devrions y aller doucement. Pour voir si quelque chose de *réel* est possible entre nous. Qu'en penses-tu ?

Xavran ne pourrait jamais être une simple aventure. Je n'avais jamais rencontré quelqu'un comme lui, et ce n'était pas parce qu'il venait d'une autre planète. J'avais vu en lui un courage et une intégrité que je n'avais jamais vus chez aucun autre homme.

Je n'avais pas seulement envie de lui, je l'admirais. C'était quelqu'un qui valait la peine d'être connu. Il valait plus que ça. Je ne pouvais qu'espérer qu'il pensait que je valais plus aussi.

— Qu'en penses-tu ? redemandai-je, retenant mon souffle dans l'attente de sa réponse.

Je ne m'étais encore jamais aventurée de la sorte. Mais l'idée de jouer à des jeux me rendait malade. La seule chose que je pouvais faire était de dire les choses telles qu'elles étaient.

La nuit était sombre. Même les insectes luisants s'étaient endormis, éteignant leurs petites lumières dorées. Seule une poignée d'entre eux scintillaient encore faiblement dans la canopée des arbres au-dessus de nous, encadrés par le ciel étoilé.

Les yeux de Xavran brillaient dans l'obscurité, indéchiffrables comme des flaques d'encre noire.

— Tu veux plus qu'une nuit avec moi ?

Je secouai la tête.

— Les nuits sont faciles. Je veux voir comment toi et moi allons gérer le stress et les soucis du quotidien. Et peut-être qu'un jour, nous déciderons de passer toutes nos nuits et tous nos jours ensemble.

Je scrutai son visage, essayant d'analyser sa réaction. Nous n'avions jamais parlé de tout ça auparavant. Avais-je été trop directe ? Aurait-il préféré un jeu de séduction à ce genre d'honnêteté brutale ? J'étais sûre que c'était le cas de beaucoup de gens.

— Est-ce que c'est quelque chose dont tu aurais envie ? demandai-je timidement.

Il tendit la main vers mon visage, puis écarta délicatement la mèche de cheveux qui était tombée sur mon front.

— Prendre mon temps sera difficile.

Un coin de sa bouche se souleva, la courbant en un sourire tordu.

— Ces dix dernières années, poursuivit-il, je pensais être passé maître dans l'art du célibat, mais tu es arrivée et... soudain, je ne pense plus qu'au sexe. Chaque jour, j'essaie de ne pas t'imaginer nue, mais j'échoue lamentablement. Je te vois dans mon lit, sur l'herbe, sur le comptoir de la cuisine... Avec tes jambes écartées, et ma langue...

Je plaquai ma main sur sa bouche.

— C'est le *contraire* de « prendre son temps ».

Il ricana, retira ma main de son visage, puis déposa un doux baiser au centre de ma paume.

— Tout ce que je dis, c'est que ce sera *difficile*, déclara-t-il en mettant l'accent sur le dernier mot, arquant une arcade sourcilière. Mais j'apprendrai la patience.

— Vraiment ?

J'avais peur de croire qu'il me comprenait et j'étais en même temps soulagée qu'il le fasse.

Il noua la ceinture de mon peignoir.

— J'ai l'impression de t'avoir attendue toute ma vie, Susanna. Ça ne me dérange pas de prendre mon temps maintenant que tu es là.

Mon cœur sembla fondre à ses mots, me laissant sans voix.

Il déposa un baiser sur le coin de ma bouche. C'était doux et sucré – différent de la frénésie sauvage de tout à l'heure, mais tout aussi merveilleux.

— C'est difficile de faire à nouveau confiance, n'est-ce pas ? demanda-t-il avec compréhension.

Je soupirai.

— Oh, tu n'as pas idée !

— Je pense que si.

Il reposa sa tête sur l'oreiller et je me blottis contre son flanc. La tension s'était dissipée. Mes muscles se détendirent.

— Tu resteras quand même ? murmurai-je. Juste pour dormir ?

Il plaça un bras autour de moi, m'attirant plus près.

— Je n'irai nulle part. Pas avant demain, au moins.

Le matin semblait bien trop proche maintenant. Ensuite, il partirait.

Je soupirai, respirant son odeur chaude et masculine.

— Comment va Mara ? demanda-t-il brusquement. Elle avait l'air vraiment bouleversée.

— Elle est *bouleversée,* si tu veux.

C'était un mot trop doux pour décrire la panique de ma sœur. Livide, en colère, furieuse, tout aurait mieux convenu.

— Elle ne se plaît pas ici, affirma-t-il.

Malheureusement, Mara n'avait jamais essayé de cacher son aversion pour Xavran ou l'endroit où il vivait.

— Je suis désolée qu'elle soit trop transparente.

— Pas besoin de s'excuser pour elle, m'assura-t-il. Je crains de ne pas me soucier suffisamment de son opinion pour me sentir offensé. Mais je n'ai jamais eu l'intention de retenir quelqu'un contre son gré. Notre contrat est d'une durée d'un an, mais il peut être résilié plus tôt si les deux parties en conviennent.

Je reculai.

— Tu veux divorcer ?

— Je ne veux pas qu'elle soit malheureuse. Si elle veut rentrer chez elle, je ne la retiendrai jamais ici.

— Mais elle ne peut pas revenir en arrière, avouai-je sans le vouloir. Aucune de nous ne peut rentrer. Si nous le faisons, nous serons tuées.

Il se crispa.

— Tuées ?

Je pris une grande inspiration.

— C'est une longue histoire.

— Raconte-moi.

J'hésitai.

— Je ne veux pas t'embêter avec nos problèmes...

Il secoua la tête avec impatience.

— Susanna, si votre vie est en jeu, ce n'est pas seulement *votre* problème. J'ai besoin de savoir qui vous menace pour pouvoir te protéger.

Mon Dieu, c'était si bon à entendre, de savoir que quelqu'un se souciait de moi et de ma survie.

— Tu me protèges déjà, Xavran. Merci de nous avoir ouvert ton espace de vie. Désolée de ne pas avoir été franche avec toi jusqu'à maintenant.

— Qui veut te tuer ? insista-t-il.

— Des types méchants.

Une vague d'ancienne peur me submergea. Ma lèvre se mit à trembler et je la mordis.

— Des types très, très méchants, ajoutai-je.

— Pourquoi ? Qu'as-tu fait ?

J'inspirai une nouvelle fois longuement, puis relâchai lentement mon souffle.

— J'ai épousé le mauvais homme, Xavran. Mara nous a présentés. Il était beau et charmant quand nous nous sommes rencontrés. Je suis tombée amoureuse rapidement. Nous avons été mariés pendant moins d'un an, et je pensais que notre mariage était parfait. Apparemment, il voyait les choses différemment.

Les muscles de sa mâchoire tressautèrent.

— Est-ce qu'il t'a fait du mal ?

— Pas physiquement.

Pourtant, apprendre la trahison de Tom avait été pire qu'un coup de poing dans l'estomac.

— Apparemment, continuai-je, il avait une liaison avec une femme de son travail. Ensemble, ils ont mis en place un système de fraude à l'investissement, combiné à une opération de blanchiment d'argent pour le compte d'une organisation criminelle. Après avoir mis la main sur le plus d'argent possible, ils se sont enfuis. Jim, le fiancé de Mara, était également impliqué.

— Ils doivent être tenus pour responsables.

Je hochai la tête.

— Les criminels s'en sont déjà occupés. Ils ont trouvé mon mari et le fiancé de Mara et...

Je déglutis difficilement, fermant les yeux, l'image de la boîte en carton ensanglantée étant toujours aussi claire dans mon esprit.

— Ils les ont tués tous les deux, poursuivis-je. Ils ont menacé de nous tuer, Mara et moi, si nous ne trouvions pas et ne rendions pas l'argent que Tom et Jim leur avaient volé. Comme si nous savions où se trouvait l'argent. Connaissant Tom, la majeure partie a probablement été dépensée dans des voitures de luxe et des montres en diamant. J'ai appris récemment qu'il avait aussi un problème d'addiction aux jeux. Donc... Il n'y a pas d'argent. Seuls les sales types ne veulent pas l'entendre.

— Pourquoi vos autorités n'agissent-elles pas en conséquence ?

— Elles agissent. Une enquête est en cours. Mais apparemment, ce n'est pas si facile, m'a-t-on dit. Nous avons affaire à des organisations criminelles, expliquai-je avant de soupirer de nouveau. Les attraper et les traduire en justice prendra du temps. En attendant, les autorités ont donné leur accord pour que nous allions sur Aldrai.

Il me serra dans ses bras.

— Tu es en sécurité ici.

— Je sais.

C'était un sentiment merveilleux. En ce sens, Xavran s'était avéré être une véritable bénédiction pour Mara et moi.

— Vous resterez toutes les deux.

— Merci.

— Mais je ne peux pas dissoudre le contrat de mariage. Le statut légal de Mara sur Aldrai est celui d'épouse. Si elle n'est plus mariée avec moi, elle sera renvoyée sur Terre immédiatement.

Leur mariage ne me dérangeait pas. Je savais qu'il était aussi faux que possible, une simple formalité.

— Alors laissons les choses telles qu'elles sont pour l'instant, dis-je en me blottissant plus près. Tu pars demain de toute façon.

C'était sorti avec plus de mélancolie que je n'en avais eu l'intention.

— J'appellerai tous les jours, promit-il.

— J'espère, répondis-je en faisant glisser ma main le long de son torse puis sur les cornes sur son épaule avant de les mettre autour de son cou. J'attendrai tes appels.

Je posai ma tête sur l'intérieur de son biceps.

Comme chaque fois auparavant, je ressentais la paix dont j'avais tant rêvé dans ses bras.

POUR UNE FOIS, JE DORMIS si profondément que je ne me réveillai pas avant que mon réveil ne sonne.

Xavran n'était plus dans mon lit le lendemain matin.

Je sortis de sous les couvertures, arrachant mon peignoir à la hâte. Si je me changeais rapidement, je pourrais peut-être rattraper Xavran avant son départ.

Mon disque de communication sonna depuis la table de nuit. Son écran s'illumina avec des tourbillons de taches – les caractères écrits de la langue aldraienne.

— *Message entrant du capitaine Xavran Rax,* annonça la voix robotique de l'appareil.

Puis, la voix grave de Xavran retentit.

— *Tu dormais si paisiblement que je n'ai pas eu le courage de te réveiller, même pour te dire au revoir. Je suis en route pour le crozan. Je te passerai un appel vidéo dès mon arrivée.*

Je me précipitai sur la table de nuit pour attraper l'appareil. Mais ce n'était pas un appel en direct. Le message avait été enregistré et programmé pour être diffusé après le déclenchement de mon alarme.

— *Tu me manques déjà, Susanna.*

Un sourire s'était glissé dans sa voix, l'adoucissant.

— *Sais-tu à quel point tu es adorable dans ton sommeil ?*

Je pressai l'appareil contre ma poitrine, étourdie par un tourbillon d'émotions qui montait dans mon corps.

Pour quelqu'un qui l'avait supplié d'y aller doucement, je tombais amoureuse de cet homme bien trop vite.

Chapitre 16

Susanna

Papa ! Papa appelle !

Illal fit irruption dans la cuisine où je préparais le dîner.

Elle tenait son appareil de communication dans ses mains tendues. Après avoir posé l'appareil sur la table, elle toucha une tache sur l'écran. Un hologramme 3D de la silhouette de Xavran apparut dessus.

Ça faisait deux semaines qu'il était parti. Et il appelait presque tous les jours, à moins que des tempêtes de sable ne rendent la communication impossible.

— Bonjour Papa !

Les trois autres enfants entrèrent en courant, puis grimpèrent sur les chaises autour de la table.

Je restai derrière le comptoir, pétrissant la pâte que je m'apprêtais à faire cuire sous forme de petits pains. Malgré tous mes progrès en cuisine, la recette de la pâte était trop compliquée pour que j'essaie de la faire à partir de zéro. Xavran l'avait préparée à l'avance, séparée en lots de taille appropriée et congelée pour que je puisse l'utiliser pendant son absence.

Mes mains continuaient à presser et à pétrir tandis que mon attention était rivée sur l'homme sur l'écran.

Xavran était assis sur une chaise, les jambes croisées. Vêtu d'une combinaison poussiéreuse qui avait les teintes de la terre cuite, il semblait revenir tout juste d'un travail à l'extérieur.

Il sourit.

— Comment allez-vous aujourd'hui ?

— Aujourd'hui, mon jeune arbre est le plus grand du jardin de l'école ! déclara fièrement Xilvo.

Ivex se moqua :

— Le mien va le battre d'ici un jour ou deux.

— Peut-être que oui, peut-être que non, rétorqua Xilvo en faisant une grimace à son frère. Le mien grandit encore, lui aussi.

Illal roula des yeux en faisant mine d'avoir une patience à toute épreuve.

— J'ai gagné le concours de pollinisation, se vanta-t-elle auprès de son père. Mon buisson d'*osa* a le plus de fruits de toute l'école, même s'il n'a pas le plus de fleurs. Sais-tu quels pollinisateurs j'ai sélectionnés ?

— Oh, bon sang, marmonnai-je en me préparant à sa longue liste de pollinisateurs.

— Non, répondit Xavran en riant. Mais je suis sûr que tu vas me le dire.

C'était la seule invitation dont Illal avait besoin pour énumérer les vingt-trois espèces d'insectes qu'elle avait utilisées pour son projet. Je savais qu'il y en avait exactement vingt-trois parce qu'elle les avait déjà listés durant le vol de retour de l'école en me demandant de les compter avec elle.

Les enfants se bousculaient pour s'approcher de l'appareil où se trouvait l'image de leur père souriant. Même Ene semblait de bonne humeur. Elle était allée chercher dans sa chambre le tableau qu'elle avait peint à l'école ce jour-là pour le montrer à Xavran.

Depuis ma cachette, hors du champ de la caméra, je l'observais, regardant toutes les rides familières de son visage et notant toutes les nouvelles.

Il avait l'air fatigué. Les conversations que nous avions eues lors de ses appels m'avaient appris que ses journées de travail commençaient tôt et se prolongeaient souvent tard dans la nuit. Le fait d'être le capitaine de l'équipage n'empêchait pas Xavran de se salir les mains. Certains jours, il apparaissait dans l'hologramme vêtu de l'uniforme blanc et gris d'un officier. D'autres jours, comme aujourd'hui, il portait une combinaison de travail, ce qui signifiait qu'il avait travaillé dans la saleté et la graisse des cuves de la gigantesque machinerie du *crozan*.

— Où est Susanna ?

La question de Xavran me fit sortir de ma torpeur.

— Je suis là.

J'essuyai mes mains sur un torchon et entrai dans le champ de la caméra.

Son sourire changea, son expression s'embrasa de désir.

— Te voilà, murmura-t-il.

Le grondement de sa voix résonna en moi.

— Tu me manques, ajouta-t-il.

Oh, il me manquait aussi. Chaque soir, avant de me coucher, j'imaginais ses bras autour de moi. C'était devenu mon seul véritable lieu de bonheur, et je souhaitais désespérément qu'il m'étreigne encore et encore.

Les enfants me jetèrent un coup d'œil avant de regarder de nouveau l'écran, tandis que je restais là, silencieuse et souriante.

— C'est un plaisir de te revoir.

Ce fut tout ce que je pus dire en leur présence.

— Comment vas-tu ? demanda-t-il de sa voix grave et grondante, qui m'enveloppa d'une nouvelle bouffée de chaleur.

— Bien, répondis-je avant de m'éclaircir la gorge. Je vais bien. Merci.

Il ne me posa pas de questions sur Mara. De même qu'elle n'avait jamais posé de questions sur lui. De toute façon, elle n'était pas à la maison. Elle était partie en voyage à Arqa il y a trois jours. C'était la troisième fois en deux semaines qu'elle se rendait dans la capitale. Ça ne me dérangeait pas. Elle semblait de bien meilleure humeur après ces voyages.

— Au revoir, Papa ! dit Xilvo en sautant de la chaise, visiblement lassé par la conversation.

Ivex descendit aussi.

— Le premier arrivé à ta chambre !

— Nous partons pour vos cours de natation dans quarante minutes ! leur criai-je après alors qu'ils sortaient tous les quatre de la cuisine en courant.

— Tu sais que je rêve de toi toutes les nuits, dit la voix de Xavran derrière moi.

Je me retournai pour faire face à son hologramme.

— Vraiment ?

Normalement, nous parlions de son travail, des enfants ou de ma journée. Cependant, Xavran s'arrangeait toujours pour glisser quelque chose de doux et de sexy dans notre conversation lorsque nous étions seuls.

Il se pencha en arrière sur sa chaise.

— Est-ce que tu penses à moi parfois ?

Chaque. Foutue. Minute.

— Parfois.

Je m'approchai de la table, en joignant les mains devant moi.

Il parcourut mon corps avec un désir dans les yeux que je n'avais jamais vu chez aucun autre homme avant lui.

— Emmène-moi dans ta chambre, demanda-t-il soudain.

— Euh... Je fais des petits pains... pour le dîner. Pour accompagner le ragoût.

— Des petits pains *vehnun* ?

— Oui. À partir de la pâte que tu as mise dans le congélateur.

— Mets-les sur le gril sur la position la plus basse. Ils seront cuits quand vous reviendrez de la natation.

C'était mon plan depuis le début. Sauf qu'en voyant son sourire, tout était sorti de ma tête.

Je fis ce qu'il m'avait dit, je plaçai le plateau avec les petits pains sur le gril, le couvris avec le couvercle et le réglai à feu doux.

Puis je pris l'appareil sur la table. Son hologramme se retrouva à la hauteur de mes yeux. Xavran se rapprocha de la caméra. L'effet 3D de l'image était si réaliste qu'il me semblait pouvoir toucher son visage en tendant la main.

Ses yeux sombres se posèrent sur les miens.

— Être loin de toi est une torture, Susanna. Laisse-moi te raconter ce que toi et moi avons fait dans mon rêve la nuit dernière...

— Xavran, non !

Je plaquai ma main sur sa bouche. Ça traversa l'image, la faisant éclater en points lumineux blancs pendant quelques secondes.

— Oups, désolée. C'est juste que les enfants peuvent nous entendre, tu sais ?

Il sourit et s'adossa à sa chaise.

— Conduis-moi dans ta chambre, alors.

— D'accord.

Tenant l'appareil dans mes mains, je me précipitai dans ma chambre. Sans toit ni véritables murs, l'espace offrait un peu plus d'intimité que la cuisine, uniquement en raison de sa taille et de son emplacement. Les chambres-jardins de la maison de Xavran étaient grandes et étendues.

— Mets-toi sur le lit, m'ordonna-t-il sur un ton qui ne laissait aucune place à la discussion.

Non pas que j'aie envie de discuter, de toute façon. Mon corps étaient traversés de picotements lorsque je grimpai sur le lit et plaçai l'appareil devant moi.

— Maintenant, abaisse le bouclier de protection.

Il inclina le menton vers le petit panneau de commande fixé à l'un des troncs d'arbre qui servaient de montants au lit.

J'appuyai sur un bouton. Le champ d'énergie descendit en dôme au-dessus de mon lit. Il était clair, presque invisible, à l'exception de quelques vrilles pâles et irisées qui tourbillonnaient à sa surface de temps à autre. Les boucliers s'abaissaient automatiquement en cas de pluie ou de toute autre menace détectable dans le ciel. Mais ils pouvaient aussi être abaissés et ajustés manuellement si on le souhaitait.

— Mets-le en mode opaque, exigea Xavran.

Je fis glisser un doigt le long d'un cadran sur le panneau de commande. L'air autour de moi devint d'un blanc laiteux, comme un dôme solide, nous enfermant, le lit et moi, dans une bulle parfaitement insonorisée et étanche.

Xavran tira sur la fermeture de son décolleté. Le haut de sa combinaison sans manches s'ouvrit sur le devant et il inspira lourdement, comme s'il luttait pour respirer.

Mon regard se porta immédiatement sur la partie de son torse nu visible dans l'ouverture. Je me surpris à vouloir le lécher.

— Montre-moi.

Sa voix était basse et profonde.

— Te montrer quoi ? lui demandai-je en clignant des yeux innocemment.

— Tout ce que j'aimerais pouvoir toucher mais que je ne peux pas. Ouvre ta chemise pour moi. S'il te plaît.

Son ton changea lorsqu'il prononça le dernier mot, il passa de l'autorité à la supplication, et était rempli de désir.

Je me mordis la lèvre, cachant un sourire. Pour ce qui était d'y aller doucement, on repasserait. Seulement deux semaines s'étaient écoulées, et nous avions vraiment du mal à nous passer l'un de l'autre. S'il n'y avait pas eu la distance physique entre nous, je lui aurais sauté dessus à l'instant même.

— Montre-moi, me supplia-t-il.

J'attrapai le devant de ma chemise et ouvris le bouton du haut. Je le fis lentement parce que j'avais besoin d'un peu de temps pour calmer ma respiration, mais aussi parce que regarder son regard brûler de désir alors qu'il suivait chacun de mes mouvements était tout simplement fascinant.

J'ouvris un autre bouton, puis encore un autre. Puis je glissai ma main dans mon soutien-gorge. Mes doigts effleurèrent mon téton dur, ce qui fit monter mon excitation.

Ça faisait si longtemps qu'un homme ne m'avait pas fait l'amour. Ces derniers mois, je n'avais même pas eu envie de me toucher, soit anéantie par les soucis et les peurs, soit dépassée par l'adaptation à ma nouvelle vie.

Je croisai le regard de Xavran dans l'hologramme, et l'étincelle de désir en moi s'enflamma, stimulée par son regard brûlant.

Il se lécha les lèvres et reporta son regard sur ma main. Je caressais mon sein encore couvert par le tissu de la chemise. Il ne voyait que le mouvement du tissu, mais il ne détournait pas les yeux.

— Plus, demanda-t-il dans un demi-murmure rauque. Laisse-moi te voir davantage.

De l'autre main, je fis glisser ma chemise sur le côté, puis retirai la bretelle du soutien-gorge de mon épaule, en tirant sur le bonnet. Ma poitrine n'était plus cachée que par ma main. J'écartai mes doigts, laissant le bout de mon sein glisser entre eux. Je pinçai ensuite mon téton entre mon pouce et mon index.

Un tourbillon d'excitation me parcourut le ventre jusqu'à mon entrejambe. Je rejetai la tête en arrière, laissant échapper un gémisse-ment.

Jurant dans sa barbe, Xavran ouvrit complètement sa combinai-son. Il sortit son imposante érection et la serra avec un gémissement. Ses abdominaux ciselés se contractèrent tandis qu'il inspirait lente-ment.

Son regard perçant se posa de nouveau sur mon visage.
— Enlève ta chemise. Et le harnais.
Le harnais.

Je souris. C'était le mot qui désignait le sous-vêtement que les femmes aldraiennes portaient sur le torse. Comme elles avaient beaucoup plus de paires de seins que les humaines, cette pièce de leur garde-robe était très différente de notre soutien-gorge.

Je retirai complètement le « harnais », libérant mes seins pour le plaisir de ses yeux.

— Bien, grogna-t-il, l'air extrêmement satisfait. Maintenant, parle-moi de toutes les façons dont tu aimes avoir du plaisir.

Oh, mon Dieu... Ses mots avaient plus d'effet sur moi que mon propre toucher, en ce moment même. Le sourire s'effaça de mon visage sous son regard intense. Le désir pulsait en moi.

— Je... Je crains de ne pas pouvoir te le *dire*. Tu vas devoir rentrer et le découvrir par toi-même.

Je serrai mes seins plus fort, en pinçant mes tétons. Mais ce n'était pas suffisant. Je voulais que les mains larges et viriles de Xavran soient sur ma peau.

Son regard parcourut mon corps, de mon visage à ma poitrine, puis à mes cuisses, cachées par ma jupe.

— Me laisseras-tu faire, Susanna ? Me laisseras-tu te toucher de cette façon quand je te reverrai ?

— Oh oui... S'il te plaît.

Je ne pouvais plus me retenir. Je glissai une main sous ma jupe et la plaçai entre mes jambes.

— Oui, siffla-t-il en se caressant. Me laisseras-tu toucher et embrasser tes seins ? Quand je rentrerai dans une semaine, me laisseras-tu sucer tes tétons ? Lécher ton sexe ? Me laisseras-tu entrer en toi ?

Je haletai fort, la chaleur se répandant en moi à tous les endroits qu'il avait mentionnés.

— Fais-moi voir où se trouve ta main maintenant.

Je retirai ma main de sous ma jupe. Mais la chaleur palpitante entre mes jambes réclamait de l'attention.

— Soulève ta jupe. Enlève ta culotte. Maintenant.

Il faisait des mouvements de va-et-vient plus fort énergiques. Son pénis luisait d'humidité.

— Montre-moi, demandai-je à mon tour. Montre-moi d'abord ce que *tu* as dans la main.

Lentement, il desserra son poing, me révélant sa magnifique bite dans toute sa splendeur. Il donnerait du fil à retordre au type de la vidéo dans la fleur géante. Honnêtement, Xavran pourrait être une star du porno. Heureusement pour moi, ce spectacle n'était que pour mes yeux.

Je m'approchai de l'appareil pour mieux le voir.

— Ces bosses... Elles coulent quand on les presse ?

Il entoura de son doigt l'une des bosses de sa hampe.

— C'est pour faciliter mon entrée dans ton passage.

Il appuya sur l'une d'elles, laissant le liquide transparent s'échapper. Il en enduisit le bout de son doigt. Il gémit et prit une inspiration entre ses dents.

— Ça fait mal quand tu fais ça ? l'interrogeai-je avec empathie.

— Normalement, non. Mais j'ai tellement envie de toi maintenant que tout me fait mal.

Il laissa échapper un son torturé, en empoignant de nouveau son énorme bite.

Je l'imaginais en train d'enfoncer cette chose épaisse et lisse en moi. La chaleur se mit à palpiter plus fort entre mes cuisses. De toute évidence, mon corps était tout à fait d'accord avec l'idée de cette intrusion. Je ne pus m'empêcher de gémir.

— Oh, je crois que je sais exactement ce que tu ressens.

Je me tortillai, puis glissai de nouveau ma main sous ma jupe.

Le désir enflamma ses yeux noirs.

— Montre-moi où je vais te pénétrer.

Il encercla son membre avec ses doigts, et fit des mouvements de va-et-vient avec ses hanches. Lorsqu'elles étaient comprimées, ses bosses libéraient davantage de gel transparent. Je les imaginais m'écarteler lorsqu'il se glisserait en moi. Son lubrifiant naturel rendrait la pénétration agréable et facile, malgré sa taille impressionnante. Je m'imaginais m'étirer autour de lui, de plus en plus large au fur et à mesure qu'il s'enfoncerait.

— Oh, mon Dieu...

Je relevai ma jupe et fis descendre ma culotte le long de mes cuisses.

— Écarte plus grand, grogna-t-il via l'hologramme.

Je m'assis contre les coussins et écartai les jambes, plaçant un pied de chaque côté de l'appareil.

— Magnifique, gémit-il avec un air approbateur. Maintenant, mets un doigt en toi. Montre-moi jusqu'où tu peux me prendre.

Je glissai un doigt en moi, me caressant de l'intérieur. C'était un piètre substitut à la circonférence de Xavran. Je le fis tourner en cercles pour m'étirer.

— Parfait, juste comme ça...

Il s'adossa à sa chaise, faisant glisser sa main de haut en bas sur son pénis, son regard rivé entre mes jambes.

Je glissai un deuxième doigt, puis caressai mon clitoris gonflé, mes deux doigts luisant et glissant sous l'effet de mon excitation.

— Oh, Xavran, c'est si bon, gémis-je en m'allongeant sur la pile d'oreillers.

— Caresse-toi plus fort maintenant. Je veux que tu jouisses avec moi.

Il avait raison. J'avais envie de plus.

Je me touchai plus énergiquement avec des gestes plus rapides. Mes paupières se fermèrent tandis que le plaisir se répandait dans tout mon corps.

La respiration saccadée de Xavran se synchronisa avec la mienne et il se mit à se branler plus vite.

Mon orgasme était proche. Si proche.

— Jouis pour moi.

Le demi-gémissement profond de Xavran servit de déclencheur.

Je haletai alors qu'un orgasme me traversait.

Ses grognements se transformèrent en rugissement.

Un plaisir intense m'envahit et je m'y abandonnai complètement.

Mon corps tremblait. Je roulai sur le côté, serrant mes jambes l'une contre l'autre. Si ses mots et son regard me faisaient cet effet, je ne pouvais imaginer ce que son toucher pouvait me faire.

— J'aimerais que tu sois là, dis-je en exprimant à voix haute mon désir du plus profond de mon cœur.

J'appréhendais de voir sa réaction lorsque j'ouvrirais les yeux.

Il s'était nettoyé et rangé. Mais sa combinaison était restée ouverte, dévoilant son torse et ses abdominaux.

— Tu n'as pas idée de combien j'aimerais être là pour te serrer dans mes bras en ce moment, déclara-t-il.

Le désir brillait dans ses yeux, ce qui me donnait une sensation de chaleur et d'intimité.

— Reviens vite, le suppliai-je.

Il gémit de frustration.

— Je ne peux pas attendre aussi longtemps. J'ai hâte que mon service se termine.

— Encore une semaine.

Il secoua la tête.

— C'est trop long.

Il se pencha en avant, et posa ses coudes sur ses genoux.

— Pourquoi ne pas venir ici, à la place ? me proposa-t-il.

Je me redressai en remettant mon soutien-gorge.

— Est-ce que c'est autorisé ?

— Les visites familiales sont conformes aux règles.

— Mais je ne suis pas un membre de ta famille, pas même sur le papier.

— Je ferai une exception pour toi, rétorqua-t-il en souriant. Je suis le capitaine. Je peux le faire.

Je réarrangeai ma jupe en prenant un moment pour réfléchir.

— Mais qui restera avec les enfants ?

Mara ne servait à rien. Je n'avais même pas pu aller faire des courses à Arqa le week-end dernier comme je l'avais prévu, car je ne m'étais pas sentie à l'aise de la laisser avec les enfants, même pour quelques heures. Au lieu de ça, j'avais fait un voyage rapide en ville pendant la semaine, pendant que les enfants étaient à l'école, juste pour m'acheter des vêtements plus confortables.

— Amène-les avec toi, suggéra-t-il. La dernière fois qu'ils ont été à bord d'un *crozan*, ils étaient trop petits pour s'en souvenir.

— Mais qu'en est-il l'école ?

— Tu peux venir dans quelques jours, après la fin de l'école. Vous resterez ici pour le week-end, puis nous pourrons rentrer tous ensemble à la maison.

De cette façon, je pourrais le voir dans quatre jours, au lieu de sept.

Oh, c'était si tentant !

— Je...

Susanna !!!!

Mon nom en anglais se mit soudainement à rebondir sur l'écran holographique, suivi d'un nombre obscène de points d'exclamation.

Putain, où es-tu ?????

Un nombre encore plus grand de points d'interrogation me narguait.

— Mara ! m'exclamai-je.

Bien sûr, qui d'autre aurait-ce pu être ?

— Je ferais mieux d'y aller, lui dis-je.

Je pris l'appareil sur le lit.

— Dis-moi : à très bientôt, insista-t-il.

— À très bientôt, répétai-je en souriant.

Son expression s'illumina.

— Je vais prendre toutes les dispositions nécessaires pour votre voyage.

— OK.

Mon sourire s'élargit.

J'aurais donné n'importe quoi pour pouvoir l'embrasser maintenant.

— Merci, ajoutai-je.

Nous fûmes déconnectés. L'image de Xavran se dispersa dans l'air, laissant les mots de Mara pulser sur l'écran de l'appareil.

Je les regardais avec inquiétude. Il pourrait s'agir d'une urgence. Cependant, connaissant ma sœur, l'urgence pourrait être quelque chose d'aussi trivial que d'avoir égaré une chaussure.

J'appuyai sur le bouton du panneau de contrôle pour me débarrasser du bouclier protecteur au-dessus de mon lit.

Mara fit irruption dans ma chambre sans frapper.

J'eus à peine le temps de sortir du lit pour lui faire face.

— Tu es rentrée ?

— À ton avis ! rétorqua-t-elle en écartant les bras. La question est de savoir où tu étais ? Tu ne devrais pas être dans la cuisine à cette heure-ci ?

Je me frottai la nuque.

— Qu'est-ce qui s'est passé ? Pourquoi as-tu besoin de moi ?

— Tiens, dit-elle en me tendant son appareil. La directrice de l'école m'appelle.

— Pourquoi ?

Je le lui pris et plaçai le mien sous mon bras.

— Comment suis-je censée le savoir ?

— Tu aurais pu décrocher et demander, non ?

— Quoi ? Pourquoi aurais-je fait ça ? Et si elle m'avait posé des questions à propos des enfants ?

C'était vrai. En parler avec Mara n'aurait servi à rien.

Elle jeta un coup d'œil à l'écran que j'avais entre les mains.

— Génial. Elle a déjà raccroché. Maintenant, tu vas devoir la rappeler.

— Je le ferai, répondis-je en lui rendant l'appareil. Comment s'est passé ton voyage ?

— Bien.

Elle porta son attention sur le lit derrière moi.

— Pourquoi es-tu au lit ? me questionna-t-elle. Ce n'est même pas l'heure du dîner.

Je jetai un coup d'œil par-dessus mon épaule à mon lit froissé, ma culotte abandonnée sur les couvertures.

Xavran et moi n'étions pas en train de faire des choses dans le dos de Mara. Elle n'avait jamais caché qu'elle n'avait aucun sentiment pour lui, et j'avais été franche avec elle dès le début sur ce que je ressentais pour lui.

Pourtant, je ressentis le besoin de m'expliquer.

— Je...

Je pris mon appareil sous mon bras.

— J'étais en ligne avec Xavran.

— Au lit ? demanda-t-elle en arquant un sourcil parfaitement dessiné.

Je hochai la tête.

— Oui.

Son regard se promena sur mon corps. J'avais remis mon soutien-gorge et ma chemise, mais mes boutons étaient restés ouverts jusqu'à la taille.

La prise de conscience se vit clairement sur son visage.

— Ooh... Vous baisez enfin ensemble tous les deux ?

Je m'éclaircis la gorge, en remettant une mèche de cheveux derrière mon oreille.

— Eh bien, pas dans le sens propre du terme. Pas encore, en tout cas.

Elle jeta un coup d'œil à l'appareil que je tenais dans la main.

— Vous commencez par le sexe en ligne ? Je ne peux pas t'en vouloir. Ce ne doit pas être facile avec celui-là. Il faut un certain temps pour s'habituer à l'idée qu'il te touche.

Elle grimaça.

— Arrête, Mara. Il n'est pas du tout repoussant.

Tout dans l'apparence de Xavran ne produisait que de l'excitation pure en moi, ces derniers temps.

Elle leva les yeux au ciel, un frisson parcourant ses épaules.

— Je ne comprends vraiment pas ce qu'on peut lui trouver. Mais c'est comme tu veux, sœurette.

— Bien, répondis-je en cessant d'argumenter.

En fin de compte, ça n'avait pas d'importance. Je trouvais Xavran follement attirant, et je me moquais de ce que le reste du monde pensait de lui.

Je boutonnai ma chemise.

— Comment s'est passé ton voyage ?

— Merveilleusement bien.

Son expression s'illumina, puis se décomposa tandis qu'elle s'asseyait sur mon lit.

— Malheureusement, Zeigan part pour Tragul aujourd'hui, ajouta-t-elle.

Il me fallut un moment pour resituer ce prénom.

— Tu parles de l'ambassadeur ravil, Zeigan Ussai ? Tu l'as vu en ville ?

Elle me regarda comme si j'avais dit quelque chose de complètement stupide.

— Pourquoi crois-tu que je continue à aller à Arqa ?

— Pour faire des courses ?

— Eh bien, ça aussi. Et pour aller au restaurant. Assister à des fêtes. La vie est vraiment plus excitante depuis l'arrivée de Zeigan, constata-t-elle en riant. Honnêtement, Susanna, si tu veux t'éclater au lit, ne t'embête pas avec des Aldraiens répugnants. Trouve-toi un Ravil.

— Alors, tu vois l'ambassadeur Ussai depuis tout ce temps ?

— Je le *vois,* acquiesça-t-elle. Et je couche avec lui.

— Vous sortez ensemble ?

— Est-ce que je sors avec lui ? Ce n'est pas ce que j'ai dit. Il est mignon. Le sexe est génial. Cette queue....

Elle se mordit la lèvre avec un gémissement guttural.

— Il sait vraiment comment utiliser tous ses appendices, si tu vois ce que je veux dire, poursuivit-elle.

— Pourquoi ne veux-tu pas d'une relation sérieuse avec lui, alors ?

Je ne me souvenais pas que Mara soit vraiment tombée amoureuse d'un homme. Elle était tellement douée pour ne pas laisser son cœur s'impliquer dans ses relations que je me demandais si elle avait même un cœur. Mais l'ambassadeur Ussai répondait à certaines des exigences les plus importantes de Mara – il occupait une position de pouvoir, ce qui signifiait probablement qu'il avait aussi de l'argent. Le fait qu'il soit beau et bon au lit ne faisait évidemment pas de mal non plus.

Elle grimaça en entendant ma question.

— Il m'a invitée à l'accompagner sur Tragul.

— Mais tu ne veux pas y aller ?

— Mon Dieu, non ! Son pays se remet encore de cette guerre qu'ils... s'interrompit-elle un instant en agitant la main en l'air. Ce n'est pas drôle là-bas. Il vit dans... dans une sorte de cabane en rondins dans la jungle quelque part.

Ses traits se plissèrent de dégoût.

— Ce n'est vraiment pas pour moi, conclut-elle.

Effectivement, ça ne semblait pas être son genre.

— Eh bien, je suppose que c'est une bonne chose qu'il soit parti, alors.

— Ouais, soupira-t-elle. Je n'ai jamais eu de chance avec les hommes. Et maintenant, je suis à nouveau coincée ici, avec toi et ces petits morveux. Oh, ça me rappelle. L'une d'entre elles veut savoir où est son maillot de bain.

— Qui ? Ene ou Illal ?

Je posai mon appareil de communication sur le monticule d'herbe près de mon lit.

Mara haussa les épaules.

— Comment suis-je censée le savoir ? C'est celle avec les cheveux longs. Elle te cherchait dans la cuisine quand je suis rentrée, m'expliqua-t-elle en se levant de mon lit et en se dirigeant vers la sortie. Je suis si fatiguée. J'ai besoin de prendre un bon bain.

Je la suivis.

— Juste pour que tu le saches, les enfants et moi partons bientôt pour les cours de natation.

— Peu importe. N'oublie pas d'appeler la directrice de l'école. Je ne veux pas qu'elle me harcèle avec ses appels.

Chapitre 17

Susanna

Veuillez vous asseoir, je vous en prie, madame Rax.

La directrice, une femme imposante aux cheveux et à la peau gris ardoise, désigna d'un geste la chaise qui se trouvait devant son bureau.

Mara poussa un long soupir douloureux. Lissant la jupe crayon de sa robe blanc crème, elle se laissa tomber dans le fauteuil et croisa les jambes, comme une grande dame que notre mère nous avait appris à être.

— Je suis heureuse que vous ayez trouvé le temps de venir ici aujourd'hui, dit la directrice en s'installant derrière son bureau. Il m'a été extrêmement difficile d'organiser des réunions avec votre mari.

— Papa est occupé, intervint Illal.

Ene et elle étaient assises près de la haie qui entourait le bureau de la directrice. Exactement en face d'elles, près de l'autre haie, une autre fille de leur âge était assise sur une chaise en balançant ses pieds. C'était Kessra, l'ennemie jurée d'Ene, d'après ce que j'avais cru comprendre.

La mère de Kessra était assise devant le bureau de la directrice, à portée de main de Mara. Comme il n'y avait pas de troisième chaise à côté des adultes, je pris donc place à côté d'Ene.

— Je sais que ton père est occupé, Illal, répondit la directrice sur un ton ferme. Être le capitaine d'un *crozan* est une carrière gratifiante mais très exigeante, déclara-t-elle avant de se tourner vers Mara. Je suis heureuse que les enfants aient un autre parent maintenant.

— Naturellement.

Mara se déplaçait sur son siège, l'air plutôt mal à l'aise.

— J'aimerais discuter du comportement d'Ene avec vous, madame Rax, poursuivit la directrice. Il a dégénéré ces derniers temps et nous aurions besoin de votre aide.

Je me redressai, choquée d'entendre ça.

— Son comportement ? Dégénéré ? Qu'est-ce que vous voulez dire ?

Ene était plutôt agréable à la maison. Je ne l'avais pas vue pleurer et elle participait à toutes les activités familiales avec une joie visible.

La directrice se lissa les cheveux au-dessus de l'oreille, bien que sa queue de cheval haute et soignée ne nécessite aucun ajustement.

— Oui. Nous avons des inquiétudes, madame...

Elle déplaça son regard de Mara à moi, puis le posa de nouveau sur elle, comme si elle cherchait des différences entre nous.

Comme toujours, les seules différences visibles étaient nos vêtements. Contrairement à la robe élégante et aux talons hauts de Mara, je portais des chaussures plates, une chemise ample et un short qui descendait jusqu'aux genoux. Mes vêtements étaient neufs, faits d'une matière plus légère et plus respirante que tout ceux que j'avais rapportés de la Terre. La coupe fluide de la chemise permettait d'accueillir une ou trois paires de seins sans qu'aucune modification ne soit nécessaire.

— Je vous demande pardon, je ne connais pas votre nom, avoua la directrice.

Elle m'avait vu à de nombreuses reprises. J'étais venue à l'école tous les jours et j'avais participé à de nombreux événements familiaux avec les enfants. Mais je ne lui avais jamais parlé. La directrice avait dû me prendre pour Mara pendant tout ce temps.

— Je m'appelle Susanna, me présentai-je en lui faisant un signe de tête.

Mara soupira de nouveau et se frotta le front.

— La nounou, précisa-t-elle avec impatience.

— Oh, la nounou. Bien sûr.

La directrice passa de nouveau la main sur ses cheveux.

— Quoi qu'il en soit, reprit-elle, je voulais vous parler d'Ene...

— Qu'y a-t-il la concernant ? l'interrompis-je en me sentant sur la défensive.

La directrice tressaillit mais ne jeta pas de coup d'œil dans ma direction, ne voulant pas se laisser distraire, j'imaginais.

La mère de Kessra se tourna cependant vers moi.

— Elle terrorise ma fille, déclara-t-elle catégoriquement.

— Elle... Quoi ?

Ma bouche resta ouverte.

Les épaules d'Ene s'affaissèrent. Illal posa une main sur son genou et Ene s'y agrippa.

La directrice hocha la tête.

— La semaine dernière, il y a eu deux incidents de comportement inacceptable. D'abord, elle a renversé la peinture de Kessra sur sa robe...

— Une robe toute neuve que nous lui avons achetée il y a un mois, ajouta la mère de Kessra sur un ton laconique.

— Ce n'était pas sa faute ! s'exclama Illal en se levant d'un bond. Kessra l'embêtait pendant qu'elle dessinait. Ensuite, Kessra et Tazeal ont peint sur le dessin d'Ene et l'ont abîmé.

— Illal, assieds-toi, s'il te plaît, répliqua la directrice d'une voix calme et égale avant de se tourner vers Mara. Il est peut-être préférable que les enfants partent pour l'instant.

Mara me jeta un coup d'œil par-dessus son épaule.

— Je ne pense pas que ce soit une bonne idée, intervins-je. Illal est la camarade de classe d'Ene et un témoin. Le moins que nous puissions faire est de l'écouter.

— Kessra est méchante avec Ene depuis des lustres ! lâcha Illal. Et maintenant que beaucoup d'autres filles veulent être les amies d'Ene, elle est jalouse.

La mère de la jeune fille souffla d'indignation, faisant vaciller Illal sous son regard.

— Ma fille n'aurait jamais...

— Ah bon ? demandai-je sans pouvoir rester plus longtemps sans réagir. Qui a coupé les cheveux d'Ene ?

— Kessra, répondit Illal en se rasseyant sur son siège, sa sœur lui reprenant immédiatement la main.

— Êtes-vous au courant de cet incident ? questionnai-je la directrice. Comment des choses de ce genre peuvent-elles se produire dans votre école ? Nous n'avons reçu aucun appel à ce sujet.

La directrice pinça les lèvres.

— J'ai essayé de joindre le capitaine Rax. Sans succès. Nous avons discuté de cet incident avec les deux filles.

— Vous avez ensuite passé ça sous silence, n'est-ce pas ?

L'air mal à l'aise, elle jeta un coup d'œil aux enfants.

— Les filles, pourquoi n'iriez-vous pas sur l'aire de jeux ? Pour retrouver vos frères ?

Les trois filles se levèrent de leur chaise et sortirent de la pièce, une par une.

— Ma fille... reprit la mère de Kessra.

Mais j'étais déjà trop remontée pour la laisser finir les excuses qu'elle s'apprêtait à donner. Je l'interrompis en levant la main.

— Je ne connais peut-être pas grand-chose à la psychologie de l'enfant ni même aux enfants en général.

Je me grattai l'épaule, cherchant la manière la plus précise de formuler mes pensées.

— Mais vous devriez avoir une bonne conversation avec votre fille, continuai-je. Il y a manifestement quelque chose qui ne va pas dans sa vie, et elle a choisi de s'en prendre à Ene pour se sentir mieux. Ene n'a pas à servir de punching-ball à Kessra au gré de son humeur. Ce harcèlement doit cesser.

La directrice me regarda d'un air confus, puis se tourna vers Mara.

— Je préférerais discuter de cette question avec les *parents* d'élèves. Madame Rax, qu'en pensez-vous ?

Mara agita la main avec dédain, l'air ennuyé.

— La même chose que Susanna. Maintenant, si nous en avons terminé, j'espère que vous m'excuserez, mais j'ai un autre engagement.

Elle se leva.

Son « autre engagement » consistait bien sûr à regarder des films et à discuter en ligne avec les quelques connaissances qu'elle s'était faites à Arqa. Mais je n'allais pas la remettre à sa place devant la directrice de l'école.

— Oh... Bien. Euh...

La directrice cessa de la fixer pour me regarder.

Je levai un doigt pour attirer l'attention de tout le monde.

— Je n'hésiterai pas à en parler au capitaine Rax, mais en son absence, c'est moi qui suis responsable des enfants. Et si j'entends parler d'une autre attaque ou tentative d'intimidation de la part de *votre* fille à l'encontre d'Ene... poursuivis-je en pointant du doigt la mère de Kessra, au sein de *votre* école... continuai-je en tournant mon doigt accusateur vers la directrice.

Mara s'approcha de moi.

— Ouais, ouais, ça bardera. Elles ont compris, dit-elle en m'attrapant par la taille. Allons-y. J'attends un message à la maison. J'ai été ravie de vous rencontrer, madame la directrice.

Avec son plus beau sourire adressé aux deux femmes, elle m'entraîna dehors.

— Tu t'en fiches ? fulminai-je en allant chercher les enfants à l'aire de jeux. Ene est victime de harcèlement depuis Dieu sait combien de temps. La pauvre enfant. Elle a gardé tout ça pour elle pendant tout ce temps. Sans Illal, je n'aurais jamais su...

— Et alors ?

Mara haussa les épaules.

Je m'arrêtai net.

— Tu dois être d'accord, c'est inacceptable.

Elle n'avait pas l'air inquiète, pas même un peu.

— Tout ce qui ne te tue pas te rend plus fort, n'est-ce pas ?

— Pas dans ce cas.

— *Surtout* dans ce cas, rétorqua-t-elle avec emphase. C'est comme ça qu'on s'endurcit. L'école est une préparation à la vie dans le monde réel, n'est-ce pas ? Et le monde réel est plein de brutes et d'intimidateurs. Ce que cette fille doit apprendre, c'est qu'elle sera toujours une victime, à moins qu'elle ne devienne elle-même une brute.

— Non, pas du tout ! C'est ce que tu penses vraiment ?

— Tu n'as rien appris de la vie, Susanna ? Toi et moi sommes nées dans la même famille et avons été élevées par les mêmes parents. À part ton mauvais goût vestimentaire, nous sommes très semblables. Tu sais que dans cette vie, tout ce qui compte, c'est la taille de ton compte en banque, et pour le faire fructifier, il faut être impitoyable. Regarde nos parents ou ton mari.

— Ils sont tous morts, soulignai-je.

— Seulement parce qu'ils ont tous fait une erreur. Tom et Jim ont fait l'erreur stupide de se faire prendre. Avant ça, ils avaient un plan brillant.

— Brillant ? Tu qualifies de *brillant* leur stratagème pour escroquer les gens ?

— Ça a marché, n'est-ce pas ? demanda-t-elle en croisant les bras sur sa poitrine, la hanche en avant. C'est nous qui avons été stupides, Susanna, de ne pas avoir vu ce qui nous attendait, de les avoir laissés faire des choses dans notre dos.

Je poussai un soupir.

— Sur ce point, tu as raison. Nous nous ressemblons beaucoup. Nous sommes toutes les deux nulles pour cerner la personnalité des hommes.

— Eh bien, ne refais pas la même erreur.

Je tournai mes yeux vers les siens.

— Qu'est-ce que tu veux dire ?

— Ne fais pas confiance à cet extraterrestre. Sais-tu ce que les gens disent de lui ?

Je réalisai qu'elle parlait de Xavran.

— Quoi ?

— Qu'il a tué sa femme.

— Mais ce n'est pas vrai, m'offusquai-je en secouant la tête.

— Comment peux-tu en être aussi sûre ? À quel point le connais-tu vraiment ?

Je ne répondis pas. J'avais connu Tom depuis bien plus longtemps que Xavran et j'avais quand même été prise au dépourvu lorsque j'avais découvert le genre d'homme que Tom s'était avéré être au final.

Mara se rapprocha de moi et me chuchota à l'oreille, toute excitée :

— Ne t'inquiète pas. J'attends juste une confirmation. D'après le dernier message que j'ai reçu de Jason, il semblerait qu'ils soient sur le point d'arrêter Bolshoy et sa bande. Nous pourrons bientôt rentrer à la maison.

Chapitre 18

Susanna

Regardez, regardez ! s'exclama Xilvo en jouant des coudes pour s'approcher du hublot du gros avion que nous avons pris pour nous rendre à la frontière. Voilà le *crozan* de Papa !

Xavran ne voulait pas que nous parcourions une si longue distance dans son petit avion familial. À la place, il avait réservé des billets sur l'avion-cargo qui livrait des provisions à son *crozan*. Nous avions toute la salle des passagers pour nous seuls, ce qui avait rendu le voyage très confortable.

— Tu parles de son camion ? s'enquit Mara en s'approchant également de la fenêtre.

Elle était venue avec nous après avoir décidé qu'il n'y avait rien de pire que de rester toute seule dans le « carré de jardin » de Xavran.

— Où est son tracteur ? demanda-t-elle en appuyant son front contre la fenêtre, fixant le sol en contrebas.

— Tu le regardes, imbécile ! rétorqua Xilvo en riant.

Il pointa du doigt l'énorme machine qui se trouvait dans le désert, sous l'avion.

Je savais que les *crozans* étaient énormes, mais même après avoir regardé quelques vidéos à leur sujet, je n'étais pas préparée à ce qu'ils soient aussi gigantesques dans la vie réelle. Ils avaient la taille d'un grand complexe d'appartements qui s'étendait sur plusieurs pâtés de maisons.

— Quoi ? *Tout* ce truc ? s'étonna Mara en pointant du doigt le corps brun rouge de la machine. Je croyais que c'était une ville !

À cette distance, les *crozans* semblaient ramper dans l'immensité du désert, mais j'avais lu que leur vitesse pouvait égaler celle de nos voitures sur l'autoroute.

À sa droite s'étendait le sable rougeâtre du désert aldraien. Les crêtes des dunes balayées par le vent semblaient fumer à cause des vrilles de sable qui s'enroulaient autour d'elles.

À gauche et juste derrière la machine géante, le sol était d'un brun beaucoup plus foncé. La terre y paraissait également plus épaisse. Au lieu de dunes, elle avait été dessinée en rangs bien nets par le *crozan*.

— Mon père est en train de transformer le désert en jardin, annonça fièrement Ene.

Mara haussa un sourcil.

— Cette terre ne ressemble pas vraiment à un jardin pour moi.

— Ça le deviendra. D'ici dix à vingt ans, intervint Ivex.

Illal s'agitait avec impatience et ajouta :

— Et dans une cinquantaine d'années, des gens vivront ici. Des enfants joueront peut-être ici même.

— Cinquante ans ! haleta Mara.

— Il faut du temps pour changer le monde, fit observer Xilvo avec une sagesse qui dépassa son âge. C'est ce que dit mon enseignante.

— Papa travaille à l'extrême limite du désert, expliqua Ivex. Son *crozan* réalise la toute première étape de la terraformation, mais il y en a beaucoup d'autres.

— Comme quoi ? l'interrogea Mara qui semblait sincèrement intéressée.

— Après le passage du *crozan* de Papa, dit le garçon, ils doivent modifier le climat de la région. Sinon, le désert sec reprendrait le dessus.

— Ils introduisent donc des micro-organismes dans le sol, ajouta Xilvo. Et tout un tas d'insectes. Ils font aussi remonter la nappe phréatique, pour l'irritation...

— *Irrigation,* le corrigea Illal en levant les yeux au ciel.

— C'est ce que j'ai dit.

— Non, espèce de débile. Tu as dit *irritation*. Ce qui est la défi-nition de ce que tu me fais ressentir en ce moment.

À mon oreille, les deux mots semblaient presque identiques. En aldraien, leur prononciation semblait même plus proche qu'en anglais.

— Bon, très bien, intervins-je en jouant le rôle de pacificatrice que j'avais souvent à jouer avec ces quatre-là. Vous êtes tous très in-telligents. C'est bien de voir que vous êtes attentifs à l'école. Merci d'avoir expliqué à Mara le processus aldraien de terraformation. Maintenant, nous devons retourner à nos sièges et boucler nos cein-tures. Nous allons bientôt atterrir.

— CE TRUC EST ÉNORME, marmonna Mara en posant ses talons de marque sur le pont d'atterrissage du *crozan*. Plus grand qu'un bateau de croisière.

— Beaucoup plus grand, approuvai-je en jetant un coup d'œil sur le pont supérieur où l'avion-cargo avait atterri.

L'air était sec et chaud ici, malgré la forte brise qui soufflait sur le pont. Le soleil de midi semblait être suspendu au-dessus de nos têtes, dégageant une chaleur intense.

Un filet de sueur se forma rapidement le long de ma colonne vertébrale sous ma robe jaune. Pour une fois, j'enviais Mara de porter un chapeau à larges bords et une paire d'énormes lunettes de soleil avec sa tenue composée d'un pantalon blanc et d'un chemisier sans manches.

— Attends, est-ce que cet extraterrestre est responsable de *tout* ça ? demanda-t-elle. C'est le capitaine. Est-ce que ça veut dire qu'il est le chef ici ?

J'ouvris la bouche pour lui rappeler une fois de plus que « cet extraterrestre » avait un nom et qu'il n'était pas un extraterrestre sur sa propre planète.

Cependant, je fus interrompue par un groupe d'Aldraiens qui grimpaient les escaliers du pont d'atterrissage et se dirigeaient vers nous.

Mon cœur s'emballa lorsque j'aperçus Xavran parmi eux.

— Papa ! s'exclama Ivex en se précipitant le premier vers lui.

— Papa ! crièrent les trois autres enfants en courant après lui vers leur père.

Vêtu d'un uniforme blanc avec d'élégants accents gris, il avait l'air fringant. Mais pour moi, il était depuis longtemps le plus bel homme de l'univers, quelle que soit sa tenue.

Il serra tous ses enfants en même temps dans ses bras. J'aurais tellement voulu être au milieu de cette étreinte et de ces rires joyeux, avec ses bras autour de nous tous. Craignant que le fait de me joindre à eux puisse être jugé inapproprié, je me retins.

Son regard croisa le mien et son visage se fendit d'un large sourire.

— Susanna.

Il prononça mon prénom de sa voix grave et profonde, et mes genoux fléchirent.

Flanqué de deux enfants de chaque côté, il se dirigea vers moi.

Il me fallut tout ce que j'avais pour ne pas courir dans ses bras. Au lieu de ça, je me contentai de lui sourire, en m'efforçant de garder mes pieds plantés dans le métal du pont.

— Eh bien, nous avons réussi, déclarai-je en écartant les bras.

— Xavran ! s'écria Mara en passant devant moi, avant de s'interposer entre lui et Ivex et de saisir le bras de Xavran. C'est bon de te voir, chéri. Cet endroit est incroyable ! Dis-moi, combien de personnes sont à bord de ton… euh… vaisseau ?

Il cligna des yeux, l'air complètement déconcerté par l'attention soudaine de sa « femme ». J'étais choquée par le fait qu'elle se soit souvenue de son prénom.

Un homme du groupe qui était venu avec Xavran s'avança.

— Notre équipage principal se compose de sept cent quatre-vingts personnes, madame, expliqua l'homme. Mais nous hébergeons également quelques centaines de membres de la famille de l'équipage et de visiteurs chaque jour.

— C'est très impressionnant, roucoula Mara sur un ton approbateur.

— Susanna, Mara, voici le premier officier Qhax, intervint Xavran. Il est mon commandant en second.

Le premier officier Qhax nous adressa un sourire rayonnant.

— Enchanté de vous rencontrer…

Mara lui tendit la main avant même que je ne puisse cligner des yeux.

— Je suis l'épouse. Elle, c'est la nounou. Alors… poursuivit-elle en faisant un geste autour d'elle. Cet endroit est immense. Qu'est-ce que vous faites pour vous amuser ?

Xavran tenta de dégager discrètement son bras, mais elle enfonça ses ongles dans son biceps pour l'en empêcher.

Le premier officier Qhax semblait ravi de l'intérêt qu'elle lui portait.

— Oh, vous ne pouvez voir qu'une toute petite partie de notre empire d'ici, madame Rax. Le *crozan* est une petite ville, entièrement autonome. Nous avons plusieurs jardins ici, un gymnase avec une piste de course, une salle de danse, une piscine avec des toboggans…

— Une piscine ! s'écrièrent les enfants en bondissant d'excitation. On peut aller nager ? S'il te plaît, Susanna ?

J'aurais bien besoin d'une bonne baignade. La sueur faisait coller ma robe à mon dos sous le soleil brûlant. De plus, je n'avais aucune envie de voir Mara revendiquer publiquement son statut d'épouse.

— Vous pouvez y aller, répondit Mara en nous faisant signe de partir.

— Susanna, dit Xavran en se tournant vers les enfants et moi. Attends.

— Allons-y, répliqua Mara en saisissant son bras et en plaçant l'autre au bras du premier officier Qhax. Pourquoi ne pas me faire visiter les lieux, messieurs ? murmura-t-elle. Ensuite, tu pourras me montrer notre chambre à coucher, Xavran.

— POURQUOI MES AFFAIRES sont-elles ici ? demanda Mara en tapant du pied.

— Sur ordre du capitaine, j'imagine.

Je croisai les bras sur ma poitrine, debout devant elle dans notre suite à deux chambres.

Les pièces du *crozan* étaient réelles, avec des vrais murs et des vrais plafonds, bien que chaque surface à l'intérieur ait été peinte avec des paysages d'un vert luxuriant et des nuages blancs cotonneux.

Au grand dam de Mara, Xavran ne lui avait pas fait faire de visite privée du *crozan*. Son commandant en second et lui nous avaient juste montré comment trouver la piscine, puis nous avaient conduits à nos chambres avant qu'ils ne soient tous deux appelés pour régler un problème technique que je n'avais même pas fait semblant de comprendre.

La suite des enfants se trouvait entre celle de Xavran et la nôtre. Toutes trois se situaient à l'un des niveaux supérieurs de cette énorme machine.

— Mais je suis sa femme ! s'emporta Mara. Je suis censée rester avec mon mari.

Je haletai de façon théâtrale, serrant des perles imaginaires sur mon cou.

— Quoi ? Je n'arrive pas à y croire. Mara Takolsky envisage-t-elle de partager sa chambre avec l'*affreux camionneur extraterrestre* ?

— Oh, arrête de te moquer de moi, répondit-elle en m'envoyant promener avec un grognement. Très bien, je l'admets. Je l'ai peut-être mal jugé. Un peu. Et alors, qu'est-ce que ça peut faire qu'il soit moche ? demanda-t-elle en traversant la pièce. Ça pourrait quand même être romantique entre nous. Comme la Belle et la Bête. La Bête aura enfin sa Belle.

Je renâclai en levant les yeux au ciel.

— Et qu'est-ce qui te fait penser que « la Bête » pourrait s'intéresser à « la Belle », surtout après la façon dont elle l'a traitée ?

— Ne t'inquiète pas, je vais me racheter, répliqua-t-elle en ayant l'air totalement imperturbable. Une nuit avec moi, et il oubliera tout, y compris son propre nom.

Elle passa en revue la pile de ses sacs et valises au milieu du salon de la suite.

— J'ai juste besoin de quelqu'un pour déménager mes affaires, ajouta-t-elle. La suite du capitaine est tellement plus belle que celle-ci.

Elle avait l'air déterminée, mais je ne craignais pas qu'elle séduise Xavran. De toute façon, il ne serait pas partant.

Ou le serait-il ?

Je n'avais aucun droit sur lui. Après tout, elle était sa femme légitime, que ça me plaise ou non.

— Mara...

Je fis un pas vers elle, les mains fermement serrées.

— Quoi ? s'enquit-elle en levant les yeux de la pile de ses affaires. Si c'est parce que tu as couché avec mon mari, ne t'inquiète pas. Je te pardonne.

— Merci, rétorquai-je sur un ton sarcastique. C'est très généreux de ta part, même si nous n'avons pas encore vraiment couché ensemble.

— Alors, c'est quoi le problème ?

Elle haussa les épaules avec impatience.

— Je pense... Je... Eh bien, je tiens vraiment à Xavran. Et je crois qu'il m'aime aussi. Ce n'est pas qu'une question de sexe entre nous.

— Et alors ?

Manifestement, nos sentiments ne comptaient pas beaucoup pour elle.

— Il n'est pas l'un de ces hommes que tu fréquentais à New York. Je ne veux pas que tu l'utilises.

— Oh, c'est de ça qu'il s'agit ? m'interrogea-t-elle en plissant les yeux. Tu ne veux pas que la femme du capitaine attire toute l'attention sur elle. Tu as entendu ce que le premier officier Qhax m'a dit. Il n'y a que quelques centaines de... euh... de véhicules de ce genre dans tout l'univers. C'est un immense honneur de piloter l'un d'entre eux. Il faut des années pour en devenir le capitaine, et ça rapporte beaucoup d'argent. Cet extraterrestre est riche.

L'argent et le pouvoir avaient toujours été les aphrodisiaques de Mara. La répulsion qu'elle avait ressentie pour Xavran avait disparu instantanément dès qu'elle avait réalisé que son « fermier » de mari, qui n'avait même pas de « ferme », était en fait un capitaine très estimé d'un équipement extrêmement sophistiqué avec des centaines de personnes sous ses ordres.

Cet « extraterrestre » comme elle l'appelait, était, cependant, très présent dans *mes* rêves ces derniers temps. J'avais déjà commencé à le considérer comme *mon* Xavran.

— Ce n'est pas un riche comme les autres, Mara. Tu ne peux pas profiter de lui, soupirai-je. Il mérite mieux que ça.

— Mieux ? Et qui pourrait être mieux que moi ? Toi ? railla-t-elle en promenant son regard moqueur sur ma silhouette. Chérie, tu ne pourrais pas retenir un homme même si ta vie en dépendait. Ce n'est pas ta faute, bien sûr. Je suis juste une meilleure version de toi, à tous points de vue. Quand les hommes ont le choix, ils me préfèrent.

Avoir confiance en soi est admirable. Cependant, Mara faisait preuve d'une arrogance qui frisait clairement l'égotisme.

Je secouai la tête.

— Tu délires. Complètement.

— Vraiment ? répliqua-t-elle en levant le menton. Tu n'as jamais été autre chose que mon substitut. Tom a commencé à sortir avec toi seulement après que je l'ai rejeté. Et il est revenu vers moi dès que je l'ai laissé...

Elle se mordit la lèvre, s'arrêta, mais elle en avait déjà assez dit.

Le prise de conscience me frappa, me blessant douloureusement.

— Que veux-tu dire par « il est revenu » ? Quand ?

De vieux soupçons que je n'avais jamais voulu croire remontèrent à la surface, entachant mon passé comme de l'encre noire se répandant dans l'eau.

— Qu'est-ce que Tom et toi avez fait dans mon dos, Mara ?

Détournant les yeux, elle posa ses mains sur ses hanches.

— Tom m'a demandé de l'épouser en premier. J'ai dit non.

— Tu as refusé sa demande en mariage, mais tu l'as autorisé à « revenir » ? la questionnai-je en mimant des guillemets avec mes doigts. Pourquoi ? exigeai-je en ayant besoin de l'entendre de sa bouche. As-tu couché avec Tom même après notre mariage ?

Elle leva les yeux vers le plafond, ce qui me donna envie de la gifler. Et peut-être que j'aurais dû le faire. Elle le méritait certainement.

— Qu'est-ce que je pouvais faire ? Tom n'a jamais cessé de me désirer, répondit-elle. C'est comme je l'ai dit, Susanna, tu as toujours été un substitut, quelqu'un qui me ressemblait. Le meilleur second choix.

Pourquoi ses paroles étaient-elles si douloureuses ?

J'avais appris depuis longtemps quel genre d'homme était Tom. Plus rien ne devrait me surprendre maintenant.

Puis j'en compris la raison.

Il ne s'agissait pas de Tom ni d'un autre homme. Il s'agissait de Mara et de ma relation avec elle. Elle avait toujours été précaire, mais là, ce n'était tout simplement plus possible.

Tom s'était avéré être un connard. Mais quand je l'avais épousé, je l'aimais. Mara le savait. Pourtant, elle m'avait trahie, dans mon dos. J'avais l'impression de perdre ma sœur, le dernier membre de ma famille.

— Pourquoi es-tu fâchée ? me questionna-t-elle avec désinvolture. J'ai couché avec ton mari, tu as couché avec le mien. Nous sommes quittes, maintenant.

Pensait-elle vraiment que c'était la même chose ?

— Mara...

Ma voix se brisa, et je déglutis pour faire passer la boule douloureuse coincée dans ma gorge.

— Je ne t'ai pas brisé le cœur en tombant amoureuse de Xavran, repris-je. Loin de là. Mais tu viens de briser le mien.

Elle souffla.

— Oh, tu dramatises.

Je serrai mes mains pour les empêcher de trembler. Ça ne servit pas à grand-chose, car tout mon corps vibrait maintenant.

— Je veux que tu sortes de ma vie, déclarai-je calmement en ayant envie de crier à l'intérieur. Et ne t'approche pas de Xavran.

Elle leva la tête en signe de défi.

— Pourquoi le ferais-je ? Dans tous les cas, nous sommes mariés.

Je secouai la tête.

— Tu ne peux pas faire ça maintenant. Ce n'est pas juste.

— Pourquoi ? Je peux le faire et je le ferai, déclara-t-elle en posant ses mains sur ses hanches. C'est mon mari et je veux le garder, annonça-t-elle avant de hausser les épaules. Pour l'instant, en tout cas.

— Écoute-moi, maintenant ! m'emportai-je en la pointant du doigt. Tu ne peux pas l'utiliser pour les plans que tu as en tête. Je ne le laisserai pas devenir l'un de ces hommes que tu as mis de côté une fois qu'ils ont servi à te faire atteindre ton but...

— Tu n'as absolument pas le droit de me dire ce que je dois faire.

C'était vrai. Son mariage avec Xavran était peut-être faux, mais je n'avais rien à voir là-dedans. Je n'avais aucun droit légal de faire quoi que ce soit.

Je me sentis impuissante.

— Tu ne te soucies pas de Xavran, même pas un tout petit peu. Tu n'as jamais voulu de lui, jusqu'à ce que tu viennes ici.

— Peu importe ce que je voulais *avant*, rétorqua-t-elle. Je le veux *maintenant*. C'est mon mari. Alors, c'est *toi* qui dois rester à l'écart.

— Non, Mara, je t'en prie, ne te sers pas de lui, la suppliai-je. Tu vas lui faire du mal...

— Susanna !

Quelqu'un frappa à la porte de notre suite, Illal, apparemment.

— Nous sommes prêts ! cria-t-elle.

Xilvo poussa la porte et entra en courant.

— Allons nager !

Mon cœur tonnait encore à tout rompre dans ma poitrine, à cause de la colère et de la frustration qui me traversaient.

Je soutins le regard de ma sœur.

— Mara, s'il te plaît, ne fais rien que tu puisses regretter.

Un sourire plein d'assurance se dessina sur ses lèvres.

— Je ne regrette rien de ce que je fais. Jamais.

Chapitre 19

Xavran

Elle était si proche.

Un essaim d'insectes volants tourbillonnait dans son ventre alors qu'il finissait d'ajuster les *khuts* dans l'un des puits de distribution.

Depuis qu'il l'avait rencontrée, Susanna était sans cesse dans ses pensées. Et à présent, cette femme était devenue une partie essentielle de son existence. Il se surprenait à lui parler mentalement, à discuter de sa journée et à se demander quelles seraient ses réponses.

— Comment allez-vous, capitaine ? s'enquit son second en jetant un coup d'œil dans le large puits.

— C'est presque fini.

Il fixa le levier dans sa nouvelle position.

Son équipage comprenait plusieurs techniciens et mécaniciens qualifiés, mais les officiers supérieurs n'avaient pas peur de se salir les mains, si nécessaire. Son premier officier Qhax et lui avaient calculé que le nouveau réglage permettrait à cette partie de la machinerie de fonctionner avec plus d'efficacité. Il devait le régler lui-même, précisément selon les paramètres qu'ils avaient déterminés.

Il inspecta son travail.

— Ça me semble bien. Je suis prêt à sortir.

Après s'être extrait du conduit, il se tourna vers Qhax :

— Essayez maintenant.

Le premier officier régla un cadran sur le panneau de contrôle. L'un des centaines de tapis roulants se mit à vibrer légèrement, augmentant progressivement sa vitesse. Les amas de minéraux qui s'y trouvaient se désagrégeaient sous l'effet des vibrations. La fine poudre fut ensuite introduite dans la terre et se fondit dans le sable rouge du désert extérieur, avec de la matière organique fertile.

— Jusqu'ici, tout va bien, rapporta Qhax en hochant la tête. Laissons tourner avec le nouveau réglage pendant quelques jours. Nous évaluerons ensuite les résultats.

— Très bien. Je m'en occupe, capitaine, répondit Qhax avant de faire un clin d'œil à Xavran. Je suis sûr que vous avez mieux à faire maintenant que votre épouse est là.

Son *épouse*.

Durant son premier mariage, ce mot était souvent associé à des problèmes, des soucis et de la honte.

Il avait espéré ne rien ressentir du tout pour sa deuxième femme, et ça avait fonctionné. En termes émotionnels, Mara s'était avérée être exactement l'épouse qu'il recherchait. C'était ce que son second mariage était censé être : pratique, sans émotion et commode.

S'il n'y avait pas eu Susanna.

Elle avait bouleversé tous ses plans. Contrairement à son mariage de convenance soigneusement arrangé, elle avait apporté toute une tempête d'inconvénients. Elle était responsable du chaos qui régnait dans sa tête et dans son corps.

Pourtant, il ne voudrait pas qu'il en soit autrement.

Elle était devenue la mère qu'il souhaitait pour ses enfants, mais elle était aussi devenue beaucoup pour lui. L'impatience de la tenir dans ses bras donna de l'élan à sa démarche lorsqu'il sortit de la salle de distribution pour entrer dans l'air chaud et brûlant du pont inférieur ouvert.

Une rafale de vent le couvrit de sable. Une tempête venait du désert. Elles étaient fréquentes ici.

Il releva le col large et souple de sa combinaison pour se protéger le visage d'un autre souffle de sable, puis jeta un coup d'œil vers le pont d'atterrissage qui se profilait au-dessus de lui.

L'avion-cargo devait être en train de terminer son déchargement et allait bientôt partir. Il lui restait suffisamment de temps pour partir en toute sécurité avant que la tempête ne frappe et ne rende impossible tout déplacement aérien dans la région.

Le vent faillit lui arracher la poignée de la porte des mains lorsqu'il l'ouvrit. Il s'arrêta dans la salle de contrôle principale pour s'assurer que le *crozan* était prêt à affronter la tempête. Toutes les fenêtres avaient été fermées, les espaces ouverts couverts. Tout le monde était à l'intérieur, à l'exception des quelques membres d'équipage qui préparaient l'avion-cargo pour le décollage.

Pour une fois, ça ne le dérangeait pas de rester à l'intérieur pendant la tempête. Aujourd'hui, il la traverserait avec sa famille. Peut-être aurait-il l'occasion de prendre Susanna à part assez longtemps pour lui voler un ou deux baisers. Leurs séances d'appels vidéo avaient été merveilleuses, mais elles n'avaient fait qu'aiguiser son appétit, lui donnant encore plus envie d'elle.

En entrant dans sa suite, il ouvrit le devant de sa combinaison. Les plis du tissu laissèrent échapper du sable sur le sol. Il avait porté son uniforme pour saluer sa famille plus tôt, mais il avait dû enfiler ses vêtements de travail avant de descendre dans le puits de distribution.

Il se demanda si Susanna accepterait qu'il la salisse, puis sourit intérieurement à l'idée de se « salir » avec elle.

Un doux bourdonnement et des bruits d'éclaboussures provenaient de la salle de bain.

Il n'était pas seul.

Se déchaussant, il se dirigea pieds nus vers le bruit.

Quelqu'un était dans sa salle de bain, assis dans la baignoire. Il reconnut la tête blonde appuyée sur le bord de la baignoire, les cheveux attachés en chignon pour les garder au sec.

— Susanna !

L'excitation l'envahit.

— Oh…

Elle se retourna, l'air un peu surpris, et sa nudité était si séduisante.

Elle n'avait pas attendu qu'il vienne la chercher. Elle était venue elle-même.

Quel homme chanceux il était !

Il se précipita vers elle.

— Tu n'as pas idée de combien tu m'as manqué.

— Oh ! s'exclama-t-elle de nouveau lorsqu'il s'assit sur le bord de la baignoire à ses côtés.

Elle rencontra ses yeux et les fixa un instant.

— Tu tiens vraiment à moi, alors, ajouta-t-elle en clignant des paupières.

Il sourit.

— Je pensais avoir été clair. À de nombreuses reprises.

Elle expira, puis sourit, la paire de fossettes familière ornant ses pommettes.

— Eh bien, j'espère que ça ne te dérange pas que j'envahisse ton espace ? C'est une suite magnifique que tu as là.

Il avait envie de la toucher, et il écarta une mèche de cheveux humides de son visage.

— Pas du tout. Sais-tu depuis combien de temps je rêve de t'avoir dans mon espace ?

— Ah, tu es si gentil.

Elle se leva de la baignoire, grimpa sur ses genoux et trempa ses vêtements par la même occasion.

Ça ne le dérangeait pas non plus.

— Viens ici, murmura-t-elle en se pressant contre lui.

Sa peau était fraîche contre son torse nu dans l'ouverture de sa combinaison.

— Retirons-ça, déclara-t-elle en tirant sur les fermetures de ses épaules. Comment ça marche ?

Les vêtements masculins aldraiens n'avaient pas de manches et étaient maintenus aux épaules par des crochets. C'était le style le plus pratique pour les hommes de son espèce. Les groupes de cornes épaisses et courtes sur leurs épaules et les bosses dures sur leurs coudes rendaient le port de manches peu pratique, voire impossible.

— Laisse-moi...

Il ouvrit les fermoirs d'un clic.

La partie supérieure de la combinaison tomba au niveau de sa taille, retenue par sa ceinture. La poussière s'éleva dans l'air, le sable s'éparpilla sur le sol.

— Quel saleté ! s'exclama-t-elle en fronçant le nez avant de lui lancer un regard sulfureux. Peut-être as-tu envie de me rejoindre dans la baignoire ? Je ferai en sorte que ce soit le meilleur bain que tu aies jamais pris.

Il y avait certainement assez de place dans la baignoire pour les deux.

Elle prit sa tête entre ses mains et se pencha plus près de lui. Ses paupières clignèrent de façon séduisante. Ses lèvres s'entrouvrirent en signe d'invitation. C'était l'expression d'une femme consentante, mais quelque chose le retint.

Il manquait quelque chose.

La chaleur de l'affection qu'il avait appris à aimer voir dans les yeux de Susanna n'était pas là. La passion brûlait si fort dans ses yeux bleus auparavant, il l'avait vu clairement même dans l'image holographique de l'appareil de communication.

Maintenant, ses yeux étaient... vides.

— Qu'est-ce qu'il y a ?

Elle se pencha en arrière avec une moue.

— Mara... souffla-t-il.

Le son de sa voix se superposa au halètement provenant de la porte.

Susanna – *sa* Susanna dans sa robe d'été jaune – se tenait à l'entrée de la salle de bain.

Le plaisir l'envahit à sa vue. L'effroi le glaça ensuite lorsque ses fins sourcils se froncèrent.

Il se leva d'un bond.

— Susanna !

Mara glissa de ses genoux avec un cri de protestation et retomba dans la baignoire, dont l'eau éclaboussa le sol.

Susanna se mordit la lèvre, les mains crispées sur les côtés.

— Ça suffit, dit-elle d'une voix ferme et déterminée.

Elle se retourna, puis sortit précipitamment de la suite.

Il ne pouvait pas la laisser partir. Il ne pouvait tout simplement pas perdre cette femme.

— Susanna ! Attends !

Il la poursuivait à grandes enjambées.

À chaque pas qu'elle faisait et l'éloignait de lui, sa poitrine se resserrait, rendant sa respiration de plus en plus difficile. Elle était devenue une partie de chaque aspect de sa vie, le ciment de son existence. Sans elle, il ne serait rien d'autre qu'un tas de ruines, qui se contenterait de suivre le mouvement sans la moindre étincelle.

Il devait faire tout ce qu'il fallait pour la garder. Tout.

Il se précipita dans le couloir couvert jusqu'à sa suite.

Une énorme valise se trouvait près de la porte. En soufflant, Susanna en traînait une autre depuis la suite.

Était-elle en train de partir ?

De le quitter ?

Son cœur s'arrêta presque de battre, et il sentit un frisson lui parcourir l'échine.

— Susanna. S'il te plaît.

Elle leva les yeux vers lui.

— Tu peux m'aider ? Ce truc est lourd.

— S'il te plaît, ne fais pas ça.

La voir, aussi en colère soit-elle, lui coupait le souffle. C'était bien là le problème : il ne pouvait plus respirer sans cette femme.

Il devait la garder. À tout prix.

— Ne pars pas, l'implora-t-il en se mettant à genoux.

Elle inspira brusquement lorsqu'il appuya son front contre son ventre. La courbe de sa corne frontale s'insérait parfaitement entre ses seins.

— Tu ne peux pas partir, poursuivit-il avec ferveur. Pas maintenant. Jamais. Tu fais partie de notre vie maintenant. Je ne peux pas imaginer ma maison sans toi. Comment suis-je censé t'arracher de mon cœur si tu *es* mon cœur ? Tu ne peux pas...

— Xavran...

Elle fit glisser ses mains le long de ses cornes latérales jusqu'à ses joues, puis lui fit basculer la tête en arrière pour le regarder dans les yeux.

— Pourquoi partirais-je ? Alors qu'à tes côtés, c'est le seul endroit où j'ai envie d'être ?

Ses fossettes apparurent sur ses joues quand elle sourit. Mais c'était l'affection profonde dans ses yeux qui rendait son expression magique. Aucune femme ne l'avait jamais regardé ainsi.

Elle caressa de ses pouces les arêtes saillantes de ses pommettes.

— Je n'irai nulle part. Je connais trop bien ma sœur pour être en colère contre *toi*.

Il se mit debout. N'osant pas la lâcher, il garda ses mains sur sa taille.

— Ce ne sont pas mes valises. Je ne pars pas.

Son expression se durcit lorsqu'elle jeta un coup d'œil derrière lui.

— Mara part, annonça-t-elle.

Il se retourna pour découvrir sa sœur qui marchait vers eux. Enveloppée dans une de ses serviettes, ses vêtements sous le bras, elle passa devant eux et entra dans la suite.

— Tu as raté ta chance, mon vieux, lui lança-t-elle par-dessus son épaule.

Pour une raison insondable, Mara croyait manifestement qu'elle était mieux que lui, mieux que sa sœur aussi. Ironiquement, elle avait réussi à se mettre sur ses genoux seulement parce qu'il avait été si impatient de voir Susanna. Pendant un stupide instant, il avait cru que Mara pouvait être elle.

Pour lui, un baril de Maras ne vaudrait jamais le petit doigt de Susanna.

— Elle se trompe, déclara-t-il en souriant à la femme dans ses bras. Je ne l'ai pas ratée. Je m'accroche à ma seule chance de bonheur de toutes mes forces. Et je ne la laisserai jamais partir.

Chapitre 20

Susanna

Une rafale de vent violente me poussa contre la rambarde du pont d'atterrissage au dernier niveau du *crozan*. Des rafales d'air chaud me recouvrirent de sable. Je cachai ma bouche et mon nez dans le châle enroulé autour de mes épaules, me protégeant du mieux que je pouvais de la tempête qui approchait.

Tout le monde à bord du *crozan* s'était mis à l'abri en bas. Seul l'équipage de l'avion-cargo terminait les derniers préparatifs en vue du décollage. L'un d'eux avait chargé les nombreuses valises de ma sœur dans la soute désormais vide.

Mara marchait à côté de moi vers la rampe d'embarquement.

— Tu es venue pour jubiler ? railla-t-elle. Ou pour être sûre que je parte ?

Je n'aurais pas été étonnée qu'elle se soit cachée quelque part sur le *crozan*, si ça avait pu lui être utile. Mais ce n'était pas pour ça que j'étais venue la voir partir.

Que je le veuille ou non, Mara était ma famille la plus proche, la seule qui me restait. Avec son départ, j'avais l'impression que le dernier lien avec mon monde d'origine et ma vie passée se brisait.

— Je voulais juste te dire au revoir.

— Eh bien, au revoir, alors, répondit-elle les lèvres pincées. Aie une belle vie parce que je ne resterai pas plus longtemps sur cette stupide planète ! Et je ne reviendrai certainement jamais.

— Où comptes-tu aller ?

— Sur Terre, bien sûr, où les choses ont un sens. Pas comme ici.

Malgré tout, mon inquiétude pour elle me tiraillait.

— Tu ne seras pas en sécurité chez toi.

— Je le serai. Ils vont arrêter ces voyous d'un jour à l'autre, affirma-t-elle en se dirigeant vers la rampe. Eh bien, bonne chance avec ton extraterrestre. N'oublie pas d'éteindre la lumière quand tu coucheras avec lui. Ce n'est pas comme si ta « bête » allait se transformer en prince charmant.

Mon sang ne fit qu'un tour. Elle ne pouvait s'empêcher de proférer des insultes, même si nous devions nous dire au revoir pour très longtemps.

Pourquoi m'étais-je donné la peine de le faire ?

Je m'adossai à la balustrade, regardant l'avion-cargo décoller. Le vent soufflait du sable sur ses parties latérales, faisant briller la coque. En quelques minutes, la forme volumineuse de l'aéronef se réduisit au loin avant de disparaître complètement.

Les nuages de sable s'étaient épaissis, obstruant parfois la vue du soleil.

— Susanna ! cria Xavran à travers les rafales de vent.

Il monta les escaliers jusqu'au pont d'atterrissage. Se frayant un chemin à travers le vent, il se dirigea vers moi et passa son bras autour de mes épaules.

— Il est temps de partir, dit-il. Nous ne sommes pas en sécurité ici pendant la tempête.

— Oui, il y a beaucoup trop de vent.

Je lâchai la balustrade pour saisir son bras.

— Ce n'est pas tout. Les vents violents déterrent de vilaines créatures du sable du désert, m'expliqua-t-il en me ramenant vers les escaliers.

— Quelles créatures ?

Ma question fut noyée dans les hurlements du vent et un étrange bruit de claquement. Des formes sombres émergèrent des nuages, leurs ailes massives faisant tourbillonner le sable.

Le corps de Xavran se raidit contre le mien. Il me lâcha.

— Cours !

Il me poussa vers les escaliers.

L'inquiétude dans sa voix me poussa à agir sans me poser de questions. Je sprintai sur le pont d'atterrissage. À moitié aveuglée par la tempête, je m'orientais au toucher et finis par atteindre la dernière marche. Je m'agrippai à la rambarde, puis j'entendis un bruit étranglé derrière moi.

— Xavran ?

Me cachant du vent derrière mon châle, je me retournai.

Tout une volée de créatures volantes s'abattit sur le pont. Elles ressemblaient à un croisement entre des oiseaux, des chauves-souris et des insectes. Chacune d'elles était aussi grande qu'une autruche et couverte de plumes brun rouille. Leurs ailes de cuir presque transparentes étaient aussi larges que les voiles d'un bateau.

L'une d'elles saisit Xavran par les cornes et le tira si fort en arrière qu'il perdit l'équilibre. La secousse semblait assez forte pour briser le cou d'une personne.

Un sentiment d'horreur me traversa.

— Xavran ! criai-je dans le vent.

La créature volante battit de ses ailes géantes, faisant passer Xavran par-dessus la rambarde latérale et le faisant tomber du *crozan*.

— Non !

Je m'élançai à sa poursuite.

Le cuir tendu d'une aile frôla ma tête et je m'y agrippai. Je ne savais pas trop à quoi je pensais à ce moment-là, seulement que je ne pouvais pas laisser cette chose emporter Xavran.

D'un autre battement d'ailes, l'animal volant m'emportant hors du pont et dans la tempête tourbillonnante au-delà.

La poussière et le sable m'aveuglaient. Projetée dans les airs, je m'accrochais à l'aile de la créature. Elle la bougea une fois, deux fois... perdant de l'élan à chaque battement.

Aussi fort que soit ce monstre volant, porter Xavran dans ses griffes et rester en l'air avec moi suspendue à son aile s'avérait trop difficile. L'une de ses ailes s'affaissa lentement, tandis que l'autre continuait à battre. Le mouvement nous fit tous partir en vrille.

Projetée dans un mouvement circulaire, je ne savais plus où était le haut et le bas. Je heurtai quelque chose de dur avec mon épaule. Du sable jaillissait en forme d'éventail.

Un bruit sec rageur retentit juste au-dessus de moi. La créature sauta sur le sol, m'entraînant derrière elle, tandis que je tenais fermement son aile.

Où était Xavran ?

Comme la créature avait atterri sur ses deux pieds, elle avait dû le laisser tomber quelque part. J'espérais vraiment qu'elle ne l'avait pas mangé alors qu'il était encore en l'air.

La chose se retourna, faisant claquer ses mandibules acérées d'un air menaçant. Elle essayait manifestement de déterminer ce qui avait coincé son aile, provoquant ainsi son crash.

Je forçai mes doigts à se dérouler pour lâcher la créature.

Elle battit des ailes et se jeta sur moi.

Quelque chose de long et de brillant traversa la tempête. Ça ressemblait à une corde de cuir noir avec une longue pointe au bout. Elle transperça la créature volante, la clouant au sol. Du sang sombre s'écoula de la blessure sur sa poitrine.

Qu'était-ce donc ?

Je m'éloignai à quatre pattes du monstre mort. Mon châle, qui s'était pris dans la bretelle de ma robe d'été, traînant derrière moi.

— Xavran ! appelai-je contre le sable qui m'entourait de toutes parts.

Le nuage à ma gauche semblait exceptionnellement dense, comme si les ténèbres elles-mêmes s'y étaient solidifiées. Ne sachant pas si je devais m'en approcher ou m'en éloigner, je restai immobile.

Le sol se mit à trembler. Le sable entre le mur sombre et moi se souleva comme une houle, et l'odeur de la terre fraîchement retournée me parvint aux narines.

C'était le *crozan* !

La machine géante n'était qu'à quelques dizaines de mètres de moi. Heureusement, elle ne se déplaçait pas dans ma direction. Elle passait à côté de moi.

Je devais trouver Xavran.

Et si le prédateur volant l'avait laissé tomber sur la trajectoire du *crozan* en mouvement ? Il aurait pu être écrasé par sa propre machine.

La panique m'envahit.

— Xavran ! hurlai-je.

Le vent noya son nom dès qu'il sortit de ma bouche.

À quatre pattes le long du gigantesque véhicule en mouvement, je tâtais le sol. Aveuglée par le vent, je devais faire confiance à mon sens du toucher plus qu'à ma vue.

Ma main se posa sur quelque chose de frais et de souple, comme un morceau de bâche ou de plastique. Je le ramassai avant de réaliser qu'il s'agissait de l'aile de la chose volante. La chose volante *morte*. J'étais revenue à mon point de départ, perdue dans l'obscurité de la tempête.

La tête énorme d'une autre créature apparut derrière le cadavre. Celle-ci était noire comme du charbon, avec deux mandibules, longues et acérées comme des épées.

— Oh non...

Je me figeai lorsque les yeux ronds de la créature se fixèrent sur moi.

La « corde » noire, en cuir, munie d'une pointe, sortit de derrière le monstre et se recourba au-dessus de sa tête. La pointe était dirigée vers moi.

La peur me noua la gorge et je me mis à courir. Je trébuchai et tombai, avant de me relever pour me lancer dans une course désespérée pour sauver ma vie.

La « corde » jaillit au-dessus de la tête de la créature. Je fis un bond sur le côté. La pointe s'enfonça dans le sable, me manquant de peu.

L'horreur figea mes membres. D'un moment à l'autre, le monstre allait armer sa queue – ou cette foutue « corde » – et la jeter de nouveau sur moi.

Mais au lieu d'une forte traction, le long appendice se contenta de trembler mollement. La pointe sortit du sable, puis bascula.

Je risquai un coup d'œil par-dessus mon épaule.

La créature avait grimpé sur sa victime ailée. Ce monstre avait un corps long et dur, avec plusieurs douzaines de pattes fines de chaque côté.

Elle était presque pliée en deux, recourbant l'extrémité de son corps au-dessus de sa tête pour m'attaquer avec sa longue queue flexible munie d'une pointe.

Elle s'immobilisa d'un coup, ses fines pattes enfoncées dans le sable. Puis elle bascula sur le côté, inerte, toujours enroulée sur elle-même en formant un cerceau, comme un pneu géant à crampons. Une vague de sable s'éleva à cause de son impact avec le sol et me recouvrit.

Je gémis, en me mettant en boule.

— Susanna !

Sa voix familière déchirait le vent.

Je sursautai, ayant peur d'en croire mes yeux, lorsque Xavran apparut dans l'épais nuage de sable qui nous entourait. Il s'empressa de contourner le monstre mort pour me rejoindre.

Il n'avait plus de protège-bras. Un liquide blanc laiteux s'écoulait des cornes acérées de ses avant-bras. À en juger par la mort soudaine du dernier monstre, je supposai qu'il s'agissait du sang de la créature sur ses bras.

— Susanna ! répéta-t-il en s'agenouillant et en m'attrapant par les épaules. Es-tu blessée ? Blessée quelque part ? Est-ce que le *pheiza* t'a touchée ?

Je compris qu'il devait parler d'une des créatures mortes.

— Non, je vais bien. Aucun d'eux ne m'a fait de mal...

Je saisis les cornes de ses épaules, et m'appuyai contre sa poitrine.

— C'est si bon de te voir, Xavran. Tu n'as pas idée...

Le soulagement se répandait en moi, chaud et consistant, me donnant l'impression d'être étourdie. Il n'avait pas été écrasé sous le *crozan*. La chose ailée ne lui avait pas brisé le cou. Et aucune autre créature mortelle du désert ne l'avait touché...

La peur se dissipa et je me mis à sangloter contre sa poitrine.

— Allons, allons, me consola-t-il en enfouissant son visage dans mes cheveux et en me caressant le dos de manière apaisante. Tout va bien maintenant. Je suis là.

Il était là.

Quand j'étais dans ses bras, rien ne me faisait peur. Ni la tempête, ni les créatures cauchemardesques, ni la mafia de chez nous. Avec Xavran à mes côtés, je pouvais tout affronter.

J'inspirai profondément, maîtrisant ma panique. Nous devions réfléchir à ce que nous devions faire ensuite.

— Nous sommes tombés du *Crozan*. Il faut qu'ils s'arrêtent et qu'ils viennent nous chercher.

La machine était si énorme qu'elle continuait à passer devant nous, sa masse sombre visible à travers le voile de la tempête. Nous devions juste attirer l'attention de l'équipage d'une manière ou d'une autre.

Il continuait à me caresser les cheveux, me protégeant du vent.

— Le *crozan* ne s'arrête jamais, répondit-il. Même si quelqu'un nous entendait, ce qui est impossible par ce temps, il ne pourrait pas l'arrêter pour nous.

La panique m'envahit de nouveau.

— Ils ne peuvent pas nous abandonner. Qu'allons-nous faire ?

— Pour l'instant, nous devons trouver un abri. Quand le *crozan* sera passé, nous serons à découvert.

Il me fit basculer sur le côté, observant les créatures mortes à travers la tempête.

Il avait raison. La forme massive du *crozan* en mouvement nous protégeait d'une partie du vent. Je ne pouvais qu'imaginer ce que ce serait une fois sa protection disparue.

— Viens.

Xavran me traîna dans le vent déchaîné vers le mille-pattes mort.

— Entre là-dedans, me dit-il en me dirigeant à l'intérieur du cercle formé par son corps.

Une fois assise à côté du dos arqué de la créature, Xavran libéra mon châle de la bretelle de ma robe. Il attacha ensuite les coins du châle aux longues jambes maigres du monstre. Elles se dressaient au-dessus de nous comme les pointes d'un parapluie. En étirant mon châle par-dessus, Xavran créa un semblant de toit.

Le vent continuait de souffler férocement, mais c'était beaucoup plus calme à l'intérieur de notre abri de fortune.

— Mieux ?

Xavran s'assis à côté de moi et je m'appuyai contre lui.

— Oui, merci.

J'expirai un souffle tremblant.

Tout était mieux avec lui à mes côtés, même la tempête de sable violente dans la partie la plus hostile de la planète.

Chapitre 21

Susanna

Qu'allons-nous faire ? demandai-je à Xavran.

Le vent hurlait comme une bête sauvage à l'extérieur de notre abri macabre fabriqué à partir de la carcasse de la créature morte.

— Il n'y a pas grand-chose à faire pendant une tempête dans le désert, à part attendre qu'elle se termine.

Il étendit ses longues jambes devant lui et s'adossa au mille-pattes.

Je restai assise droite. Mon dos était raide. Mais je préférais ça plutôt que de m'approcher trop près du cadavre.

— Combien de temps est-ce que ça va prendre ?

— Au moins deux heures. Mais probablement toute la nuit. Les tempêtes de sable dans ces régions aiment prendre leur temps.

La perspective de rester assise ici toute la nuit semblait épouvantable. Mais sortir maintenant serait stupide, voire carrément suicidaire, avec toutes ces vilaines créatures qui rôdaient dans le désert.

— La frontière est un endroit horrible, décidai-je.

— Ce n'est clairement pas une promenade champêtre, ricana-t-il. Mais c'est à ça que ressemblait Aldrai dans un passé pas si lointain. Mes ancêtres ont survécu dans le désert pendant des centaines de milliers d'années.

— Je n'arrive pas à imaginer comment.

Je commençais à avoir soif. Le sable semblait avoir fait son chemin partout sur mon corps. Je ne serais pas surprise qu'on en retrouve aussi dans mon sang.

Il faisait chaud comme dans un four, alors que le soleil n'était plus du tout visible.

— Il y a des moyens de survivre, m'assura Xavran. Appuie-toi contre le *pheiza*.

Je secouai la tête.

— Pas question. Je ne veux pas y toucher.

— Fais-moi confiance, répliqua-t-il en posant sa main sur les plaques dures du dos de la créature morte. Il fait plus frais ici.

— Plus frais ?

Je touchai les plaques brillantes. Elles semblaient en effet plus froides que l'air qui nous entourait, comme un sol carrelé dans une cave par une chaude journée.

— Au lieu de produire de la chaleur, le corps du *pheiza* convertit l'énergie en froid, ce qui lui permet de rester à l'extérieur même pendant les journées les plus chaudes. Son corps mettra au moins quelques heures à se réchauffer pour atteindre la même température que l'air qui nous entoure. Mes ancêtres les chassaient pour ça et pour leur sang.

— À quoi leur servait leur sang ?

— Les pattes de *pheiza* sont creuses, à l'exception d'un muscle, fin comme un fil.

Il se mit à genoux. À l'aide d'une des cornes étroites et acérées de son avant-bras droit, il coupa une jambe de la créature morte. Un sang laiteux s'écoula de l'entaille.

— Tu vois ? me demanda-t-il en me montrant la patte.

Elle ressemblait à une paille épaisse remplie de lait dilué.

— Prends-en un peu, me suggéra-t-il.

— Euh... Tu veux dire en boire ?

Je grinçai des dents intérieurement.

— C'est frais et rafraîchissant, m'assura-t-il avec une expression sincère qui montrait qu'il ne plaisantait pas. Tu dois avoir soif.

— Pas assez pour boire le sang d'un insecte mort.

Je secouai résolument la tête.

— Comme tu voudras. Mais c'est meilleur quand c'est froid.

Il but une gorgée, comme s'il buvait un cocktail avec une paille. Il vida la jambe puis la jeta sur le côté.

Tandis que Xavran reprenait sa place près du dos de la créature, je touchai de nouveau ses plaques dures. Elles ressemblaient vraiment à des carreaux de céramique. Je pourrais peut-être m'imaginer en train de me détendre contre un mur de douche carrelé ou quelque chose comme ça ?

Je reculai et m'appuyai timidement contre le *pheiza*. Je ne me sentais pas trop mal si je ne pensais pas que mon appui dorsal avait été un prédateur impitoyable qui avait essayé de me tuer il y a peu de temps.

— Eh bien, c'est... pas mal.

J'aurais aussi aimé m'appuyer contre le bras de Xavran. Je n'aurais même pas été gênée par le sang du *pheiza* sur les cornes de son avant-bras, après qu'il avait tué la créature. De toute façon, le sable l'avait en grande partie effacé. Mais toutes les cornes et les bosses sur ses épaules et ses coudes semblaient avoir été conçues spécifiquement pour empêcher tout contact étroit.

Comme s'il lisait dans mes pensées, il leva le bras.

— Viens ici, m'invita-t-il pour que je me glisse en dessous.

Je n'allais pas lui faire me le demander deux fois. En rampant, je me rapprochai de lui et me blottis contre son torse. Il était plein de bosses, de cornes et d'endroits durs à l'extérieur, mais sa poitrine, son ventre et l'intérieur de ses bras n'avaient ni cornes ni plaques dures. C'était un endroit très confortable. Ça ne me dérangeait presque pas d'avoir été jetée du *crozan*. Presque.

Mes pensées s'envolèrent vers cette machine géante et ce que nous y avions laissé.

— J'espère que les enfants vont bien.

Sa poitrine se souleva avec une profonde inspiration.

— Ils sont en sécurité sur mon *crozan*. L'équipage s'occupera d'eux jusqu'à notre retour.

Sa voix calme était rassurante.

— Comment allons-nous rentrer ?

D'ici la fin de la tempête, le *crozan* pourrait être à des centaines de kilomètres. Même si nous le poursuivions maintenant, nous ne le rattraperions jamais.

— Dès que l'équipage se rendra compte de notre disparition, il partira à notre recherche, m'expliqua Xavran. Dans le pire des cas, un autre *crozan* arrivera ici dans deux semaines pour effectuer l'étape suivante du processus de terraformation.

— Deux semaines ! haletai-je.

Il me frotta le bras de manière apaisante.

— Espérons que le temps sera suffisamment clément pour que nous puissions attirer leur attention.

Deux semaines à survivre grâce à des insectes morts et à leur sang, et à essayer de ne pas devenir leur nourriture en les chassant. Je soupirai. Ce n'était pas une idée réjouissante.

— J'imagine que ça aurait pu être pire, déclarai-je. Au moins, nous sommes en vie et indemnes.

C'*était* une très bonne chose.

Nous nous tûmes. Je repensai au début de la tempête et à l'attaque des animaux volants géants, puis, plus loin encore, à mes adieux à Mara.

— L'avion-cargo va-t-il s'en sortir dans cette tempête ?

— Oui, m'assura-t-il. Il a décollé à temps pour éviter le pire. Ta sœur n'aura pas de problème.

— Bien.

Il se mit à bouger, mal à l'aise.

— Susanna. Je veux que tu saches que je n'ai jamais eu de sentiments pour ta sœur. Je n'ai jamais considéré mon mariage avec elle comme autre chose qu'une formalité sur le papier, ce que j'ai clairement indiqué dans le contrat avant même qu'elle et moi ne soyons mis en relation. Tout ce que j'attendais d'une femme, c'était une partenaire qui m'aiderait à m'occuper de ma famille.

Je penchai la tête en arrière, essayant de voir son visage dans l'obscurité.

— Je n'en ai jamais douté.

Il prit ma joue dans sa main.

— J'ai commis une énorme erreur. J'ai épousé la mauvaise sœur.

Je ne lui reprochais rien. Il n'avait jamais eu l'occasion de faire un choix *avant* de nous rencontrer. J'étais simplement reconnaissante que lui et moi ayons eu la chance de nous connaître.

— Mara ne s'était jamais intéressée à moi auparavant, poursuivit-il. Je refuse de croire que mes sentiments pour toi aient été malhonnêtes.

S'agissait-il du fait que Mara se soit « intéressée » à lui dans la salle de bain ? Se sentait-il coupable de ce qu'elle avait fait ?

— Plus tôt dans la journée, pendant quelques instants malheureux, je l'ai prise pour toi, avoua-t-il. Elle le savait. Je l'ai appelée par ton prénom et elle ne m'a pas corrigé. Si je l'ai induite en erreur d'une manière ou d'une autre...

— Xavran, l'interrompis-je pour ne pas laisser la culpabilité des actions de Mara l'envahir. La seule raison pour laquelle Mara s'est mise nue et a grimpé dans ta baignoire, c'est parce que le premier officier Qhax lui a dit à quel point ton travail était important et combien tu gagnais. Ça n'avait rien à voir avec toi. Elle ne s'est jamais intéressée à toi en tant que personne, ni avant ni après.

Il émit un petit rire.

— Oh, j'étais bien conscient de son manque de sentiments. Son soudain... intérêt pour moi sur le pont d'atterrissage m'a choqué.

Il avait eu l'air vraiment perplexe à ce moment-là.

— Eh bien, comme je l'ai dit, l'explication est simple. L'argent et le pouvoir incitent Mara à s'intéresser à tous ceux qui en ont. Crois-moi, ça n'a rien à voir avec ce que tu as fait ou dit. Ne t'en fais pas pour ça.

Il resta silencieux un moment. J'appuyai ma joue contre sa poitrine, dessinant avec mon doigt des petits cercles sur le tissu de sa combinaison.

— Je ne pense pas que Mara ait envie de rester à Diria. Elle ne s'y est jamais plu, de toute façon. Mais je paierai pour tout logement qu'elle trouvera convenable à Arqa, aussi longtemps qu'elle en aura besoin.

— C'est très gentil de ta part. Mais je pense qu'elle veut retourner sur Terre.

Il émit un petit bruit de surprise.

— Mais tu as dit que c'était dangereux pour vous de rentrer chez vous.

— Eh bien, apparemment, les sales types sont sur le point d'être arrêtés. Elle veut y retourner une fois que ce sera fait.

— Envisages-tu aussi de rentrer ? demanda-t-il avec inquiétude.

Personne ne m'attendait chez moi. Tous mes espoirs pour l'avenir résidaient ici, sur Aldrai. Mais nous n'avions pas vraiment parlé de la suite une fois l'année écoulée.

— Eh bien, mon contrat de travail avec toi n'est pas encore ter-miné... répondis-je timidement.

— Et tu as fait un si bon travail que je pense à le prolonger, déclara-t-il avec un sourire dans la voix.

— Vraiment ? l'interrogeai-je en adoptant le même ton que lui. Pour combien de temps penses-tu le prolonger ?

Il passa son bras autour de mes épaules et me serra contre lui.

— Pour une durée indéterminée.

— C'est une offre que je pourrais considérer.

Je me blottis plus près de lui.

— Mais je souhaite proposer quelques modifications aux condi-tions de notre accord.

— Comme quoi ?

Il se déplaça pour nous mettre tous les deux un peu plus à l'aise.

— D'abord, tu n'auras plus ta propre chambre. Tu emménageras dans la mienne. De façon permanente.

— Vas-tu aussi me retirer mon salaire ?

— Oui, et j'allongerai la durée de ton travail quotidien. Désormais, j'attends de toi que tu sois disponible pour moi le soir également.

— Ça ressemble à de l'exploitation, c'est scandaleux.

Je poussai un soupir de façon théâtrale, en feignant l'indignation.

— J'ai du mal à croire que quelqu'un puisse tomber dans le panneau, ajoutai-je.

Il sourit.

— N'est-ce pas ce qu'on dit ? Que le travail d'une épouse et d'une mère est le plus exigeant de tous ?

C'était vrai. À l'intérieur, je me sentais tout excitée par les « modifications des conditions de notre accord » qu'il avait proposées. À l'extérieur, je gardais une expression sérieuse.

— J'engagerai autant d'aides que nécessaire, proposa-t-il. Pour que tu aies le temps de te détendre.

— Aurai-je droit à une indemnisation ?

— Oui, répondit-il sérieusement. Tu auras mon amour et mon affection inconditionnels. Mon soutien total dans tout ce que tu feras. Mon dévouement éternel jusqu'à la fin de nos jours et au-delà. Et mon cœur... si tu le veux.

C'était exactement ce que je voulais : passer le reste de ma vie avec cet homme, faire partie de sa famille et vieillir avec lui, entourés de nos enfants.

Craignant de dire un mot, et de m'effondrer en larmes à cause de tous les sentiments merveilleux qui bouillonnaient dans ma poitrine, je le pris dans mes bras et enfouis mon visage contre sa poitrine.

— Je vais y réfléchir, marmonnai-je finalement.

— J'attendrai, souffla-t-il en embrassant mes cheveux, aussi longtemps qu'il le faudra.

Je repensai à notre vie commune jusqu'à présent. Il y avait eu des défis que je n'aurais jamais cru pouvoir relever auparavant. Parfois, j'avais encore l'impression d'échouer.

— Je n'aurais jamais pensé être capable de m'occuper de quatre enfants, avouai-je avant de repenser à ma visite dans le bureau de la directrice. Il y a quelque chose dont je dois vraiment te parler. La directrice des enfants veut te parler. Elle m'a dit qu'elle avait essayé de te joindre.

— Que s'est-il passé ? s'enquit-il avec inquiétude. Elle n'a pas laissé de message.

— Hmm. Je me demande pourquoi, dis-je, un peu perplexe.

Il se frotta la nuque.

— Je ne pense pas qu'elle ait vraiment envie de me voir. La dernière fois que je suis allé dans son bureau, elle m'a dit qu'un garçon avait été méchant avec Illal, et... Eh bien, j'ai peut-être perdu mon sang-froid. Un peu.

— Je ne peux pas dire que j'ai fait beaucoup mieux. Juste pour que tu le saches, elle risque de se plaindre de mon comportement lors de notre rencontre avec elle, le prévins-je en prenant une grande inspiration. Pour être honnête, je me sens souvent dépassée avec les enfants. J'ai commandé quelques livres sur la psychologie et le développement des enfants aldraiens. J'ai l'impression d'avoir encore besoin d'apprendre beaucoup de choses.

— L'apprentissage ne s'arrête jamais, reconnut-il. J'ai des enfants depuis onze ans maintenant, et il y a toujours des situations où je ne sais pas quoi faire.

Je me redressai et me tournai vers lui, quand bien même ça ne me permettait pas de mieux le voir dans l'obscurité.

— Ene a eu des problèmes avec une autre fille de l'école. Je le savais depuis un certain temps, mais j'ai promis à Illal de n'en parler à personne. Je n'ai pas voulu rompre cette promesse, mais j'aurais peut-être dû le faire.

— Que s'est-il passé ? Comment va Ene ?

— Ça va mieux maintenant. Mais je pense qu'elle a besoin d'aide. Peut-être pourrions-nous faire appel à quelqu'un, un thérapeute professionnel ou quelqu'un comme ça, pour l'aider à faire face à la mort de sa mère.

— Le problème est-il vraiment là ? me demanda-t-il d'un air dubitatif. Ene n'a jamais rencontré sa mère. Elle ne se souvient même pas d'elle.

— Ça ne veut pas dire qu'elle n'est pas affectée par sa perte, répondis-je en me tordant les doigts. Tu sais qu'elle va dans l'ancienne chambre de ta femme ?

Il se décala pour s'asseoir plus droit.

— Pour quoi faire ?

— Pour pleurer quand elle est triste ou qu'elle se sent seule. Je préférerais qu'elle vienne te voir. Ou moi. Ou toute personne vivante qui pourrait l'écouter et l'aider. Au lieu de ça, elle pleure devant une photo.

Il laissa échapper un soupir.

— Je ne le savais pas.

— C'est un véritable crève-cœur.

— À quelle fréquence ?

— Pas souvent. En fait, elle n'y est pas allée depuis des semaines, ce qui est une bonne chose, j'espère. Mais nous devrions parler à quelqu'un. Et... peut-être qu'il est temps de faire autre chose de cette pièce ? l'interrogeai-je avec prudence. Qu'en penses-tu ?

— Je n'aurais jamais dû la garder aussi longtemps, déclara-t-il avec de profonds remords dans la voix. C'est juste que... je n'ai pas pu me résoudre à y entrer. J'ai repoussé le moment d'y faire face. Mais tu as raison, il est temps de s'en débarrasser.

Sa voix s'était un peu élevée à la fin, et j'osai demander :

— Pourquoi as-tu gardé cette chambre, Xavran ?

Les couples mariés dormaient ensemble sur Aldrai, tout comme sur Terre. Pourtant, il semblait que Xavran et sa défunte épouse avaient fait chambre à part.

— Que s'est-il passé entre ta femme et toi ?

Chapitre 22

Susanna

Pendant quelques battements de cœur, Xavran resta silencieux. Mais si je devais partager ma vie avec lui, j'avais vraiment besoin de connaître les réponses à mes questions, alors je continuai :

— Comment est morte ta première femme, Xavran ? S'il te plaît, dis-moi la vérité.

Il posa ses poings sur ses genoux.

— Gelnall est morte dans un accident. L'avion dans lequel elle voyageait est tombé dans le lac, juste derrière ma maison.

— Les gens disent que tu es en quelque sorte responsable, dis-je doucement.

Il se pencha en avant, ses yeux sombres scintillant dans la nuit.

— C'est ce que tu crois ?

— Non. Je ne serais pas ici si c'était le cas.

Plus je le connaissais, moins les rumeurs avaient de sens. Xavran ne blesserait personne délibérément. Il ne mettrait jamais sa famille en danger. Je l'avais vu combattre le ver monstrueux, prêt à mourir pour ses enfants.

— Je veux juste comprendre ce qui s'est passé, ajoutai-je.

— J'ai été le premier à arriver sur les lieux de l'accident, donc cette partie est vraie, raconta-t-il. Je pêchais sur le lac Diria. J'ai vu l'avion arriver. J'ai été témoin du crash. J'ai plongé pour les récupérer et j'ai réussi à les hisser tous les deux dans mon bateau.

— Tous les deux ? Qui était avec elle ?

Il fronça les sourcils, regardant droit devant lui. On aurait dit que mes questions avaient ouvert une plaie, et je me tus, de peur de trop la creuser.

Une fois rouverte, cependant, elle avait fait naître le besoin de tout laisser sortir et il poursuivit :

— J'aurais pu le tuer sur-le-champ, confessa-t-il avec une voix creuse en se frottant le front. Mais elle était blessée. Et je devais la sauver. C'était la priorité, pas ma colère.

Il inspira longuement et relâcha son souffle, un tremblement parcourant tout son corps.

— Il était trop tard, reprit-il. Seuls quatre enfants ont survécu. Elle et les autres étaient morts.

Je pris sa main entre les miennes.

— Je suis vraiment désolée, Xavran.

Je m'attendais à voir des larmes dans ses yeux, mais lorsqu'il se tourna vers moi, il n'y avait que de la colère qui y brillait dangereusement.

— Je lui avais demandé d'attendre la naissance des bébés. Je l'avais suppliée. Mais elle n'a pas pu s'en empêcher, soupira-t-il. Peut-être que je ne devrais pas la blâmer autant que je le fais. J'ai lu récemment qu'il pouvait s'agir d'une maladie. Quelque chose en rapport avec le fonctionnement de son cerveau. Une sorte d'addiction.

— Quelle sorte d'addiction ?

— Gelnall avait un secret qu'elle cachait à tout le monde, même à ses parents. Le connard qui a fait s'écraser l'avion n'était pas le seul. Elle avait beaucoup d'hommes. Un grand nombre.

— Et tu étais au courant ?

— Pas au début. Lorsque nous nous sommes rencontrés pour la première fois, elle m'a dit qu'elle ne voyait personne d'autre, et c'était peut-être le cas, même si j'en ai douté depuis. J'ai appris qu'elle fréquentait un homme à Arqa peu après que nous avons su qu'elle était enceinte, un mois ou deux après notre mariage, m'expliqua-t-il en passant une main sur sa corne gauche. La grossesse est une chose rare chez les Aldraiens. J'étais ravi que ça arrive si rapidement pour nous. Je croyais que Gelnall était heureuse, elle aussi, mais la vie de famille n'était pas faite pour elle. Elle s'est vite ennuyée. Pendant un temps, je me suis reproché de ne pas avoir réussi à rendre ma femme heureuse. Aujourd'hui, je crois qu'elle n'aurait pas été heureuse avec un seul homme. Elle avait soif d'excitation, et elle l'a trouvée en ayant des aventures.

— Pourtant, vous êtes restés ensemble. Pourquoi ?

Il s'étira le cou, puis se frotta la nuque.

— J'étais furieux quand j'ai découvert qu'elle m'avait menti au sujet de ses voyages à Arqa. J'ai demandé le divorce, mais elle n'a pas voulu me l'accorder.

— Pourquoi ? Tu as dit qu'elle s'ennuyait. Elle n'aimait pas être une épouse.

— Ça m'a également surpris au début, déclara-t-il. Mais c'était la nature de la dépendance de Gelnall. Elle ne voulait pas être libre. Elle avait besoin du frisson que lui procurait l'adultère, elle aimait inventer des mensonges et risquer de se faire prendre. Tout ça l'excitait, la faisait se sentir vivante.

— Espérais-tu qu'elle changerait ?

Il secoua la tête.

— Peut-être un temps, mais cet espoir s'est rapidement éteint. Gelnall ne pensait pas qu'elle devait changer. S'il existait des traitements, elle refusait même d'en parler. Une fois le choc et la douleur passés, j'ai décidé de rester avec elle.

— Pourquoi ?

— Elle était enceinte.

— C'est vrai.

— J'ai promis de rester avec elle jusqu'à la naissance des enfants, poursuivit-il. En échange, je lui ai demandé de m'aider à prendre soin d'elle, d'être prudente. Malgré tous les progrès de la médecine, le dernier mois de grossesse n'est jamais facile. Elle portait douze fœtus. Les médecins lui ont dit de se détendre, de se reposer beaucoup et d'éviter toute activité intense. Au lieu de ça, elle a fait un voyage avec l'un de ses amants.

— C'est de là qu'ils revenaient *ce jour-là* ?

Je retins mon souffle, attendant sa réponse.

Il acquiesça de nouveau.

— Ils rentraient lorsqu'elle a commencé à avoir des contractions, dans l'avion. L'homme avec qui elle était, a prétendu qu'il avait éteint le système de pilotage automatique par erreur. Peut-être que c'est vrai. Peut-être qu'il pilotait manuellement depuis le début. Quoi qu'il en soit, il a paniqué et commis une erreur. Ils se sont écrasés.

Il se tut. Je ne pouvais qu'imaginer ce qui lui passait par la tête en se souvenant de ce jour.

— Tu n'as jamais dit à personne qu'elle n'était pas seule.

— Les autorités sont au courant. Son amant a eu de la chance. Il n'avait que quelques bleus quand je l'ai sorti de l'eau. J'aurais dû le laisser se noyer, cracha-t-il entre ses dents. Mais il a fait sa déposition aux enquêteurs, ce qui m'a blanchi de tout soupçon.

— Mais ils n'ont jamais rendu ces déclarations publiques.

— Je leur ai demandé de ne pas le faire, avoua-t-il.

— Pourquoi ?

Il se frotta la poitrine.

— Quand j'ai découvert les choix de vie de Gelnall, elle m'a supplié de n'en parler à personne. J'ai fini par mentir pour elle, par couvrir ses absences, parce qu'elle était terrifiée à l'idée de ce que les gens penseraient s'ils connaissaient la vérité, surtout ses parents. Ils pensaient qu'elle était parfaite à tous points de vue. Ils le pensent toujours.

— Tu as laissé ses parents penser que tu étais son meurtrier ? Te rends-tu compte que tu as protégé sa réputation au détriment de la tienne ?

Il secoua la tête, ses cornes raclant les plaques dures du *pheiza*.

— Les autorités m'ont innocenté. La plupart des gens à Diria n'osent pas m'accuser en face, et je me fiche de ce qu'ils disent dans mon dos.

— Pendant ce temps, tout le monde croit que Gelnall était une sainte.

— Susanna, dit-il en prenant mes mains dans les siennes et en me regardant attentivement. J'aimerais que ça reste ainsi. Tout ce que je t'ai dit doit rester sous le sceau du secret.

— Tu n'as pas à t'inquiéter, lui assurai-je. Mais as-tu envisagé de dire un jour la vérité ? Peut-être aux parents de Gelnall, au moins ?

Il ricana.

— Ses parents ne me croiraient jamais. Ils m'accuseraient de mentir, ce qui ne ferait qu'alimenter les rumeurs. Je ne veux pas que mes enfants entendent les choses désagréables qui pourraient être dites sur leur mère.

Je ne pouvais pas contester. Après tout, il connaissait ces personnes bien mieux que moi. Les choses pourraient changer avec le temps, et il pourrait reconsidérer sa décision.

— Il faut que je te prévienne. J'aurai du mal à ne pas répondre à ton ex-belle-mère si elle me dit que je suis tombée amoureuse d'un homme dangereux.

— Alors, tu es tombée amoureuse de moi ?

Je secouai la tête en souriant.

— C'est tout ce que tu retiens de ce que je viens de dire ?

Il se rapprocha.

— Non, mais cette partie m'a semblé la plus excitante, répondit-il en me prenant dans ses bras et en m'attirant sur ses genoux. Tu es mon cœur, Susanna.

Je pris son visage dans mes mains et appuyai mon front contre le sien.

— Je tiens vraiment, vraiment à toi, Xavran.

Il fit promener ses mains le long de mon dos.

— Tu as complètement envahi mes pensées. La nuit, je rêve de toi. Le jour, je pense constamment à toi. Je n'ai jamais ressenti un désir aussi féroce pour quelqu'un auparavant. Mais c'est bien plus que ça. Je me sens en paix, sachant que tu es chez moi avec mes enfants. J'ai confiance en toi. Dans ma tête, je te parle de tout ce qui m'est arrivé dans la journée. Tu es présente dans tous les aspects de ma vie, même quand tu n'es pas là physiquement.

Je déposai un baiser sur le coin de sa bouche.

— Tu m'as donné plus que n'importe quel homme auparavant. Tu m'as donné un but.

C'était vrai. Chez lui, je me sentais utile. Il me faisait sentir que j'étais appréciée comme jamais je ne l'avais été dans ma vie entière.

Quant au désir...

— Je n'ai jamais autant désiré un homme de ma vie, lui murmurai-je à l'oreille.

Je voulais faire maintenant tout ce que nous avions fait auparavant à travers l'hologramme du dispositif de communication. Mais lorsque je me mis à bouger les hanches, le sable qui recouvrait son pantalon me râpa l'intérieur des cuisses.

— Il y a du sable partout, déclarai-je en me mordant la lèvre de frustration. Ça ne marchera pas.

Je pensai à ses bosses autolubrifiantes. Si du sable y adhérait, les rapports sexuels nous feraient vraiment mal, à lui et à moi.

Il se mit à rire nerveusement, avant de dire :

— De toutes les choses qui peuvent t'éloigner de moi, je n'ai jamais pensé au sable.

Il embrassa mon cou en me pétrissant les fesses.

— Nous devons garder nos vêtements, alors, ajouta-t-il.

Je ne pouvais pas détacher mes mains de lui. Je caressais sa nuque tandis qu'il embrassait le côté de la mienne.

— Il vaut mieux ne pas se toucher non plus.

Il glissa ses mains le long de mes flancs jusqu'à mes seins.

— Qui a dit qu'il ne fallait pas se toucher ? grogna-t-il. J'ai rêvé de caresser, d'effleurer et de toucher chaque partie de ton corps. Tout ce que tu m'as montré sur l'écran, j'ai envie de le toucher moi-même maintenant.

Trouvant mes tétons à travers mon soutien-gorge et ma robe, il les frotta et les pinça, et ils devinrent durs en un instant.

— Ils restent sensibles malgré toutes ces couches, murmura-t-il avec approbation.

Le désir s'empara de mon corps. La pression palpitait entre mes jambes. Enjambant ses cuisses, je pressai mon entrejambe contre son membre dur, que je sentais en dépit de son pantalon et de ma culotte.

Il gémit en bougeant les hanches.

— Non, grinça-t-il.

Il glissa sa main entre nous, et remplaça sa bite par sa main.

Quelque part dans mon esprit obscurci par le désir, je compris que si nous devions passer deux semaines dans le désert sans eau pour nous laver, il préférerait ne pas jouir dans son pantalon.

Puis, toutes ces pensées me quittèrent lorsqu'il frotta son doigt sur mon point le plus sensible à travers ma culotte.

— Oh, bon sang, oui...

Je saisis les cornes sur ses épaules, en me frottant sur sa main.

De son autre main, il massait mon sein, en pinçant la pointe entre son pouce et son index, comme je l'avais déjà fait devant la caméra. La sensation était encore plus intense maintenant que c'était sa grande main qui caressait mon corps au lieu de la mienne.

Tout s'évanouissait, même les hurlements de la tempête au-dessus de nous. L'apogée de mon plaisir approchait, porté par ses doigts qui me faisaient vibrer.

Je cambrai le dos, pressai ma poitrine contre lui et frottai mon entrejambe contre sa main, de plus en plus fort et de plus en plus vite.

— Oh, mon Dieu, oui... Xavran, je...

Mon orgasme atteignit son paroxysme, m'aveuglant de plaisir. Saisissant les cornes de son épaule, j'appuyai mon front sur le côté de son cou, surfant sur les vagues de la jouissance. Il me caressa doucement, envoyant des ondes de choc dans tout mon corps, puis me serra dans ses bras.

— Tu es encore mieux en personne qu'à l'écran, réussis-je finalement à dire en reprenant mon souffle.

Il se mit à rire.

— Attends que j'aie enfin l'occasion de te débarrasser de ces vêtements.

Chapitre 23

Susanna

Je m'étais blottie contre le torse de Xavran en écoutant la tempête qui faisait rage au-dessus de nous, et j'avais dû m'assoupir.

Le silence me réveilla. Et la chaleur. Ma robe était trempée de sueur à l'endroit où mon corps était pressé contre celui de Xavran. Il semblait dormir. Doucement, en essayant de ne pas le déranger, je rampai plus loin.

Il faisait encore nuit, mais la tempête s'était enfin calmée. Un côté de notre abri s'était effondré, déchirant mon châle. Le sable s'entassait contre le *pheiza* mort et se répandait à l'intérieur. Ma bouche était si sèche que boire le sang de l'insecte ne me semblait plus impossible.

J'escaladai le tas de sable et sortis de l'abri. Il n'y avait aucune trace du *crozan*. Il avait avancé et était hors de vue.

Aldrai n'avait pas de lunes. Il faisait nuit noire. Seules les crêtes des dunes de sable brillaient faiblement. Certaines de ces lumières bougeaient, prouvant qu'elles appartenaient aux créatures du désert qui rôdaient autour.

Sans la lumière de la lune, de nombreuses espèces sur cette planète avaient développé la capacité de s'éclairer la nuit en émettant une lueur semblable à celle des poissons des eaux profondes sur Terre.

Si je me souvenais bien, la nuit était aussi le moment le plus actif dans le désert – le moment de la chasse. L'idée de rencontrer à nouveau les prédateurs locaux n'était pas réjouissante. Les souvenirs des deux derniers me faisaient encore frémir.

— Susanna, m'appela doucement Xavran en grimpant sur le tas de sable à côté de moi. Fais attention, mon cœur.

— As-tu déjà été seul dans le désert la nuit ?

Il hocha la tête.

— Quelques fois.

— Pourquoi ?

— Certaines de ces expéditions nocturnes faisaient partie de mon entraînement à la survie avant même que je ne prenne ce travail. Et puis il y a eu d'autres fois, pour d'autres raisons. La dernière fois que je me suis retrouvé bloqué pendant la nuit, c'est parce que j'avais dû suivre l'un des membres de mon équipe. Il était tombé dans un conduit de distribution et s'était blessé. J'avais dû sauter du *crozan* et rester avec lui jusqu'à l'arrivée des secours.

— Est-ce que quelque chose t'a déjà attaqué pendant que tu attendais les secours ?

— Une fois.

Il ne s'étendit pas, et je décidai de ne pas demander de détails. C'était déjà assez flippant ici sans histoires effrayantes.

Une lumière se détacha de la lueur au loin, se dirigeant vers nous.

— Qu'est-ce que c'est ? demandai-je en attrapant le bras de Xavran. Une araignée géante ? Un ver luisant tueur ? Qu'est-ce qui brille comme ça et peut nous tuer ?

— Beaucoup de choses.

Il leva son autre bras, s'apprêtant à frapper la menace qui s'approchait.

Jamais auparavant je n'avais autant souhaité que quelque chose de dur et de pointu pousse sur mon corps, que j'aie une arme intégrée pour me protéger. Franchement, pourquoi le corps humain était-il si fragile ? Nous n'avions pas de crocs acérés, pas de longues griffes, pas même une belle coquille dure pour nous cacher.

J'aurais vraiment besoin d'une carapace pour me cacher en ce moment.

La lumière se rapprochait doucement. Ce n'était pas une simple lueur, mais un rayon, dirigé vers le sol. Il se déplaçait en zigzag, d'un côté à l'autre.

— *Capitaine Xavran Rax. Madame Susanna Riley,* dit une voix robotique, répétant nos noms encore et encore.

— C'est un drone de recherche et de sauvetage, m'informa Xavran en expirant de soulagement. Ici !

Il se redressa et agita les deux bras en l'air.

Le rayon se dirigea vers nous, nous éblouissant. Momentanément aveuglée, je protégeai mes yeux avec mon bras.

— C'est nous ! s'exclama-t-il.

Fermant les yeux à cause de la lumière, Xavran leva son visage dans le rayon pour être identifié.

— Envoie le signal, dit-il. Nous avons été trouvés.

— *Signal envoyé. Il faudra environ vingt-deux minutes pour que l'avion de sauvetage arrive. Êtes-vous blessés ? Avez-vous besoin de produits de premiers soins ou de médicaments ? Avez-vous besoin de nourriture ?*

Xavran me jeta un coup d'œil. Je secouai la tête, demandant seulement :

— De l'eau ?

Un compartiment s'ouvrit sur le côté du drone en forme de disque.

— *Deux bouteilles d'eau.*

J'en saisis une, la vidant presque entièrement en quelques gorgées rapides. L'eau fraîche qui glissait dans ma gorge était la meilleure chose que j'aie jamais goûtée de toute ma vie.

— Tu te sens mieux ? s'enquit Xavran en me regardant avec un sourire.

Je gémis, en écartant finalement la bouteille de ma bouche.

— Tu n'imagines pas à quel point je suis heureuse de ne pas avoir eu à boire le sang de l'insecte mort.

— JE VEUX VOIR LES ENFANTS, exigea Xavran dès que nous revînmes sur le *crozan*.

Nous avions été examinés par un médecin à bord de l'avion de sauvetage. Nous avions également eu l'occasion de nous nettoyer un peu pour retirer le sable de nos mains et de nos visages et le sang de l'insecte sur les cornes de l'avant-bras de Xavran. Mais nous portions toujours les mêmes vêtements poussiéreux.

À chacun de mes pas, du sable tombait de mes cheveux sur mes épaules. J'avais vraiment besoin de prendre un bain. Mais je voulais aussi m'assurer que les enfants allaient bien.

Un membre de l'équipage fit un geste vers le couloir.

— Les enfants sont dans leur suite. Ils dorment maintenant, mais un drone les surveille.

Xavran partit en direction de la suite des enfants. Je le suivis à pas rapides.

La suite n'était pas entièrement sombre. De douces lumières vacillantes sous le plafond imitaient la lueur des insectes volants du jardin de Xavran. Les chambres des enfants se trouvaient de part et d'autre de la pièce commune. Les portes des deux chambres étaient ouvertes. Un drone rouge et brillant planait sans bruit entre les portes.

Xavran se dirigea sur la pointe des pieds vers la pièce de droite.

— Papa ? appela une voix endormie. Tu es de retour ! s'écria Ene en s'asseyant dans son lit et en se frottant les yeux.

— Chut, fit Xavran en se précipitant vers elle. Tu vas réveiller ta sœur.

Ene le prit par le cou.

— Je ne dors pas, dit la petite voix d'Illal depuis son lit tout proche.

Elle fit un geste pour sortir du lit, mais Xavran s'approcha d'elle et la serra dans ses bras.

— Je savais que tu t'en sortirais, Papa, déclara Illal. J'ai dit à tout le monde que tu t'en sortirais.

— Non, tu pleurais, la corrigea sa sœur. C'est Xilvo qui a dit que Papa savait se débrouiller dans le désert, qu'il s'en sortirait et qu'il s'occuperait de Susanna.

Illal se contenta de sourire.

— Peu importe, répondit-elle en tendant ensuite les bras vers moi pour m'étreindre. Xilvo l'a dit, mais je le savais aussi. Je savais que tu t'en sortirais, Susanna, affirma-t-elle en me serrant plus fort. Parce que Papa prendrait soin de toi. Il est très fort pour ça.

— C'est certain, répondis-je en souriant. Il m'a sauvé d'un insecte géant.

— Un insecte géant ? demanda Xilvo en sortant en courant de la chambre des garçons et en traversant le salon. Lequel était-ce ? Tu l'as tué, Papa ?

— Tu es réveillé, toi aussi ?

Xavran fronça les sourcils mais attrapa le garçon dans ses bras pour l'étreindre lorsqu'il accourut vers lui.

— Ivex ne dort pas non plus, rapporta Xilvo en gloussant. Il met juste du temps à sortir du lit.

Le deuxième garçon courait déjà dans notre direction. Il s'écrasa sur mon côté à toute vitesse, enroulant ses bras autour de ma taille.

— Vous êtes de retour !

Xavran rit.

— Si vous êtes tous d'accord, que diriez-vous d'un câlin familial ?

Il nous entoura de ses bras, Ivex et moi. Les trois autres enfants nous rejoignirent, se collant à nous de tous les côtés.

Je souris, me sentant fondre de l'intérieur.

— C'est si bon d'être de retour, les enfants, déclarai-je.

— Nous devons faire une fête, déclara Illal.

Xavran haussa une arcade sourcilière.

— Une fête ?

— Ooh, oui ! Une fête !

Les garçons se mirent à sauter autour de nous.

— Pourquoi ? demanda Xavran en secouant la tête.

— Eh bien, il y plusieurs raisons. La première est que nous sommes revenus du désert en un seul morceau, dis-je en comptant sur mes doigts. La deuxième : tu rentres la semaine prochaine...

— Mara est partie, ajouta Ene en adoptant le même ton que moi et en tendant un doigt.

— Euh... fis-je en lui jetant un coup d'œil. Est-ce vraiment une raison de se réjouir ?

Ene blêmit, mais Illal acquiesça.

— Oui, je ne supportais pas qu'elle se plaigne de Diria en disant que c'était horrible.

— Diria est chouette, affirma Ivex avant de hausser les épaules. Mara n'aime pas les mêmes choses que nous.

Les enfants avaient été attentifs depuis le début, semblait-il.

— Nous organiserons une fête, alors, concéda Xavran.

Ene fronça le front et pinça les lèvres.

— Sauf que personne ne viendra.

— Oh, c'est vrai, acquiesça Illal. Kessra organise aussi une fête la semaine prochaine.

— Nous pourrons avoir le nôtre la semaine suivante, suggérai-je. Peut-être le week-end avant que votre père ne reprenne le travail ?

Je jetai un coup d'œil à Xavran.

— J'ai l'intention de modifier quelque peu mon emploi du temps, annonça-t-il. J'ai décidé de partager le poste avec un autre capitaine.

— Qu'est-ce que ça signifie ? demandai-je.

Il me sourit.

— Ça signifie que je ne travaillerai qu'une moitié du mois et que je serai là l'autre moitié. J'aurai ainsi plus de temps à consacrer aux enfants, déclara-t-il avant de se pencher vers moi. Et à *toi*, murmura-t-il.

Son visage était si proche du mien que j'eus envie de lui voler un baiser. Je m'en abstins uniquement pour le bien des enfants.

— C'est merveilleux ! m'exclamai-je en lui souriant. Vous voyez, les enfants, on peut organiser la fête la semaine après celle de Kessra. Votre père sera encore à la maison.

L'excitation semblait cependant s'être évaporée du côté des filles.

— Qu'est-ce qu'il y a ? m'enquis-je.

Illal fit une longue grimace.

— Les fêtes de Kessra sont les meilleures. Personne ne voudra venir à la nôtre après la sienne.

— C'est absurde ! Il n'y a jamais trop de fêtes, rétorquai-je en posant les mains sur mes hanches. D'ailleurs, qui a dit que les siennes étaient les meilleures ?

— Tout le monde, répondirent les garçons à l'unisson.

Je m'assis sur le lit, me mettant à la hauteur de leurs yeux.

— Écoutez. Je vous promets que nous allons faire une fête comme personne n'en a jamais vue à Diria. Tout le monde viendra parce que personne ne voudra la manquer.

— Vraiment ?

Je souris avec confiance.

— Je n'ai peut-être pas beaucoup de talents. Je ne peux pas assembler une tenue avec autant de brio que Mara ni préparer un dîner au chaudron aussi délicieux que ceux de votre père, mais il y a une chose pour laquelle je suis vraiment, vraiment douée. Je peux organiser des fêtes fantastiques. Vous verrez. Ce sera vraiment sensationnel.

Chapitre 24

Susanna

Fatiguée ? me demanda Xavran lorsque nous eûmes suffisamment calmé les enfants pour les remettre dans leur lit.

— Un peu, répondis-je en étouffant un bâillement.

J'étais épuisée, mais pas assez pour m'endormir tout de suite. Une
partie de moi – la partie très excitée – souhaitait vraiment donner à
Xavran l'occasion de me déshabiller comme il l'avait souhaité dans le
désert.

— Allons te mettre au lit, alors.

Il passa un bras autour de mes épaules et tourna à gauche.

— Ma chambre est par là, répliquai-je en indiquant le couloir de
droite.

— Mais ton lit est par là, déclara-t-il en faisant un geste vers la
gauche, en direction de la suite du capitaine. Je ne te quitterai plus
des yeux.

— Tu as plus d'un lit dans ta chambre ? le taquinai-je en le laissant me guider vers sa suite.

— Non. Mais celui que j'ai est assez grand pour deux.

— Je suis trop sale pour me mettre au lit, on dirait une cochonne.

Je secouai ma jupe, envoyant une pluie de sable sur le sol.

— Alors je vais te donner un bain. J'espère que ça ne te rendra
pas moins *cochonne* dans tous les domaines qui comptent.

Je ne pus retenir mon rire lorsque nous entrâmes dans sa suite.

— Tu es déterminé à me faire enlever ces vêtements à ce que je
vois.

— Je n'en ai jamais fait un secret. J'ai aimé te voir nue dès la première fois que je t'ai contemplée sans tes vêtements. Tu étais magnifique, nue et trempée. Depuis, j'en rêve.

Je gloussai de nouveau, me rappelant le moment où j'avais fui les poissons qui nageaient dans la baignoire la toute première nuit où j'étais arrivée sur Aldrai.

Dans la salle de bain, il déboutonna ma robe d'été, puis fit glisser les bretelles de mes épaules, emportant celles de mon soutien-gorge avec elles. Lentement, comme s'il savourait le moment, il libéra mes seins des bonnets de mon sous-vêtement.

Il s'assit sur le bord de la baignoire, puis me rapprocha pour me placer entre ses jambes.

— C'est une chose que je mourais d'envie de faire.

Il passa sa langue sur mon téton, puis l'aspira dans sa bouche. Un grondement résonna dans sa poitrine lorsqu'il fit rouler la pointe dure entre ses dents.

— Ohh... soupirai-je en pressant mon sein contre sa bouche.

Mon désir vacillait et brûlait, chassant complètement ma fatigue. Mon envie de lui m'envahit de nouveau. Je glissai ma main entre nous, trouvant son membre à travers ses vêtements.

— J'ai envie de toi, Xavran, déclarai-je en le caressant.

Avec un faible gémissement, il fit descendre mon soutien-gorge et ma robe jusqu'à ma taille. Une pluie de sable se répandit sur le sol.

— Oh non !

Je plaquai une main sur ma bouche, ne sachant pas si je devais rire ou me sentir mortifiée.

— Dans la baignoire, grogna-t-il en faisant glisser tous mes vêtements le long de mes jambes, y compris ma culotte.

Il me souleva et me posa dans la baignoire. L'intérieur était recouvert de carreaux de pierre, ce qui lui donnait l'aspect et la sensation des bassins en pierre sculptée que nous avions chez Xavran.

Je m'allongeai et m'étirai dans l'eau chaude.

Sans me quitter des yeux, Xavran ouvrit les fermetures de ses épaules, puis fit descendre sa combinaison le long de son corps et enleva ses bottes.

Le tas de sable provenant de nos vêtements s'agrandit.

— On dirait qu'on a ramené la moitié du désert avec nous, commentai-je en riant.

Il ne sourit pas et jeta ses vêtements sur le côté.

Je réussis à avoir un petit aperçu de ses cuisses fortes et musclées, avec son pénis large et long en érection se balançant devant lui, avant qu'il ne lève la jambe et n'entre dans la baignoire avec moi. Je me redressai et il se mit à genoux, à cheval sur mes jambes.

Il prit un bocal sur le support qui se trouvai à proximité.

— Je n'ai pas le même savon que les femmes utilisent pour se laver les cheveux, mais ceci devrait faire l'affaire.

Il préleva un peu de pâte blanche et nacrée dans le récipient, la fit mousser entre ses paumes, puis massa délicatement mes cheveux avec.

— Rinçons, maintenant.

En me tenant la tête, il me fit reculer dans l'eau pour retirer la mousse de mes cheveux.

Seul mon visage était resté hors de l'eau, ma tête étant immergée jusqu'aux oreilles. Il baissa la tête pour m'embrasser. Je sursautai, craignant de me retrouver sous l'eau, et passai mes bras autour de son cou.

Il ricana contre mes lèvres.

— Je ne te laisserai pas tomber.

— Promis ?

— Promis.

Il m'embrassa.

Je fis courir mes mains le long de son torse, sentant chaque arête dure et chaque relief de son corps fort.

Nos peaux étaient encore couvertes de sable, qui avait collé.

— Laisse-moi...

Je pris un peu de pâte dans le pot, puis je l'en enduisis, de la pointe de ses cornes jusqu'à sa taille, tandis que le reste de son corps restait sous l'eau.

J'essayai de le rincer en aspergeant sa poitrine d'eau, mais il se contenta de rire.

— Ce sera plus facile comme ça.

M'attrapant par la taille, il nous fit basculer, et il se retrouva complètement immergé, y compris son visage.

Je m'allongeai sur sa poitrine. Son érection se pressait contre mon ventre.

Je saisis les cornes sur le côté de sa tête, et sortis son visage de l'eau. Il ouvrit ses yeux, sombres comme la nuit aldraienne dans le désert. Ils étaient profonds, encore un peu mystérieux, mais leur regard n'était pas intimidant, pas du tout. Chaleureux et séduisant, il m'attirait.

— À mon tour, murmurai-je en approchant ma bouche de la sienne.

Le parfum du savon s'élevait de la baignoire. Ma fatigue s'envolait au fur et à mesure que me muscles se détendaient. Mon excitation se répandait dans toutes les cellules de mon corps.

Sans rompre notre baiser, Xavran s'adossa au bord de la baignoire. Ses mains descendirent le long de mon dos, un doigt se glissant entre mes jambes. Lorsqu'il fit remonter ses mains sur mes flancs, je réalisai que ce n'était pas un doigt qui me caressait, mais sa queue. Le bout de celle-ci tournoyait autour de ma chair humide, faisant de petit mouvement de va-et-vient.

Avec un léger halètement, je m'assis en arrière.

Xavran me lança un sourire malicieux.

— Dois-je l'enlever ?

Je bougeai mes hanches pour me frotter contre sa queue. Elle faisait vibrer le nœud palpitant au-dessus de mes plis en m'excitant davantage.

— Non... gémis-je. Laisse-la où elle est... S'il te plaît.

La queue se remit à bouger. Ayant besoin de plus de contact, je pressai montre entrejambe contre son érection.

— Susanna... susurra-il en se cambrant pour se frotter contre moi.

Je bougeai sur mes genoux pliés, l'eau éclaboussant tout autour de nous et débordant de la baignoire. Il se redressa, le gland de son pénis dur se pressant contre moi.

— J'ai envie de toi, déclara-t-il d'une voix rauque.

Je bougeai les hanches, faisant pénétrer doucement sa large circonférence en moi. Les bosses spongieuses de son sexe étiraient mes parois et une délicieuse sensation se répandait en moi.

— C'est si bon, gémis-je en saisissant les cornes sur ses épaules.

En rejetant la tête en arrière, il grogna et s'enfonça plus profondément en moi. Son entrée facilitée par le liquide luisant produit par les bosses, sa verge épaisse me remplissait de la façon la plus délicieuse qui soit. Je me relevai, puis retombai sur lui, appréciant sentir le glissement de son pénis en moi.

Sa queue, quant à elle, s'enhardissait, me caressant de haut en bas entre mes fesses.

— Plus ? demanda-t-il, avec son demi-sourire de travers.

— Qu'est-ce que tu veux dire par « plus » ?

Je soupirai, attendant encore que mon corps s'adapte à l'énorme bite enfouie en moi. Je ne pouvais pas supporter quelque chose de plus gros que ça.

Il fit tourner le bout de sa queue autour de mon orifice plissé.

— Ooh, murmurai-je en comprenant.

Les images de la vidéo porno que j'avais regardée me revinrent à l'esprit. Les queues aldraiennes permettaient la double pénétration avec un seul partenaire.

Je bougeai mes hanches d'un côté à l'autre, me décalant un peu vers l'arrière pour rencontrer sa queue.

— Eh bien, vas-y.

Je me mordis la lèvre, essayant de ne pas trop me tortiller pendant que la pointe pénétrait en moi par l'orifice que je n'avais utilisé qu'une ou deux fois pendant un rapport sexuel auparavant.

— Est-ce que ça te plaît ? s'enquit Xavran en interrompant la progression de sa queue.

Il semblait retenir son souffle.

— À quel point les queues aldraiennes sont-elles sensibles ? demandai-je à mon tour.

Il expira, puis sa respiration se bloqua de nouveau.

— Très... Très sensible.

— Bien.

Je souris et recommençai à me déhancher sur lui pour augmenter les sensations alors que ses deux appendices étaient profondément en moi.

Je me sentais si incroyablement pleine. L'excitation me parcourait, réchauffant mon sang de désir. C'était comme réaliser un fantasme dont je n'avais jamais soupçonné l'existence.

— Susanna, rugit-il en m'agrippant les flancs. Je...

Je ne pouvais pas répondre. Le plaisir se répandit en moi, chaud et consistant, me privant de mots et de pensées tandis qu'il me pénétrait des deux côtés. Je cambrai le dos, faisant en sorte que nos corps se connectent avec l'angle qui me convenait le mieux.

La pression s'accumulait entre mes jambes jusqu'à ce qu'elle explose dans le feu d'artifice aveuglant de mon orgasme. Il me traversa avec une intensité que je n'avais jamais connue auparavant.

J'appuyai mon front contre le sien, surfant sur les vagues de plaisir. Après un dernier coup de reins, il jouit à son tour, éjaculant en moi.

Enroulée sur lui, j'étais en train de reprendre mon souffle lorsqu'il s'allongea de nouveau dans l'eau. Un large sourire satisfait s'étendait sur son visage – une expression de bonheur total.

— Est-ce que c'est la meilleure fois que tu aies eu au cours des dix dernières années ? le taquinai-je.

— C'était la meilleure de ma vie, mon cœur, répondit-il. La meilleure de toute ma vie.

Chapitre 25

Susanna

Deux semaines plus tard.

Prête ? m'interrogea Xavran en passant la tête dans notre chambre, chez nous, à Diria.

— Oui.

Je lissai ma robe longue à imprimé cachemire.

Non seulement sa coupe ample me permettait de rester au frais par temps chaud sur Aldrai, mais elle n'avait pas non plus nécessité de retouches lorsque je l'avais achetée. Sur Aldrai, tous les vêtements moulants pour femmes sont dotés de trois paires de pinces, adaptées à six paires de seins, ce qui me laissait quatre bosses inutiles sur le devant. Lorsque j'achetais du prêt-à-porter, je cherchais toujours quelque chose d'ample et de fluide pour cette raison.

— Viens, m'encouragea Xavran en me prenant la main. Arkrel et Yurie sont déjà là avec leurs enfants.

Arkrel et Yurie étaient les mères de certains des amis d'école des enfants. Je m'entendais très bien avec les deux femmes. Nous étions récemment allées toutes les trois faire du shopping à Arqa, et j'étais allée chez Arkrel pour une « soirée entre filles » lorsque leurs maris et Xavran avaient emmené tous nos enfants à la pêche un après-midi.

— D'accord, allons-y.

Je souris et le laissai m'entraîner dans l'allée qui menait de notre chambre à l'espace commun de notre maison-jardin.

Xavran avait agrandi cet espace en le fusionnant avec l'ancienne chambre de Gelnall. Les enfants et moi l'avions aidé à déplacer les haies, à réorganiser les chemins et à semer le gazon. L'endroit paraissait désormais vaste et aéré, même s'il manquait encore un peu de fleurs.

Des guirlandes de fleurs en papier peintes à la main décoraient les haies. Les enfants y travaillaient depuis des jours. Leurs camarades de classe les avaient également aidés.

L'espace supplémentaire nous avait permis d'installer presque tous les jeux de jardin possibles dont je me souvenais de la Terre. Qu'il s'agisse du lancer du fer à cheval ou du lancer d'échelle en passant par les sacs de haricots, ils étaient tous là, mélangés aux jeux aldraiens pour les enfants.

Xilvo et Ivex couraient dans tous les sens, expliquant les règles du jeu à tous ceux qui voulaient bien les écouter.

Des poteaux décorés de fleurs soutenaient des ficelles ornées de dessins d'enfants. Presque tous les élèves de l'école avaient contribué à notre décoration grâce à leurs œuvres d'art.

Arkrel se dirigea vers Xavran et moi.

— Alors, qu'est-ce qu'on fête ?

Je haussai les épaules.

— Avons-nous besoin d'une raison ?

Yurie arriva, mâchant ma version de feuilletés à la saucisse que j'avais réussi à recréer avec des saucisses locales et quelques modifications de la pâte à pain de Xavran.

— C'est tellement bon ! Il faut que tu me donnes la recette.

— Bien sûr que nous avons besoin d'une raison pour la fête, insista Arkrel.

— Une fête de printemps ? suggérai-je, incertaine.

En l'absence de saisons clairement définies sur Aldrai, il était difficile de célébrer l'une d'entre elles.

— Quels sont les jours fériés sur Terre à cette époque de l'année ? demanda Xavran. Peut-être pourrions-nous célébrer l'un d'entre eux ?

— Bon, eh bien… il faut que je regarde. As-tu ton appareil de communication sur toi ?

Il sortit le petit disque de la poche de son pantalon et je regardai le calendrier de chez nous. Il n'était pas parfaitement aligné sur le calendrier aldraien, mais les deux étaient assez proches.

— Eh bien, la fête la plus proche est la fête des mères. Elle est célébrée cette semaine en Amérique du Nord, répondis-je.

Ene et Illal passaient en courant. Toutes deux s'arrêtèrent brusquement en entendant mes mots.

— La fête des mères ? répéta Ene en pencha la tête.

— Comment célébrez-vous ça ? me questionna Illal.

— Habituellement, nous nous réunissons autour d'un brunch ou d'un dîner. Mais une fête comme celle-ci serait tout à fait appropriée, leur assurai-je. Les enfants embrassent leurs mères et leur souhaitent une bonne fête des mères. Quand j'étais petite, je me souviens qu'une fois, j'ai aussi fait un collier avec des macaronis peints pour ma mère.

Ma nounou Marissa et moi avions passé une journée entière à peindre les macaronis secs, puis à attendre qu'ils sèchent. J'étais tellement impatiente de l'offrir à ma mère lors du brunch officiel de la fête des mères qu'elle avait organisé. Mais après le brunch, j'avais trouvé le collier dans la poubelle de la cuisine.

J'étais trop petite pour me rendre compte que les macaronis peints n'iraient pas avec les vêtements de marque et les bijoux de ma mère. J'avais pleuré ce jour-là et je ne lui avais plus jamais rien confectionné. Mais en grandissant, j'avais réalisé que le meilleur moment de cette journée avait été de peindre les macaronis avec Marissa, peu importait ce que ma mère avait fait du collier par la suite.

— Eh bien, c'est ce que nous célébrons, alors, répliqua Ene en haussant les épaules avant de me serrer dans ses bras de façon inattendue. Bonne fête des mères, Susanna !

— Bonne fête des mères ! la rejoignit Illal.

— Oh ! soufflai-je, momentanément à court de mots.

Xavran se pencha vers mon oreille.

— Ene m'a dit que tu lui avais expliqué qu'on pouvait choisir sa propre famille. J'imagine qu'ils ont fait leur choix.

— Hé ! cria Illal en courant vers un groupe d'enfants près de la table du goûter. C'est la fête des mères. Vous êtes censés serrer vos mères dans vos bras et leur souhaiter une bonne fête des mères !

Arkrel éclata de rire lorsque ses onze enfants se précipitèrent pour la serrer dans leurs bras.

— Eh bien... Si c'est ainsi que les traditions sont partagées entre les mondes, ça ne me dérange pas du tout.

Le doux ronronnement des moteurs des avions en phase d'atterrissage annonça l'arrivée de nouveaux invités. J'aperçus Inie, l'ex-belle-mère de Xavran. Xilvo se précipita vers moi pour me serrer dans ses bras, puis se retourna pour voir sa grand-mère entrer dans la pièce.

— Ene l'a invitée, expliqua-t-il. Nous avons décidé de lui donner une autre chance d'être notre grand-mère. Mais seulement si elle ne crie pas sur notre père.

— Hé, Susanna, Xavran ! cria Stefan en nous faisant signe depuis l'entrée.

Il se dirigea vers nous, tenant sa femme Esstal par le coude. Une poussette géante à deux niveaux se trouvait à côté d'eux.

— Merci de nous avoir invités, dit Esstal après les salutations.

Elle était vêtue d'une robe longue et ample qu'elle avait nouée avec des ceintures lumineuses autour de son torse à trois reprises, sous chaque paire de seins.

— Comment vont les bébés ? roucoulai-je, en me penchant sur la poussette où leurs bébés de deux semaines étaient allongés en deux rangées.

Un tube muni d'une tétine descendait d'un grand biberon placé au-dessus de la poussette, permettant à chaque bébé de se nourrir quand il le souhaitait.

— Ils sont si mignons, ajoutai-je.

— Ils vont bien. Calmes et heureux, répondit Esstal en se cambrant et en se frottant le flanc. Mais ils mangent tout le temps. Je suis soit en train d'allaiter, soit en train de tirer mon lait toute la journée, expliqua-t-elle en riant.

Une femme entra à ce moment-là, accompagnée d'au moins une douzaine de petits garçons et d'une fille qui tenait une feuille de papier carrée dans ses mains. Je reconnus Kessra et sa mère que j'avais vues lors de la réunion dans le bureau de la directrice.

— Kessra est ici, marmonna Illal dans sa barbe.

Ene redressa les épaules.

Je lui pris la main.

— C'est notre maison et notre fête, Ene, lui rappelai-je. Nous sommes gentils avec nos invités et nous attendons d'eux qu'ils nous traitent de la même façon. D'accord ?

Elle acquiesça.

— Mais s'ils ne se comportent pas bien, ils devront partir.

— Absolument. Mais pouvons-nous d'abord donner une chance à tout le monde ?

— D'accord, soupira Ene.

Elle lâcha ma main, puis suivit Illal pour saluer Kessra et ses frères.

— Tiens, dit Kessra en tendant le papier qu'elle tenait dans ses mains à Ene. J'ai peint ça pour vos décorations.

Elle montra d'un geste les guirlandes avec des images au-dessus de nos têtes.

— Merci, répondit Ene en prenant la feuille avant de la donner à Xavran. Tu peux l'accrocher, Papa ?

Illal prit la main de Kessra.

— Tu veux goûter du *punch aux fruits* ? C'est une boisson. C'est rose. C'est Susanna qui l'a faite. C'est assez sucré, mais si tu y ajoutes des glaçons, ce n'est pas si mal.

— Bien sûr.

Kessra acquiesça et ils se dirigèrent tous vers les tables de nourriture.

Arkrel et Yurie les suivirent, peut-être pour aller chercher d'autres feuilletés. Xilvo entraîna Stefan et Esstal à l'écart pour leur montrer les jeux.

Pendant un moment, Xavran et moi restâmes seuls.

— Les filles... commença Xavran avant de secouer la tête en regardant Ene servir un verre de punch aux fruits à Kessra. Je ne les comprendrai jamais. Un jour, elles se disputent, le lendemain, elles sont les meilleures amies du monde.

— Je crois que c'est valable pour tous les enfants. Je suis peut-être nouvelle dans ce métier, mais si j'ai appris une chose sur les enfants jusqu'à présent, c'est que chaque jour apporte son lot de nouveautés, parfois effrayantes, souvent imprévisibles, mais aussi excitantes.

L'appareil de communication de Xavran s'alluma dans ma main. Un message tournoyait en cercle sur l'écran rond.

— Tiens.

Je lui tendis. La langue écrite d'Aldrai restait un mystère complet pour moi.

Il fixa l'écran pendant une seconde ou deux.

— Ça vient du Comité de liaison.

— Que veulent-ils ?

— Mara a déposé la demande de dissolution de notre mariage.

Une pointe de regret me tirailla le cœur à l'évocation du nom de ma sœur. J'aurais aimé que les choses soient différentes entre nous.

— Ah bon ?

— Ils disent qu'elle veut retourner sur Terre. Tout ce dont elle a besoin, c'est de ma signature pour que ses papiers de voyage soient approuvés, expliqua-t-il avant de froncer les sourcils. Peut-elle rentrer en toute sécurité ?

Mara vivait dans un hôtel à Arqa depuis deux semaines. Xavran payait ses dépenses, mais nous n'avions pas eu de nouvelles d'elle. Je ne savais comment elle allait que par l'intermédiaire du Comité de liaison.

— Je suppose qu'ils ont finalement arrêté les sales types. Je lui enverrai un message pour m'en assurer.

Je doute que Mara réponde à mes messages, du moins jusqu'à ce qu'elle ait à nouveau besoin de moi. Jusqu'à présent, elle avait ignoré les deux messages que j'avais envoyés.

Xavran me jeta un coup d'œil.

— Tu n'as pas envie de retourner sur Terre, n'est-ce pas ?

Je souris, n'ayant aucune envie de jouer.

— Non, Xavran. Je suis très heureuse là où je suis. Ici.

Il passa son bras autour de mes épaules, m'attirant à ses côtés.

— Je suis heureux aussi que tu sois ici.

Je levai mon visage vers le sien et il déposa un baiser sur ma bouche souriante.

— Alors, tu vas être officiellement célibataire ?

— Dès que j'aurai répondu à ce message.

Il tapota l'écran de l'appareil, sélectionnant des caractères de sa langue pour envoyer sa réponse.

— Signé et envoyé. Je n'ai plus de femme, pas même sur le papier, annonça-t-il en remettant l'appareil dans sa poche avant de me tourner dans ses bras pour que je lui fasse face. Mais le poste n'est pas vraiment vacant. Il t'est réservé.

— Pour combien de temps ?

— Aussi longtemps que tu en auras besoin. Tu as promis d'y réfléchir, me rappela-t-il.

En fait, nous étions déjà un couple. Nous partagions un lieu de vie, un lit et toutes les responsabilités liées à l'éducation d'une famille. La seule raison pour laquelle nous devrions officialiser notre relation serait pour clarifier mon statut d'immigrée sur Aldrai.

— Eh bien, nous voulions y aller doucement.

Je souris.

Et il se mit à rire.

— Doucement ? Avec toi ? Pas question !

Il me prit dans ses bras, puis m'étreignis et m'embrassa si fort que j'en oubliai tout ce qui m'entourait pendant un moment.

— J'ai fait des erreurs, avoua-t-il en rompant notre baiser. Plus d'erreurs que je ne veux en compter. Mais je n'ai jamais été aussi sûr de quelque chose dans ma vie que nous. Je t'aime, mon cœur. Je t'attendrai pour toujours si tu le souhaites. Parce qu'il n'y aura jamais personne d'autre que toi pour moi.

Être avec Xavran me donnait l'impression d'être enfin arrivée à bon port après un long voyage mouvementé. Il était ma destination, le but de ma vie.

— Je t'aime, Xavran. Je t'épouserai sans hésiter. Rapide ou doucement, ça n'a plus d'importance, tant que je suis avec toi.

Épilogue

Xavran

Un an plus tard.

Qu'en penses-tu ? demanda-t-il en faisant un geste large du bras vers le champ de fleurs de *khulmis*.

Elles étaient en pleine floraison à cette époque de l'année.

Susanna et lui venaient de quitter le sentier forestier après s'être baignés dans une cascade toute proche. Ça faisait presque un an que Susanna était devenue sa femme et qu'il était l'homme le plus heureux de l'univers. Il avait planifié ce voyage depuis un certain temps déjà. Les enfants étaient en colonie de vacances avec leur classe cette semaine, et il avait eu l'occasion de passer du temps seul avec Susanna.

— Waouh ! s'exclama-t-elle, les yeux écarquillés d'émerveillement.

C'est exactement la réaction qu'il espérait.

— C'est encore plus impressionnant que sur les photos et les vidéos, Xavran, ajouta-t-elle.

Cet endroit était vraiment magique. Il avait hâte de passer la nuit ici avec elle.

— Cette fleur rose sur le côté du champ est à nous pour la nuit.

Il montra d'un geste la fleur ronde avec plusieurs couches de pétales, comme une jupe froufroutante. Elle était soutenue par une large tige surmontée d'une échelle.

— La rose ? Ma couleur préférée.

Susanna frappa dans ses mains avec excitation.

Ça lui faisait chaud au cœur de la voir heureuse. Bien sûr, il savait que sa couleur préférée était le rose. Bien entendu, il avait expressément demandé une fleur de cette couleur lors de la réservation de ce voyage. Il avait espéré que ça la rendrait heureuse. Mais il n'avait pas envisagé à quel point il serait ravi de la voir si enthousiaste.

Il lui serra les épaules, l'attirant à ses côtés tandis qu'ils marchaient vers la fleur à travers l'herbe douce qui recouvrait le sol.

— On dit que le parfum des fleurs de *khulmis* aide à trouver le meilleur sommeil qui soit, murmura-t-il en embrassant ses cheveux.

— Je ne pense pas que tu me laisseras beaucoup dormir, plaisanta-t-elle en le faisant rire.

Cela dit, c'était vrai qu'il avait l'intention de la garder éveillée pendant une bonne partie de la nuit.

En entrant dans le champ, des mouches arc-en-ciel s'élevèrent dans les airs. Leurs ailes multicolores étaient aussi grandes que les pétales des fleurs de *khulmis*. On aurait dit que certaines fleurs prenaient vie et flottaient dans le ciel.

— Oh, Xavran, regarde ! dit Susanna en tournoyant sur elle-même, s'imprégnant de la beauté du spectacle. C'est comme un conte de fées. Nous sommes entourés de fleurs, de tous les côtés !

L'air était chargé de senteurs florales. La vue était vraiment spectaculaire. Mais il n'arrivait pas à quitter sa femme des yeux.

Ses cheveux dorés, encore humides après leur baignade dans les cascades, tourbillonnaient autour de son visage, pris dans la brise provoquée par les ailes des mouches arc-en-ciel. Ses joues étaient teintées de rose après la randonnée, et ses yeux brillaient de bonheur. C'était la plus belle femme qu'il ait jamais vue. Et le plus beau, c'est qu'elle lui appartenait. *Sa* femme. Corps et âme.

Susanna n'était pas seulement sa femme. Elle était devenue sa meilleure amie, sa confidente, son amante et sa partenaire. La confiance entre eux était absolue et leur lien indéfectible.

Lorsqu'ils atteignirent la tige de la fleur, il enleva de son épaule le sac contenant les provisions.

— Tu as faim ?

Elle lui adressa un sourire amusé.

— Non. Pas de nourriture, en tout cas.

— Parfait.

Il sourit et accrocha le sac au crochet de l'échelle sous la fleur.

— Je veux voir à quoi ça ressemble à l'intérieur.

Elle commença à gravir l'échelle.

Ses hanches se balançaient tandis qu'elle montait le long des barreaux. Il la regardait fixement, hypnotisé.

— Tu viens ? lui parvint sa voix taquine.

Il cligna des yeux. Il pourrait vraiment *jouir* rien qu'en la regardant.

Elle atteignit le sommet et se glissa entre les pétales à l'intérieur de la fleur.

— Ooh, c'est si doux !

Il entendit son petit rire ravi.

Il escalada l'échelle en un clin d'œil et la rejoignit à l'intérieur. Le centre doux et arrondi de la fleur était recouvert d'un drap lisse et soyeux. Plusieurs oreillers et couvertures pliées étaient empilés sur un côté.

Le soleil descendait déjà sur l'horizon. La couche la plus profonde des pétales s'était suffisamment soulevée pour les soustraire à la vue des promeneurs, en admettant qu'il y en ait dans cet endroit isolé.

Ils enlevèrent leurs chaussures et les accrochèrent à la tige à l'extérieur.

— Il fait chaud. Et c'est confortable.

Susanna rebondit sur le milieu moelleux de la fleur, et son expression devint coquine.

— Trop chaud.

Elle leva les bras et retira son haut blanc à volants.

Il n'avait pas pris la peine de remettre sa chemise après la baignade. Maintenant, il souhaitait que son pantalon soit aussi enlevé. Il devenait inconfortablement serré, tandis que sa queue et sa bite s'agitaient à la vue de Susanna en train d'enlever le reste de ses vêtements.

Elle se mit à quatre pattes, puis rampa jusqu'à lui. Un grognement vibra dans sa poitrine alors qu'il la contemplait, ses seins se balançant sous elle, au rythme de sa démarche déhanchée.

— Arrête de grogner et viens me prendre, chéri, murmura-t-elle de manière aguicheuse.

Il la prit dans ses bras, puis la fit rouler sur le dos. Le sang affluait entre ses jambes. Le désir le consommait en faisant palpiter sa bite. Ses bosses suintaient sans même avoir été touchées.

Il lui écarta les jambes avec son genou.

— Oui... soupira-t-elle en se frottant contre sa cuisse.

Il se déplaça le long de son corps, plaçant sa tête entre ses jambes. Elle gémit lorsqu'il glissa sa langue entre ses plis, chauds et lisses, prêts à l'accueillir.

— Je veux te faire la même chose... déclara-t-elle en pivotant sous lui.

Il se mit à genoux pour qu'elle se glisse sous lui, sa tête sous son entrejambe.

— Retirons ça.

Elle défit son pantalon et le fit descendre le long de ses jambes, libérant ainsi sa bite dure.

Il inspira entre ses dents lorsqu'elle fit glisser sa langue rose et humide sur la pointe proéminente.

— Tu me tues, femme...

Il saisit ses cuisses, puis posa sa bouche sur elle.

— Te tuer ?

Elle fit glisser sa langue le long de son membre, faisant tressaillir ses hanches, une charge de plaisir se propageant dans tout son corps.

— *Cette* partie de toi semble bien vivante, poursuivit-elle.

Elle enroula ses lèvres autour de lui, aspirant son gland.

Il grogna contre sa chair lisse et tendre, la faisant haleter et gémir. Elle le prit plus profondément dans sa bouche, laissant ses dents effleurer les bosses spongieuses de sa verge. La pression lui fit sentir une vague de plaisir, qui jaillit de son ventre et se répandit jusqu'à l'intérieur de ses cuisses.

Il la léchait pendant qu'elle le suçait. Plus elle enroulait ses lèvres autour de lui et plus elle bougeait vite, plus il la léchait ardemment. Il faisait tourner sa langue à l'intérieur d'elle, la faisant glisser autour de ses parois internes. En étirant sa langue aussi loin qu'il le pouvait, il sentit le point en elle qui la faisait gémir contre sa queue.

Ses jambes se mirent à trembler. Ses testicules, prêts à se vider. Elle se contractait autour de sa langue, prête à lâcher prise elle aussi, il le sentait.

Il releva la tête, rompant le contact.

— Je veux jouir en toi.

Elle protesta en gémissant, soulevant ses hanches à la recherche de sa langue. Elle saisit alors ses cornes latérales pour ramener son visage vers elle.

Il pencha la tête, refusant de lui céder le contrôle. La base courbée de sa corne frontale entra en contact avec sa chair humide et chaude.

— S'il te plaît...

Elle se frotta contre sa corne.

Sa femme avait tellement envie de lui. Le désir faisait rage en lui, le secouant jusqu'à la moelle.

— Il faut que je te baise, grinça-t-il entre ses dents.

Il la fit basculer sur le ventre, puis se plaça derrière elle. Il attrapa ses fesses et plaça son pénis entre ses plis.

Il aimait cette vue. Susanna, allongée sur le ventre, les fesses en l'air pour lui. Les femmes humaines étaient naturellement lubrifiées lorsqu'elles étaient excitées. Sa femme avait tellement envie de lui que les traces de son excitation coulaient le long de ses cuisses.

Elle était si mouillée qu'il glissa facilement en elle. Sa taille s'ajustait parfaitement, et elle s'étirait pour lui.

— Oh, oui...

Elle tendit la main entre ses jambes pour se toucher, mais il la repoussa.

— C'est à moi, protesta-t-il en trouvant avec sa queue l'endroit qu'elle souhaitait atteindre.

Il se pencha et effleura son épaule de ses dents.

— C'est ce que tu voulais faire, mon cœur ? lui demanda-t-il en touchant son clitoris avec le bout de sa queue. C'est comme ça que tu voulais te toucher ?

Ses gémissements furent sa seule réponse.

Il recula un peu, puis s'enfonça de nouveau en elle. Elle s'agrippa aux draps, soulevant son torse juste assez pour qu'il puisse toucher l'un de ses seins. Elle attrapa l'autre elle-même, pinçant et tirant sur la pointe. Il continuait à frotter son clitoris, en la martelant plus fort.

Sa respiration s'arrêta, puis un grand gémissement s'échappa de sa poitrine. Ses muscles internes se resserrèrent autour de lui, provoquant également son orgasme.

Il poussa un rugissement d'extase, déversant sa semence en elle, les répliques de son orgasme se mêlant au sien.

Une chaude félicité s'abattit sur lui, faisant faiblir ses genoux. La tenant par un bras autour de sa taille, il s'effondra sur le côté.

Pantelante, elle prit sa main avec les deux siennes.

— C'était... de loin... beaucoup plus intense que dans la vidéo que je t'ai fait regarder, tu te souviens ? l'interrogea-t-elle.

Il rit dans ses cheveux ébouriffés.

— Les vidéos ne rendent jamais justice à ce lieu. Et rien n'est comparable au sexe avec sa femme.

En lui caressant le bras d'un geste apaisant, il remarqua une égratignure rouge sur sa peau.

— Est-ce que ça vient d'une de mes cornes ? demanda-t-il, atterré.

Les humains étaient si doux et si vulnérables. Comment pouvait-il être aussi sauvage dans sa frénésie lubrique ?

Elle jeta un coup d'œil à l'égratignure et haussa les épaules.

— Peut-être.

— Je suis vraiment désolé.

Il se pencha pour embrasser la blessure.

— Ne le sois pas, répondit-elle en déposant un baiser sur le bout de sa corne gauche. Je suis sûre que tu as aussi quelques égratignures fraîches causées par mes ongles. Et, est-ce que la marque de morsure sur tes fesses est déjà guérie ? Tu te souviens, celle que j'ai laissée la dernière fois ?

Elle était elle-même entrée dans une frénésie lubrique, d'une manière tout à fait délicieuse. La pensée de la *dernière fois* fit vibrer en lui une nouvelle étincelle d'excitation.

— Je ne sais pas, répliqua-t-il en souriant. Ce n'est pas comme si je pouvais la voir.

— Je devrais regarder pour toi, murmura-t-elle, en se penchant vers l'arrière pour toucher sa fesse.

Son contact résonna en lui comme une nouvelle vague de désir. La pensée de ses dents, de ses lèvres et de sa langue, n'importe où sur son corps, lui procurait à nouveau une poussée d'excitation. Sa queue tressaillit, pressée contre ses fesses. Comme si elle agissait sans son contrôle, sa queue s'approcha d'elle.

— Xavran ?

Elle avait l'air sérieuse cette fois-ci.

— Qu'est-ce qu'il y a, mon amour ?

— As-tu déjà pensé à avoir d'autres enfants ? Dans le futur, un jour ?

— D'autres enfants ?

Son excitation fut à son comble. Il ne put retenir un sourire lorsqu'elle tourna la tête pour le regarder par-dessus son épaule.

— J'ai toujours voulu avoir un bébé...

— Il n'y en aurait pas qu'un seul avec moi, tu le sais.

Les accouplements entre humains et aldraiens donnaient lieu à moins de fœtus par grossesse, mais il y en avait toujours entre quatre et six.

— Je sais. C'est un peu intimidant, mais...

Il fit glisser sa queue entre ses jambes.

— Si c'est ce que tu veux, lui murmura-t-il à l'oreille.

Le bout de sa queue s'agita, trouvant ce qu'il cherchait. Elle était chaude et lisse à l'intérieur. Il la fit tournoyer, caressant ses parois internes.

Avec un gémissement de plaisir, elle serra ses jambes l'une contre l'autre, coinçant sa queue entre elles.

— Es-tu... prêt à recommencer ? Encore ? demanda-t-elle à bout de souffle.

En la tenant par derrière, il serra sa poitrine.

— Je suis toujours prêt pour toi, mon cœur.

Il continuait à bouger sa queue en elle tout en lui pétrissant les seins.

— Je t'ai prévenue, je te garde éveillée ce soir. Nous pourrions aussi bien commencer à essayer d'avoir d'autres bébés...

Elle poussa un léger rire.

— Ce n'est pas comme ça que ça marche. Avec ma pilule... Oh !

Il poussa sa bite en elle par derrière, et elle cambra le dos, pressant ses fesses contre lui.

— Nous nous entraînerons alors.

Il sourit, en lui écartant les jambes pour avoir un meilleur accès.

Son corps se détendit contre le sien, consentant et prêt.

— Je t'aime, Xavran. Je t'aime tellement.

— Je t'aime aussi, mon cœur. Tu es tout pour moi. Ma seule et unique.

Susanna

— LES VOILÀ !

Je pointai du doigt les silhouettes familières de nos enfants qui couraient vers nous à travers la cour de l'école.

Xilvo était devant tout le monde, avec Ivex juste derrière. Je n'avais même pas réalisé à quel point ils m'avaient manqué pendant notre voyage avec Xavran. Je ne pus me retenir et me mis à courir vers eux.

— Bonjour, Maman !

Xilvo me fonça dessus, me faisant presque tomber avant de me prendre dans ses bras.

— Youpi ! Vous êtes de retour ! s'écria Ivex en me percutant de l'autre côté, ses bras s'enroulant autour de moi.

— Doucement, dit Xavran en riant et en serrant nos filles dans ses bras. Ne faites pas de mal à votre mère, les garçons !

Les enfants avaient tellement grandi. Après une nouvelle poussée de croissance, les garçons étaient presque plus grands que moi. Leurs cornes rattrapaient rapidement l'impressionnante couronne de leur père.

— Comment s'est passé la colonie ? m'enquis-je après toutes les étreintes et les baisers.

— Super ! répondit Ene, qui rayonnait. Nous nous sommes baignés.

— Et nous avons dû dormir dans un refuge ! s'exclama Xilvo avec enthousiasme. Avec un toit !

— Oui, confirma Illal. Un vrai toit fait de bois et de feuilles. Ils n'ont pas de boucliers énergétiques dans la forêt, alors ils doivent fabriquer des toits pour se protéger de la pluie.

— Pas de boucliers énergétiques ? Eh bien, quelle vie à la dure ! dis-je en riant.

Au moins, il n'y avait aucun danger que des vers géants jaillissent du sol aussi loin dans le territoire terraformé.

Ene enleva son sac de son épaule.

— Et nous avons fait beaucoup de travaux manuels.

Xilvo laissa tomber son sac.

— Nous avons fait ça pour toi !

Il sortit quelque chose du sac.

— Moi aussi ! ajouta Ivex en fouillant lui aussi dans son sac.

— Pour moi ?

Xilvo me tendit un collier avec de longues perles colorées.

— C'est un collier.

Ene me fit signe de me rapprocher, puis plaça son propre collier autour de mon cou.

Illal fit de même, suivi des garçons. Bientôt, j'avais quatre rangées de cylindres peints de différentes couleurs qui tombaient en cascade sur ma poitrine.

— Nous n'avions pas de *macaronis*, expliqua Ene. Alors, on a fait sécher des tiges de *ustor*, on les a coupées et on les a peintes.

— Oh...

Je serrai les colliers de perles faits main, mon cœur se remplissant d'une telle émotion que je craignais qu'elle n'éclate.

— Ça fait un an que nous avons fêté la fête des mères, n'est-ce pas ? demanda Illal.

— Nous nous sommes dit qu'hier, c'était encore la fête des mères, expliqua Xilvo.

Un an ? Déjà ? Le temps avait passé si vite. Aldrai était devenu mon véritable chez moi. Tous mes amis et ma famille étaient ici. Sauf

Mara. Elle était restée sur Terre. D'après ce que j'avais entendu, Jason ne l'avait jamais demandée en mariage et elle était toujours à la recherche d'un homme parfait qui, je le craignais, n'existait pas.

Ene fit glisser son doigt le long des perles colorées que je tenais dans mes mains, et dit :

— Comme tu n'étais pas là, nous n'avons pas pu te les donner.

— Mais maintenant, nous le pouvons ! ajouta Ivex en souriant.

Son sourire était un peu de travers, comme celui de son père.

Je n'allais pas leur dire que la fête des mères était célébrée un dimanche et qu'elle tombait à une date différente chaque année. Ça n'avait pas d'importance pour le moment. Ce qui comptait, c'était que j'avais quatre enfants extraordinaires et qu'ils m'avaient fabriqué leur version des colliers de macaronis.

— Je... commençai-je.

Je me sentais remplie d'un amour chaud, effervescent et merveilleux. Mon cœur était si plein qu'il débordait de larmes.

— Oh non, elle pleure, souffla Illal.

— Beau travail, les gars ! râla Ivex. On a contrarié Maman. Le jour de la fête des mères.

— Mais comment ? demanda Xilvo en se grattant l'arrière de sa corne droite. Qu'avons-nous fait ?

— Chut, fit Ene. Ce n'est peut-être pas une mauvaise chose. Elle pleure aussi quand elle est heureuse. Tu te souviens quand on lui a offert des fleurs pour son anniversaire ?

Illal se redressa.

— C'est vrai ! Et quand Ene l'a invitée à l'école pour parler du métier de mère lors de la journée des métiers, tu te souviens ? Maman a pleuré à ce moment-là aussi.

— Oh, arrêtez... intervins-je en agitant mes deux mains devant mon visage, essayant de me ressaisir.

Une nouvelle crise de larmes menaçait d'éclater en repensant à ce jour où Ene, la dernière des quatre, m'avait enfin appelée « Maman ».

— Juste... donnez-moi une minute, les suppliai-je en reniflant.

— Viens ici, mon cœur, me chuchota Xavran en m'enveloppant dans ses bras grands et forts. Dis-moi que tu es heureuse, sinon je devrai trouver ce qui t'a contrarié et arranger ça.

— Oh, je suis heureuse, chéri.

Je reniflai de nouveau avant d'essuyer mes larmes avec mon bras. Les enfants se mirent à rire, se joignant à nous dans un « câlin familial ».

— Je suis tellement heureuse de vous avoir tous dans ma vie.

À propos de la collection Un Alien pour les fêtes

Contrairement à toutes mes autres collections, Un Alien pour les fêtes n'a pas d'intrigue commune. Les livres de cette collection sont indépendants et peuvent être lus dans n'importe quel ordre. Je n'ai pas l'intention de me priver d'écrire dans cette collection lorsque l'inspiration me viendra.

Pour suivre toutes les nouveautés, inscrivez-vous à la newsletter de l'auteur :

Pour en savoir plus sur Marina Simcoe

ROMANS D'AMOUR PARANORMAUX
Le Monde de la Rivière des Brumes
La Caresse du serpent
La Conquête du serpent
La Ménagerie des Curiosités de Madame Tan
L'appel de l'eau
Folie de la lune
Le Puissance de la rage

ROMANS D'AMOUR de SCIENCE-FICTION
Un Alien pour les fêtes
Mon Mariage avec Krampus
Mon minuscule géant
Mon escapade d'anniversaire
Une mère par correspondance

À propos de l'Auteur

Marina Simcoe aime écrire des histoires d'amour avec des personnages, qui peuvent être humains ou non, car elle croit fermement que notre monde contemporain a toujours besoin d'un peu de fantaisie.

Elle s'amuse beaucoup à explorer comment ses personnages fantastiques, dotés de leurs propres croyances, valeurs et aspirations, s'adaptent à notre vie de tous les jours.

Elle vit au Canada avec son grincheux de brute bien à elle, leurs trois jeunes enfants et un chat, qui est assurément unique en son genre.

Pour être tenir informé de ses prochains livres, veuillez consulter la page de Marina Simcoe sur Facebook ou le site de l'auteure.

Gardons le Contact

Illustrations sur mon Patreon :

Le Groupe de lecteurs sur Facebook :
Marina's Reading Cave
www.instagram.com/marinasimcoeauthor
www.marinasimcoe.com/français
www.facebook.com/MarinaSimcoeAuthor/
www.amazon.com/author/marinasimcoe
www.goodreads.com/MarinaSimcoe